潘小娴 著

一树梅花一溪月

广西师范大学出版社
·桂林·

一树梅花一溪月
YI SHU MEIHUA YI XI YUE

图书在版编目（CIP）数据

一树梅花一溪月 / 潘小娴著. -- 桂林：广西师范大学出版社，2023.10
ISBN 978-7-5598-6254-9

Ⅰ.①一… Ⅱ.①潘… Ⅲ.①散文集－中国－当代 Ⅳ.①I267

中国国家版本馆 CIP 数据核字（2023）第 140709 号

广西师范大学出版社出版发行

广西桂林市五里店路 9 号　邮政编码：541004
网址：http://www.bbtpress.com
出版人：黄轩庄
全国新华书店经销
广西民族印刷包装集团有限公司印刷
南宁市高新区高新三路 1 号　邮政编码：530007
开本：880 mm × 1 230 mm　1/32
印张：9.25　插页：6　字数：170 千
2023 年 10 月第 1 版　2023 年 10 月第 1 次印刷
印数：0 001~5 000 册　定价：49.00 元

如发现印装质量问题，影响阅读，请与出版社发行部门联系调换。

此心牵处是吾乡

林少华

《一树梅花一溪月》。书名浪漫,加之作者潘小娴是岭南人,让我不由得想起苏东坡的词:"万里归来颜愈少,微笑,笑时犹带岭梅香。试问岭南应不好,却道,此心安处是吾乡。"岭南也好,塞北也好,此心安处,即是吾乡,定义简洁明快。今人木心则有些纠结,诗中写道,"无论何方都可以安顿自己/乡愁/哪个乡值得我犯愁呢"——是啊,生于乌镇,籍贯绍兴,久居上海,哪个乡值得他犯愁呢?而在村上春树那里,压根儿就没有乡愁这回事儿:"无论置身何处,我们的某一部分都是异乡人(stranger)。"事实上,生于京都的村上也好像从未提及他生于京都何街何巷。京都美国人?话不好这么说,村上自己也没这么说。

概而言之,之于东坡,此心安处是吾乡。喜好吃的他,"日啖荔枝三百颗,不辞长作岭南人";之于木心,纵使乌镇也未必让他产生乡愁,索性断言,"我是绍兴希腊人";之于村上,故乡也是异乡,他在写给中国读者的信中宁可说自己是"偶然生为日本人"的人。

那么之于作者潘小娴呢?小娴是广东连南人,生于连南(连南瑶族自治县)的梅村。大学时代在广州,毕业后直接留在当地,在广州学习、工作、生活已有三四十年。相比于连南,在广州的时间显然长得多。但据我有限的阅读范围,较之广州,她似乎写连南梅村的时候更多,也更为情深意切——梅村广州人?广州梅村人?喏,广州的越秀山、六榕寺、陈家祠、海珠桥,以及珠江的夜景、沙面的洋楼等等,有多少出没于她的笔下?然而连南那个小小的梅村却始终拽着她的笔端。父亲的一抹身影、母亲的一再叮咛、祖母的一碗宝贝菜、叔叔的一截鹅卵石墙,还有那一树梅花、一溪山月、一只白鹅、一声鸡鸣,以及会飞的蒲公英、好吃的南瓜花、小学上下课的钟声……林林总总,般般样样,都在不容分说地把她领回童年。不,那本身就是作者的童年。童年无疑是一个人精神成长史的序章。而于作者又是她文学创作的第一句第一行。在这个意义上,她日后所有的篇章、所有的才思都带有故乡的"水印",梅村是她永远走不出的风景——广州的梅村人!

书中收录的《会飞的蒲公英》,难怪入选长春版小学语文教材,的确写得好。"圆圆的脑袋,白白的茸毛,风一吹就轻盈地飞了起来,飞呀飞,飞得老高老高……不久,我上小学了,妈妈缝了个花书包给我,书包上绣着几朵白色的蒲公英,花旁边还歪歪斜斜地绣着几个字——会飞的蒲公英。"后来呢,"我考上了中学。那个绣着蒲公英的花书包旧了破了……妈妈又守着小油灯,为我做了一件蓝色的连衣裙,裙上绣着一朵白色的蒲公英。每天,我穿着蓝色的连衣裙,在学校和山村的大马路上飞来飞去。"如此读着读着,感觉蒲公英真的在我眼前飞了起来——这些字,每一个字都幻化成了蒲公英,轻盈、质朴、鲜活,而又温情脉脉。从中看得见母亲慈祥的面影,听得见母亲亲切的语声:要做会飞的蒲公英!

说起来,同是山乡出身的我也喜欢蒲公英,也描写过蒲公英。只是我描写的不是花落后撑起毛茸茸小伞的白色蒲公英,而是刚刚绽开的黄色的蒲公英:"嫩黄嫩黄的,黄到人心里去了,真想俯下身子亲上一口。因为它,山坡有了金色的星星,河畔有了动人的笑靥,路边有了眨闪的眼睛,草坪有了黄艳艳神奇的'图钉'……"

我曾看过一幅木刻,一个梳着羊角辫的小女孩噘起小嘴把蒲公英毛茸茸的小白伞吹向远空,给人以无尽的乡愁与遐思。而眼前这篇《会飞的蒲公英》,则用笔刻代替了木刻。作者果然飞走了,从梅村飞向广州,在广州落地、生根、发芽、开花。但她的心、她的梦、她的情思,随着岁月的推移,开始越来越多地从广州飞回"小木屋后面的山坡",飞回梅村——广州的梅村人!

可是，三十几年后的梅村仍是儿时吹蒲公英的梅村吗？比如老屋前面叔叔砌了三年才砌出来的那截鹅卵石墙，两年前被拆得一干二净，取而代之以"大众脸"的红砖墙。现在，红砖墙又被粉刷成雪白的"大众脸"。这么着，鹅卵石墙那朴拙、温馨和沧桑感消失了，而那恰恰是牵动游子心弦、牵回远飞的蒲公英小伞的乡愁游丝。在这点上，小娴又可能是梅村的广州人！

不妨说，这也是故乡的双重性。于是木心说"哪个乡值得我犯愁呢？"于是村上说"无论置身何处，我们的某一部分都是异乡人"。于是小娴既是广州梅村人，又是梅村广州人。这也未尝不是包括我在内的每一个游子的心灵处境。或许，我们每个人都有两个故乡：一个走不出的熟识性故乡，一个回不去的异质性故乡……

2021年12月20日灯下于窥海斋

时青岛皓月当空黄叶满地

目录

第一辑 | 一树梅花一溪月

白鹅王子　　　　　　　　　　　　003

雪白鸡毛飞上头　　　　　　　　　012

叮咚！叮当！一弯小溪，一曲歌谣　020

美好一天，从与猪散步开启　　　　024

田埂边，那一抹身影　　　　　　　032

春风吹过鹅卵石墙　　　　　　　　040

杉木箱子，像星星在夜空中熠熠闪光　049

一树梅花一溪月　　　　　　　　　056

我们的天堂电影院　　　　　　　　061

水井纪事　　　　　　　　　　　　068

草垛香香，"绳"采飞扬　　　　　　074

教书先生的魅惑　　　　　　　　　081

雪梦，香香甜甜　　　　　　　　　086

我挑着柴,哥哥站在桥头等我	091
冬日里的声音,暖暖的香香的	098

第二辑 │ 唊一口"神仙菜"

暖暖光阴,与南瓜一起成长	107
水浸鬼,忘不了哩	114
腊肉,爸爸的味道	121
红花籽嫩,腊肉香	130
浸酸缸,妈妈的味道	136
唊一口"神仙菜"	143
酿田螺,光阴长	150
香软酿豆腐,如山如灯笼	157
冬闲,来一锅冬粉糍	161
酿猪𦟀菜,吃两个,饱饱饱	165
酸爽时光	169
很早之前,原来我已喝过"老虎粥"	174
清明美味图:茶泡脆,艾草香	180
好吃又好用的瓜瓜儿	188

第三辑 | 翩翩小儿郎，骑"马"上学堂

"打官司"，斗草去　　　　　　　　　　195

蟋蟀在野，梁山好汉一声吼　　　　　　200

风火轮，哗啷啷　　　　　　　　　　　204

翩翩小儿郎，骑"马"上学堂　　　　　　208

长辫子的童年　　　　　　　　　　　　213

神射手，翡翠容　　　　　　　　　　　217

酸酸甜甜，野童年　　　　　　　　　　222

第四辑 | 楝花风吹，紫烟袅袅

帽子花开，手镯串串　　　　　　　　　231

薄雾晨曦，染一身菊花香　　　　　　　238

会飞的蒲公英　　　　　　　　　　　　242

臭花，臭金凤　　　　　　　　　　　　245

家门前的树　　　　　　　　　　　　　250

楝花风吹，紫烟袅袅　　　　　　　　　256

溪边那株无花果　　　　　　　　　　　261

谁家闺女，好看得像一朵映山红　　　　265

三棵树，甜蜜清香牵美忆　　　　270

山间荷塘　　　　275

后记　既美好，又惆怅　　　　281

第一辑

一树梅花一溪月

白鹅王子

当！当当！当当当！

雄浑厚重的校园钟声一响起，我抓起小书包，快速窜向家门口，撒开小脚丫子，往梅村小学飞奔而去。

院子里的那只大白鹅，"嘎嘎嘎"一串欢叫，哗啦一声展开翅膀，飞出家门，也飞跑起来了。

我在前面跑，白鹅在后面追，不把我追到校门口，决不罢休——这便是我一早去梅村小学，常常要经历的一个烦恼又激动人心的紧张场景。

梅村，是广东省连南瑶族自治县的一个小村庄，离县城三公里，不远。梅村小学就坐落在村庄的中心。我家离梅村小学，距离很短，不足百米。

1975年秋，我刚刚7岁，上小学一年级。

当时的梅村小学，上下课的讯号，不是用广播，也不是用电铃，而是用村民们因陋就简创制的"钟"声。

小学门口有一棵高大茂密的阔叶桉树，一年四季，树叶常绿。茂密的绿树丛中，吊挂着一根铁圆柱。每逢上课下课时，老师们轮流拿根铁棍去敲打铁圆柱，"当！当当！当当当！"的钟声，从春夏到秋冬，响彻村庄的上空。

每天早上7点55分，预备上课的钟声就会准时响起，当！当当！当当当！这时候，全村人都知道，该上课了。此时，乡村路上就会出现很多飞奔的小身影。而我小小的飞奔身影，有一点与众不同，后面还经常多了一只白鹅奔跑追逐的身影。

这只白鹅，一身雪白，高大挺拔，英俊潇洒，伸长脖子的时候，和刚读小学的我，差不多一般高。再加上嘴巴和鹅冠呈橙红色，仿如戴上闪亮的皇冠一般；脚蹼橙红色，仿佛是穿上了童话世界里仙女赠送的一双仙靴子。一身雪白、头顶皇冠、脚穿仙靴的大白鹅，在一堆灰鹅中，在黑瓦土墙映衬的乡村中，时时刻刻都显得分外耀眼。每每走起路来，大白鹅更是气宇轩昂，一副君临天下的神态，颇有帝王的傲慢风范。但一旦安静下来，挺着长脖子的大白鹅，气定神闲，就像是童话故事里那种人见人爱的谦逊美王子。我非常喜欢安静下来的白鹅王子，憧憬故事里王子与灰姑娘的美好童话。

可惜的是，安静美好的白鹅王子，只属于我奶奶一个人。奶奶天天给白鹅吃肥嫩嫩的青菜和香香的米糠拌饭，有时候还去地里扒拉些蚯蚓、昆虫给它吃，把大白鹅吃得精气神十足。也因此，尽管大白鹅对家里所有的人都很凶很凶，完全就是一副"啄你没商量""不啄你，我的人生没意思"的痞帅莽汉模样，但对奶奶，大白鹅却常常是一副温文尔雅、安静美好的王子风范。

不管是出门还是回家，我们小孩子经常都得捏上一根小棍子在手，一旦大白鹅伸长脖子想要啄人，便用小棍子敲它的雪白脖子。别看大白鹅凶巴巴的，也一样怕疼，它很快就把脖子缩了回去。本来，我也曾学着哥哥姐姐用小棍子揍大白鹅的雪白脖子，但是我年纪小，个子矮，力气小，大白鹅一伸脖子，一扬翅膀，我手中的小棍子常常被它掀翻在地，有时还会被大白鹅"美美"地啄上几口，疼得我眼泪汪汪的。

当时，分别大我四岁的姐姐和大我两岁的哥哥，也都在梅村上小学。姐姐个子比大白鹅高多了，力气也够大，手中一旦握根棍子，基本就不用惧怕大白鹅。哥哥是个男孩子，本来就爱舞枪弄棍，甩起棍子来，唰唰唰，风生水起，像个小骑士般，大白鹅不仅占不到半点便宜，还会被哥哥的棍子耍得团团转；甚至有时候大白鹅不招惹哥哥，哥哥也会拿棍子去逗弄大白鹅，大白鹅憋屈得只好"嘎嘎嘎"乱叫。比我小几岁的小妹，天天黏糊在奶奶身边，有奶奶给她当挡箭牌，大白鹅想要啄小妹，奶奶会毫不客气，一边对大白鹅甩个冷脸，一边用手中缝着的布鞋敲大白鹅的脑袋。至于爸爸妈妈，还有其他三个比我们年龄大很多的姐姐，干农活,打理菜地,整天忙得底朝天,哪有心思和这大白鹅纠缠半分。每天一回家,大白鹅胆敢伸长脑袋不识趣地啄人,他们立马拿上身边的锄头扁担之类的农具敲大白鹅的脖子。大白鹅怕疼,自然也很少去招惹大人们了。

大人不敢欺负,小妹有奶奶罩着,想欺负读小学的哥哥姐姐,又常常不是对手。这大白鹅贼精呢,算来算去,就看准刚读小学一年级的我,个子矮,力气小,跑不快,于是常常一大早,准时准点折腾,和我玩"你跑我追"的游戏,一前一后向梅村小学飞奔。

其实,刚开学那段时间,我也是经常提前去学校的。但每当大白鹅把我追到学校后,如果时间尚早,学生还在姗姗而来,校门自然也还没有关闭,于是大白鹅双脚一跃,跳过有些高的校门门槛,大摇大摆走进了学校操场里。这下可热闹了,见着那么多的小学生,大白鹅伸长脖子,又追又啄,把学生们吓得东躲西藏的,尤其是低年级的小学生,更是被吓哭了,"哇哇哇"大叫。

大白鹅得意扬扬,在学校啄了个痛快。老师们可恼了,一个梳着长辫子的女老师,一边牵着我的手,一边拿棍子赶着大白鹅,跑到我家告状去了。

家里只有奶奶,爸爸、妈妈、姐姐们都到农田地里忙活去了。长辫子老师很和气,她细声慢语地对奶奶说,孩子们都很害怕大白鹅,请奶奶关好家里的这只大白鹅,不要再让大白鹅跑出家门，去学校闹腾，免得啄伤了小学生们，乡里乡亲的，这多不好看呀。

孩子上学，老师来告状，告的不是孩子不好好学习，告的却是大白鹅啄人，这好像也有些丢奶奶的面子哟。毕竟，在奶奶眼里，大白鹅经常就是个安静高贵的王子呀。这下奶奶也是真生气了，她关了大白鹅禁闭，四周有高高的木板挡着，大白鹅展翅也飞不出去。我挺乐的，这下不用被白鹅王子追得鸡飞狗跳飞奔去学校，终于可以背着书包，优哉游哉上学去了。

但大白鹅可觉得委屈啦！想飞飞不出去，高高的木板墙挡住了一颗自由的灵魂。于是，白鹅王子天天甩出铜锣般高亢的叫声"嘎嘎，嘎嘎嘎"，粗犷又沙哑，听得奶奶心疼极了，才关了三四天，就把大白鹅放了出来。

重获自由的大白鹅，脾性依然凶巴巴的。估计也是把吃禁闭的气撒到了我身上，所以愈发喜欢追我啄我。我怕长辫子老师再去我家告状，也怕大白鹅跟进学校啄同学们，啄得同学们生气，不和我玩。于是，聪明的我就有策略地选择上学时间，每当7点55分，小学的预备钟声响起，我才快速出门，飞奔上学去。此时小学生们都差不多到齐了，校门已快关上，只留下一个小口子，人侧身就刚好能通过。但白鹅不会侧身，每当我飞奔到校门，侧身倏地窜进校门，扇着翅膀的大白鹅就被挡在校门外面，"嘎嘎嘎"甩出铜锣般高亢的叫声后，大白鹅也只好无趣地回家去了。

待中午下课回到家,大白鹅经常在吃奶奶给它准备的肥嫩蔬菜和香香米糠拌饭。美食当前,大白鹅也懒得啄我了。吃饱喝足后,大白鹅要不趴在地上,要不单腿立着,然后把脖子靠身上,把头伸进翅膀翎毛下,睡大觉,做美梦去了。后一种睡觉的姿势,优雅好看,别具一格,倒像个睡美人似的。哦!不,应该是睡王子,依然有股高昂的贵气。我非常喜欢这个时刻的大白鹅,连睡觉都张扬着王子的高贵气质。

傍晚时候下课回家,偶尔会见到大白鹅跑到家门前的小溪玩耍,此时也自有一幅"鹅鹅鹅,曲项向天歌。白毛浮绿水,红掌拨清波"的美好画面。不过,更多时候,是碰见奶奶把心爱的白鹅王子喂饱吃好,再把白鹅王子赶进院子里的一方篱笆墙围起来的小领地,当睡梦王子去了。偶尔有大人干农活回来,进入小领地前的大白鹅,也会趁机伸长脖子想戏弄一下大人,但往往都是自讨没趣,反被大人用扁担锄头敲得晕头转向。这时候,我就开心地哈哈大笑起来,仿佛自己报了仇般,快活极了。

久而久之,似乎我和大白鹅之间达成了一个共识,早上7点55分,常常来一场人鹅的飞奔大战,其余时间,各玩各的。午间大白鹅忙于吃美味忙于睡觉,傍晚我回家,奶奶忙于把大白鹅赶进它的领地关好。其他时间,我要是待在家,就不想出大厅的门,白鹅也奈何不了我。因为奶奶虽然疼爱大白鹅,院子里随它怎么横行霸道,但决不允许大白鹅进大厅来,这一是怕白鹅弄脏家,还得忙于收拾;二是我们小孩子的确怕白鹅,奶奶到底也是疼爱孙子孙女们的。所以,每天我进了大厅,整个人就安全了。

只有早上,我出门上学前,早早醒来的大白鹅,正忙于晨练运动,四处惹烽火,啄鸡啄鸭,甚至连大狗和大猪也不放过。当然,大白鹅最喜欢的,还是时刻瞄准小个子的我。每当"当!当!当当当"的钟声响起,一看我拿起书包,大白鹅立马像听到号令一般,"嘎嘎嘎"地欢叫起来。于是,隔三岔五地,从我家到梅村小学的不足百米的乡村路上,一人,撒腿跑;一鹅,展翅追。古老的村庄,瞬间也多了几分灵动和热闹。

一人,跑;一鹅,追!这个上学场景,一直延续了小学一年级的整个学期。伴随着这个场景出现的一件怪事是:原本长得胖乎乎的我,竟然变得瘦瘦的,整个儿苗条起来了。

但疼爱孙女的奶奶,却有些不开心了。寒假前夕,她拉着我的小手,到学校找那个长辫子老师说理去。她问老师:"我孙女儿本来胖乎乎的,长得多好呀,脸蛋肥嘟嘟,胳膊儿滚胖得像莲藕般。可一上学读书,怎么就活生生把我的胖孙女,读成了一个竹竿样的瘦个子了?"长辫子老师怎么回答的,我早忘了,只记得长辫子老师捂着肚子,痴痴地笑呀笑的。我自个儿也偷偷地笑起来,奶奶在为我这个孙女儿出头,奶奶是真疼爱我的哟!

其实,当时我刚上小学,还很贪玩,读书哪有多认真。至于为什么才上学半个学期,就从滚胖变得苗条,或许这就是民间说的"女大十八变"吧。但我当时却有一个有趣猜想——这应该归功于大白鹅王子！正是它准时准点，经常锲而不舍地追逐我上学，逼着我跑步锻炼，才使我快速苗条起来。

然而，奇怪的是，有一天中午，我跑到同学家玩儿，回家吃午饭时，却不见了白鹅王子。而且，也就从这一天起，白鹅王子消失得无影无踪，再不曾在我家出现过。记得我也曾问过一直把白鹅王子当作心尖肉的奶奶，大白鹅到哪去了？奶奶眼睛发红，鼻子泛酸，淡淡说出一句："交出去了。"

"交出去"是啥意思，当时年仅 7 岁的我也听不懂。不过我倒挺开心的，早上再也不用被大白鹅追逐着上学，我可以优哉游哉，闲庭信步，哼唱着"小嘛小儿郎，背着那书包上学堂"，自由又快乐，多么美好。

只是，原本并不显老的奶奶，好像一下子苍老了很多。坐在家门口纳鞋底时，动不动就会被针扎到手指。爸爸和妈妈也摇头叹息了很长时间。

2019 年春天，三姐从福建回到老家梅村，散居在各地的姐妹们也相继回老家聚会。从三江城出发，沿着城西通往梅村的笔直大道，我们一边看大道两边的田间花草，一边步行回村。期间，看到有一群灰鹅，在田畴间"嘎嘎嘎"地欢叫。我瞬间想起了我们家当年的大白鹅。问姐妹们，有谁知道，1976 年春天，我们家的那只大白鹅为什么消失得无影无踪，大白鹅到底去了哪里？

"奶奶说的没错,是交出去了。当时,县里号召要进一步'割资本主义尾巴',村干部就要求我们家把大白鹅无偿交给生产队,才符合大公无私的规定。"三姐应道,交大白鹅那天,还同时交出去一只老母鸡,当时的情景,至今三姐还历历在目。那天,三姐抱着老母鸡,爸爸抱着大白鹅,爸爸的眼泪吧嗒吧嗒往下掉,一旁的奶奶抚摩着大白鹅的脖子,眼泪也吧嗒吧嗒往下掉。三姐说,当时她看到爸爸和奶奶那么伤心,她也跟着难过起来,眼圈也红红的,眼泪也吧嗒吧嗒往下掉。只有被抱在爸爸和三姐怀中的大白鹅和老母鸡,根本不知道发生了什么事,依旧"嘎嘎嘎""咯咯咯"叫个不停。

白鹅王子,到底去了哪里?

这个谜团,终于解开了!原来,白鹅王子离开我家是以生命的终结,见证了一个曾经荒诞的时代与一段荒诞的历史。

雪白鸡毛飞上头

每年，家里总会喂养着一窝小鸡，两只母鸡，一只大公鸡。鸡是我们家曾经饲养过最多的一种动物成员。

鸡的家庭成员虽然多，但是这些大鸡小鸡，在我们家，甚至在我们这些贪玩的小孩子眼里，一直都没有多少存在感。小鸡长大了要拿去卖，换些零用钱，以维持家庭生计，反正我们小孩子的牙缝里也难得吃到半点鸡的香味。两只母鸡，全身羽毛淡黄，长相一点都不起眼，要不忙着"咕咕咕"下蛋，要不忙着孵小鸡，要不就带着"叽叽叽"叫个不停的小鸡，在院子里啄米或玩耍。母鸡终年摇晃着一副臃肿的身材，感觉它走路的样子跟跟跄跄的，一年四季都在负重前行，蓬头垢面，不成样子。唯有大公鸡，还算有些精气神。

大公鸡披一身雪白羽毛，头顶大红色鸡冠，模样儿绝对算得上出类拔萃。尤其出彩的是，大白公鸡的尾巴上还翘起两根长长的白羽毛，犹如舞台上京剧武生帽冠上的花翎，英气勃勃。明代唐寅写有一首题画诗《画鸡》："头上红冠不用裁，满身雪白走将来。平生不敢轻言语，一叫千门万户开。"我家的白色大公鸡，端的就是一副"头上的大红色鸡冠不用裁剪是天生的，身披雪白的羽毛雄赳赳地走过来"的傲人气度。至于后两句诗描绘的"一生之中从来不敢轻易鸣叫，但是叫的时候，千家万户的门都打开"，这种低调收敛的气质，感觉我家的大白公鸡身上倒是不曾存在过的。

村里的公鸡，每家都有一只，对村人来说，它最重要的功能是报时。每天早上，天刚蒙蒙亮，大白公鸡就早早飞上黑瓦屋檐，"喔喔喔"大叫。此时，全村的公鸡，仿如男高音歌唱家们在齐齐排练大合唱般，此起彼伏地"喔喔喔"引吭高歌，唱响了村庄的晨曦奏鸣曲。"雄鸡一唱天下白"！鸡叫了，天亮了，大人们迅速地起床忙活了，即使偶尔想赖一下床的小孩子们，常常被大公鸡的叫声，吵得心烦意乱的，也只好不情不愿地起床了。

大白公鸡"喔喔喔"的高亢啼叫，每天清晨如时上演，吵得人不能睡懒觉，这多少会惹得爱睡懒觉的小孩子有些不痛快，但一天之中的其他时间里，小孩子们还是很喜欢大白公鸡的。大白公鸡长得和家里的大白鹅一样，全身都雪白雪白的，但性情却比大白鹅温顺得多。大白公鸡基本不啄我们小孩子，甚至我们还可以亲昵地抱着它，摸一摸它平整光亮的雪色羽毛，心里"咯咯咯"地笑开了花。当然,有时候大白公鸡的雪色羽毛,也会从平整光滑变成一副乱七八糟的模样:要不就是它出门玩耍,和村里别家的公鸡刚打完架,得胜回朝;要不就是和家里那只大白鹅,你来我往,内斗正酣。鹅鸡相争时,只见一团团的白云,在我们面前翻滚着,腾跃着,谁也不服谁,直到奶奶赶来,高声呵斥,这一对冤家才会各退一步,鸣金收兵。

大白鹅一身雪白,头顶橙红色皇冠,高大挺拔,英俊潇洒,每每走起路来,更是气宇轩昂,一副君临天下的神态,颇有帝王的傲人风范,其傲人气度,比之大白公鸡,有过之而无不及。再加上大白鹅伸长脖子,个头比大公鸡还高一截,打起架来,大白鹅还是能够占得几分上风的。有时候,一场酣斗过后,落了下风的大白公鸡只好悻悻地飞上黑瓦屋檐,"喔喔喔"地叫几声,以歌唱来遮掩自己的落魄神态。经年累月,大白鹅与大白公鸡,一言不合,就上演相爱相啄的大戏,让人不免发出一番"既生瑜,何生亮"的感慨。

一身雪白的大公鸡,长相没有大白鹅那股傲视群雄的帝王气概,打架又不时会成为大白鹅的手下败将,除了每天清晨飞上屋檐,"喔喔喔"地引吭高歌这一短暂的傲骄光阴,其他时间都被大白鹅压制得相形见绌。我呢,经常被大白鹅王子追啄,还被白鹅王子戏弄着不得不和它上演"你追我赶"的上学大戏,我心里非常希望大白公鸡能打败白鹅王子,这样也可以替我报报仇。但大白公鸡能赢的次数屈指可数，常常铩羽而归，成为白鹅王子的手下败将。久而久之，我对大白公鸡从满怀希望到慢慢绝望，最后就没有一丁点的盼头了。

我家的大公鸡，一身雪白；我家的白鹅王子，也一身雪白。而村里的大公鸡，多数是黄色或红色的；鹅呢，则多数是灰色的。现在回想起来，觉得我爸妈和我奶奶，审美意识实在有些卓尔不凡。

只是，年少的我们，正贪玩，远还没培养起什么卓尔不凡的气度。当时，村庄里流行着这么一首儿歌："大公鸡，喔喔叫，大红冠子花外套。油亮的脖子金黄的脚，我的漂亮没人比得了！"按村人约定俗成的审美取向，这大公鸡的外貌，有"大红冠子花外套，油亮的脖子金黄的脚"，才是一等一的漂亮。大红冠子、金黄的脚，我家大白公鸡倒是有，但却没有"花外套"和"油亮的脖子"，只有雪白的外衣和泛着白光的脖子，素色得很，根本就没有"大红冠子花外套"的大公鸡那么亮眼。长得不入村里人的大众审美眼、打架打不赢又不能给我报被啄之仇的大白公鸡，在我眼前的存在感，自然就越来越低了。如果不是每天清晨雷打不动都会听到"喔喔喔"的高歌声，我还真的忘了我们家还有这么一只永远只会炫耀高音歌喉的大白公鸡。

后来，因为"割尾巴"，白鹅王子交出去了。紧接着1977年连南进行轰轰烈烈的"三江河改道筑堤大会战"。三江河由太保河、涡水河、沿陂河汇合而成，流经三江镇，河边附近有10多个村庄，梅村就是其中的一个村庄，距离三江河一两百米远。当时山洪暴发，冲开了多处河堤缺口，河水淹没了3000多亩稻田。洪水灾害危害安全，影响农田生产，给人民群众带来了很大的困扰。1977年，连南县成立整治三江河道工程指挥部，举全县之力，开展"三江河改道筑堤大会战"，组织全县12个公社劳动力及县城机关干部、中学师生等12000多人参加筑堤。"三江河改道筑堤大会战"历时90多天，于1978年1月竣工。三江河堤整治后，河边农田解除了洪水威胁，成为高产稳产农田，保护了附近10多个村庄的人民群众的安全。

梅村离三江河也就一两百米，自从全县"三江河改道筑堤大会战"开始，整个村庄都变得热闹起来了，家家户户都住进了从遥远的山上专门下来参与筑堤的瑶族同胞。按规定，瑶族同胞的吃喝由生产队统一配给，村人只需要提供住的地方。当时，我们家也住进了两个壮硕的瑶族小伙子，他们身着黑色粗布衣，腰束蓝色腰带，头上蓄发盘髻，缠上红布头巾，插上两根雪白的野雉毛，很是英武。

每天一大早，瑶族同胞和村里的大人们，欢声笑语结伴前往村边的三江河，填旧河道，开挖新河道，完全就是出现在电影《我们村里的年轻人》里的那种幸福劳动的热闹场景。我们小学生，年纪小，个子小，力气小，挑沙抬泥抢锄头之类的重活干不动,但我们也一样没闲着。

每天中午放学后,老师都会组织我们小学生前往三江河堤大会战的战场,给筑堤的叔叔阿姨哥哥姐姐们表演节目,给他们鼓劲去。我们表演的节目基本就是唱歌跳舞:唱的是《咱们工人有力量》《我们是共产主义接班人》之类的红歌;跳的舞则是拿红缨枪"除四害"的舞。此时,正值午餐时分,叔叔阿姨哥哥姐姐们一边吃午饭,一边拿着筷子敲碗打盆帮我们伴奏。那时候的生活虽然艰苦,但那时候人们都把劳动当成幸福快乐的事情。所以,大会战的战场上,无论大人还是小孩,一张张脸蛋,总是笑容舒畅;一副副歌喉,总是笑声飞扬。尤其是瑶族同胞们,他们的淳朴厚道,他们劳动时的积极投入,都给村民们留下了非常好的印象。当我们表演节目时,瑶族同胞们也经常会忍不住跟我们一起载歌载舞起来。他们头上的红布头巾,像一团团舞动在工地上的火焰,头巾上插着的两根雪白野雉毛,一颤一颤的,迎风招摇,煞是好看。

原本,大会战期间幸福劳动的氛围让我们都感到格外的快乐。然而,这期间我们家的大白公鸡却不明不白地遭遇了一场"飞来横祸"。

两个瑶族帅小伙,自打住进我家后,眼睛就特别迷恋我们家的大公鸡。每天出门去河堤上工,或者下工回到家里,都不忘和我们夸赞一声:"这大白公鸡,真漂亮,看看尾巴上那两根雪白的羽毛，英武气势，更是难得一见。"这话说多了，连我这个读二年级的小学生都已经听明白了——醉翁之意不在酒，他们是看中我家大白公鸡尾巴上那两根长长的雪亮羽毛啦！

瑶族帅小伙说，不要我们家白给，他们可以用钱买：五分钱一根白鸡毛。那时候，瑶族同胞居住在山上，日子比我们居住在平地的汉族、壮族人过得更为窘迫，五分一毛，对于他们来说，已经是巨款。但生活再窘困，也抑制不住他们一颗爱美的心。爸爸性情敦厚，不忍拒绝两位帅小伙子，也绝不想收他们一分钱。但爸爸也很不忍心自己家的大公鸡受疼，毕竟那是朝夕相伴又帅又能打鸣报晓的大公鸡呀。商量了好一阵后，爸爸答应让两位瑶族小伙子自个儿去拔大公鸡的白羽毛，但一再叮嘱"手脚一定要轻一点，再轻一点"。

当瑶族帅小伙去拔大公鸡羽毛时，爸爸躲进了卧室里去。我们兄弟姐妹觉得好奇，跟在他们背后看热闹。只见他们打开鸡笼，一人按住大公鸡的翅膀和双脚，一人用力一扯，大公鸡一声嚎叫；再用力一扯，大公鸡再一声嚎叫，大公鸡的尾巴就秃了。两位瑶族小伙子一人拿着一根雪白的羽毛，对着我家的小镜子，认认真真地插到自己的红头巾上，还一个劲地问我们小孩子："漂不漂亮？漂不漂亮？"

哈哈哈！当然漂亮极了！我家大白公鸡的羽毛，"飞"上了瑶族帅小伙的头巾，怎么能够不是一等一的漂亮呢？！

谁也不承想到,爱在屋檐顶上飞来飞去的大白公鸡,它的雪白羽毛竟然"飞"上了瑶族帅小伙的红头巾上,成为一种时尚与传统兼具的标配。自此后,出入我们家的两个瑶族帅小伙,走起路来,红头巾上的白羽毛迎风招摇,人也仿佛更帅气了几分。连南虽然是瑶族自治县,但由于瑶族同胞多数住在山上,我们平时接触他们并不是太多。这一次大白公鸡奉献的两根雪白羽毛,实实在在是加深了瑶族和汉族之间的亲密友谊。我们家的大白公鸡功劳真是大大的!

我们家的大白公鸡,虽然秃了尾巴,但每天清晨依然勤快如初,引吭高歌,"喔喔喔"打鸣报晓,还是一副"我的时间我做主"的范儿。

身上,失去一些东西,没什么要紧的;存在感低一些,也没什么要紧的。要紧的是,依然还努力过好每一天,不负韶华,不负自己。

这是我家大白公鸡,在我小小年纪时,教会我的素朴哲理。

这哲理,一生受用。

叮咚！叮当！一弯小溪，一曲歌谣

  一弯小溪，曲曲拐拐地穿我的家乡梅村而过，把百来户人家的村庄分为上下两寨。然后，再曲曲拐拐地绕村南村北转了一匝，给村人留下一道半月形的美丽屏障。最后，才开叉成几十条更细更小的溪流，曲曲拐拐地流进阡陌纵横的田野里。小溪淳朴，数十年未改变曲曲拐拐的清容；小溪多情，为山村浇灌出一年又一年丰饶的收成。

  小溪的水，浅浅的、清清的，连蝴蝶、蜻蜓掠过溪水时的影子，都能看得清清楚楚。这清清浅浅的小溪，自然便有着很温婉的性子：一年四季，它总在不紧不慢地唱着那首"叮咚叮咚叮咚"的歌谣，为山村简朴、平静的生活，增添了一份悠闲、祥和的韵致。夜夜，村人们都枕着这缓缓的歌谣进入梦乡。偶尔，从梦中醒来，万籁寂静，唯有这温婉的歌谣，依然"叮咚叮咚叮咚"地唱着，唱得村人的心格外的安宁，唱得村人的心格外的舒坦。

流年似水，小溪始终都是那么忠实地陪伴着村人，沾溉着村人，也不知道有多少个年头了。许是出于对小溪这种默默奉献精神的报答吧，渐渐地，村人们不约而同地用自己的双手，为小溪装饰、打扮起来了。这种装饰和打扮，极其简单，也极其纯朴——那便是在小溪边上种南瓜。

每年春天，余寒还未过尽，烟雨霏微。村人们便迫不及待地在小溪边上放置着一个又一个盛满泥土的大箩筐了。这沿着小溪每隔几米放置的一个个大箩筐，就是用来种南瓜的。种南瓜的方法很简单：只要在箩筐里盛上厚厚的草木灰和些许的粪肥，再撒上一小把南瓜的种子就行了。不出几天，每一个大箩筐里保准能看到十几根细细嫩嫩，模样儿十分清纯可爱的南瓜秧儿。

待这些南瓜秧儿长到一定高度后，村人们又要开始一年一度的搭瓜棚的工作了。从来没有任何含糊的，一个个瓜棚，一定会很整齐、很灵巧地从小溪的这边搭到小溪的那边。过些日子，走进村庄，早晚都能听到"叮当叮当叮当"敲木桩搭瓜棚的声音。那声音此起彼伏的，敲得很响亮，敲得很欢畅。和上小溪原本那种"叮咚叮咚叮咚"的节奏，这便构成山村特有的初夏奏鸣曲了。

没多久，南瓜藤那纤纤的腰肢就已爬满了整个棚架。紧跟着一片片硕大肥厚的南瓜叶儿也越长越密了。很快，沿着小溪的每一个棚架，都变得青翠翠的、绿莹莹的。风过时，那一架架的绿云,如绸缎般贴着小溪飞舞。小溪的欢歌,瓜藤的舞蹈,配合得如此默契,直让村人们看得心里甜滋滋、润腻腻的。

又过了不久,南瓜开花了。花儿很大,黄灿灿的耀人眼目。这时候,村庄那低矮的黑瓦房,如同浸润在一个色彩缤纷的童话世界里,亮丽得让人心醉。而那浅浅的溪水,因这些南瓜花的映照,便也呈现出一种从未有过的黄金般的绚丽和璀璨。

终于,到了南瓜成熟的季节。这时,最快乐的该是那些正在读小学的村童了!村童们上学和回家都不再走溪边的小土路,而是喜欢沿着小溪蹚着水走。一面借瓜棚上田田的瓜叶遮挡夏末秋初还在火辣辣的太阳;一面又可以比一比谁家种的南瓜个儿更大,成熟更早。常常,孩子们正在欢快地唱着、跳着、蹚着溪水往前走,一不小心,小脑袋就"嘭"地碰着了一个圆滚滚的大南瓜。于是,"哎哟哟……"的叫唤声和嘻嘻哈哈的笑闹声,便溢满了整条小溪,惹得过路的村民们和正在溪边浣衣、洗菜的村姑们也都跟着乐开了怀。

年复一年,因为南瓜棚、南瓜花和圆滚滚的大南瓜的装饰与打扮,小溪就更有了几分独特的风韵,几分独特的情致。

偶尔,有远方客人来访。村人下厨之前,总不会忘记到小溪边,在南瓜满架的瓜棚上,摘几朵金灿灿的南瓜花,摘一个圆滚滚的大南瓜。很快,一桌鲜嫩嫩、清甜甜的家乡南瓜宴便可以开席了。客人品得开怀,主人笑得满足。那一份满足,一如小溪边那金灿灿的南瓜花儿,绚丽得很。

而此时,小溪依旧还温温婉婉地唱着那首"叮咚叮咚叮咚"的歌谣,仿佛在替主人们和客人们的欢乐和融洽伴奏,又仿佛在殷勤地向远方的客人,诉说着山村生活中的许许多多纯朴与温馨。

时光荏苒,小溪上曾经满架的南瓜棚,早已不见踪影。唯有小溪水,依然还温温婉婉地唱着"叮咚叮咚叮咚"的歌谣,牵动着村人的一颗心,既温润,又寂寥。

美好一天,从与猪散步开启

如果不是亲眼所见,到现在我也依然很难相信,爸爸是怎么想出如此奇特的一个养猪招式的——与猪散步,天天锻炼。用爸爸的话来说:"美好一天,从与猪散步开启。"

只要是天气好的日子,每天早上,爸爸一定会赶着猪儿一起出去散步。

我们梅村旁边有一条三江河,从我家到三江河的河堤有一条泥土路,长200米左右。爸爸赶着猪儿散步的路线,就是从家门口走到河堤这200米之远的泥土路。这段泥土路旁还有一个古炮楼,与村中的房子一样,同样也是黑瓦黄泥墙,具有很典型的梅村特色。

每天清晨,阳光透过云层,洒落黑瓦黄泥墙,大公鸡"喔喔喔"地歌唱,爸爸便开启他和猪儿们的晨间运动了。

爸爸把两头公猪、一头母猪和一窝小猪崽从猪圈里放出来,一只手夹着一支烟,一只手拿着一根小竹鞭子,赶着猪儿们出门,一起慢悠悠地往泥土路上走去。大猪摇头晃脑,小猪欢蹦乱跳,乐得就好像一家子外出游玩似的。

也不知道爸爸是怎么训练猪儿们听话的,反正猪儿如果想离开泥土路往旁边的岔道或小溪里走,爸爸就会像电影《锦上添花》里那个赶猪的老怀表大爷一样,"喽喽喽喽"地吆喝上几声,再用小竹鞭子轻轻地拍拍大小猪儿们厚实的身子,猪儿们便又很听话地走回到泥土路来了。

晃晃悠悠地走到泥土路的尽头后,爸爸会让猪儿们在堤坝上,撒野一阵,吃点野菜,喝点清甜甜的三江水。玩儿够了,再晃晃悠悠地赶着猪儿回家。短短的200来米泥土路,往往一走就是一个多小时。

爸爸赶猪散步,成了村庄的一大景观。村里有人也常常戏谑爸爸:"这么早,又和猪宝贝们玩儿去了。"爸爸笑容满脸地应道:"是呀是呀,早上走走,锻炼锻炼,美好一天,人活得健健康康,猪长得肥肥壮壮。"

那时候,我们几个兄弟姐妹,都羡慕极了家里的猪儿们,我们觉得爸爸虽然爱我们,但他似乎更爱他的宝贝猪儿们。忙田忙地忙猪的爸爸,平常极少陪我们小孩子一起玩,更别说和我们一起散步、一起去河里游玩了。其实,爸爸平常不仅难得和我们玩乐,就连和我们说话也极少,唯有在吃饭时,常常会问上那么一句:"你们想不想一辈子扛锄头干农活?"我们齐声答:"不想!"爸爸立马应道:"不想,就好好念书去。"这种一问一答,常常就成了爸爸和我们交流并教育我们成长的特别方式。这种方式虽然简单粗暴,但却让我们很清醒地看准了自己的人生道路:下定决心,为了不做只懂扛锄头种地的人,一定要好好读书。后来,哥哥、我和小妹,都相继考上了大学,离开了村庄。而爸爸呢,还一直忙碌着他的养猪事业,一直忙碌着与猪儿们在乡村的泥土路上散步。

每天与猪儿们晨运过后,爸爸便投身到一项"伟大的事业"中去:一天五顿,努力把猪儿们喂养得肥肥胖胖的。

20世纪七八十年代,养得肥肥胖胖的猪,最受欢迎。那时候,吃猪肉,大家也是爱吃肥膘的。现在说起来,似乎不可思议。但在当年,这却是最正常不过的事了。

在那个缺肉少油的年代,肥猪肉远比瘦肉更受购买者青睐。当时,连南人买肉都喜欢买肥肉,看见哪块肥就抢着要哪块。因为肥肉拿回家后,可以下锅慢火熬出猪油,而后把猪油储存在瓷罐里,凝结成白花花的一罐,每天挖一小勺,炒蔬菜炒瓜豆,香喷喷得很。因此,市场上的猪肉,都是越肥越受欢迎。养猪的人家,自然也是一个劲地寻思着如何才能让猪长膘,长成胖乎乎的一头大猪了。

当时梅村家家户户,基本都养有一两头骟猪(阉过的公猪),

养上大半年，立冬前后开始杀猪，留一半腌制腊肉，一半则拿到三江县城市场去卖。一年的家用，大体就靠这头大肥猪支撑起来了。勤快点的人家，还会养一头母猪。母猪下仔，一窝小猪，养一个月左右，小猪仔就可以长到10多斤，卖掉小猪仔，就能多赚些钱贴补一年捉襟见肘的家用。

我们村庄里的人养猪，都是圈养的，把猪圈在一个固定的猪圈里，猪圈里放置着一两个长形的木头猪槽。每天把煮好的猪食，倒进猪槽里，猪儿嘴巴拱进猪槽，"哒哒哒"吃成个猪花脸，肚子吃得圆滚滚的。村里人天天把猪喂得饱饱的，让猪吃饱了就睡，睡够了再吃。用村里的土话说，就是"让猪囤肥"，囤上大半年一年的，猪肯定就肥肥胖胖了。

我爸爸养猪，自然也是紧跟时代潮流，把猪养得肥肥胖胖的，才能多换点钱，养活一堆孩子。他每天喂猪吃早中晚三顿正餐，外加晚上10点多和凌晨2点多各一顿夜宵。每天要喂猪儿五大顿，连晚上睡觉也睡不安稳，这是非常辛苦的。但这关乎一家人的生计，再辛苦，爸爸也会咬紧牙关，一天五顿，一顿不落，让咱家的猪儿们吃个心满意足。一年到头，感觉爸爸对猪儿的照料，简直比照顾我们小孩子还细心和尽心。妈妈还曾笑说，我们家的猪儿，才是爸爸的"心肝宝贝"。

印象中，我爸对菜地里的活儿一点都不热衷，在他眼里，那都是妈妈和姐姐们忙的小活儿。但他对种番薯藤和猪䓤菜的四五块菜地，却是十分上心，经常勤快地去菜地里翻土，插番薯藤，种猪姆菜，淋水，施肥。番薯藤猪姆菜长得碧绿肥大，猪儿很快就能吃上美味，一天天向肥胖迈进了。

在喂猪这事上，爸爸从来都是大包大揽。家里养有一大一小两头骟猪和一头母猪，但爸爸根本就不放心家里任何人去喂他的"心肝宝贝"。从菜地摘回来的番薯藤和猪姆菜，也必须是他亲手切才行。爸爸切这些菜的刀工很好，切出来的菜，长短齐整，十分匀称。家里有个大铁锅，是专门用来煮猪食的。切好的菜放到大铁锅里，爸爸自己烧火调味，待把猪菜煮熟后，倒到猪槽里，猪儿们"咕噜咕噜咕噜"，吃得可开心了。吃饱喝足后，闲庭信步时，猪儿们满足地发出"哼哼"声。如果母猪配种后，生出了一窝小猪，小猪们吸吮着奶水足足的母乳头，一个个也"哼哼哼哼"地欢叫，吃饱喝足后，撒开腿儿乱跑乱跳。

爸爸一旦身体不舒服，我们家的猪儿，可就非常闹心了。

此时，妈妈和姐姐们不得不接下喂猪的活儿，轮流去切番薯藤和猪姆菜。本来平常就没怎么干过这活儿，如今临时上阵操刀，刀工自然不到家，切的菜长短不一，看着就不上眼。下锅煮时，这么大一个铁锅，放多少水，心里也没个谱，不是太稠，就是太稀，甚至有时还慌得把一锅猪食都煮煳了。待到把煮熟的猪食倒入猪槽，猪儿们才吃了几口，就躲一边去了。直到实在饿得顶不住了，才又凑到猪槽吃几口，吃得着实是不情不愿呀。来回折腾好几回,猪槽里的猪食还有一大半呢。

平时爸爸喂猪,猪儿们可都是吃得"哼哼哼哼"的开心,猪槽里的猪食都被吃得见底儿,一点都不会剩下。如今,吃不到爸爸亲手熬制的猪食的猪儿们,可真是闹意见了,"嗷嗷嗷嗷"地乱叫。那时候,如果在半夜里,听到我家的猪圈发出一阵阵"嗷嗷嗷嗷"的嚎叫声,左邻右舍都知道,肯定是我爸爸身体不舒服,换其他人去喂猪了。

一年四季,爸爸每天定时喂猪儿们饱吃五顿,每天陪猪儿进行散步锻炼。如果早上没空,爸爸傍晚时分,也会补上和猪儿们散步的功课。我们家的猪儿,在爸爸的悉心呵护和喂养下,总是长成全村最肥肥胖胖的,远近闻名。每年,爸爸养的一头猪都有300多斤重,拿到市场去卖,特别受欢迎,很快就卖完。为此,爸爸还曾被评为梅村和城西大队的养猪状元,还得到过奖状呢。

城西四方井,是我们从三江县城回梅村时的必经之地。赶路的人口渴了,就在四方井打些井水,喝上几口,润润喉咙,以便接下来愉快地再赶两三公里的路回梅村。当时,四方井边的墙壁上,就曾经有人写过这样一行字——"养猪状元:潘火炉"。我记得,90年代初,我从广州回梅村,当时四方井还没有重修,墙壁已经有些剥落,字体有些模糊,但墙壁上写着的夸赞我爸爸"养猪状元:潘火炉"的这一行字,依然还可看见。

时过境迁,90年代开始,中国人的生活日新月异,人们吃猪肉越来越怕肥腻,继而也慢慢对肥猪肉敬而远之,转而喜欢买瘦肉吃了。并且,吃清香的花生油,也成为一种新的饮食时尚。

一直以把猪养得肥肥胖胖而闻名的父亲,却很难一下子从心底里接受这一新的时尚。他依旧每天还是陪着猪儿一起沿着泥土路散步,他依旧还是喜欢把猪养得肥肥胖胖的,他觉得这才能对得起他养猪的这番事业。

然而,爸爸坚持的结果却是:每年,我们家杀了猪,猪肉拉到市场上,却没多少人来买,等到市场都要散市了,不得不把大部分猪肉从菜市场拉回家去。看到这样的结果,爸爸越来越惆怅。但随着年龄的增大,他已经越来越难适应新的养猪方式,越来越难跟上时代的变化了。

为了不让爸爸太劳累,我们兄弟姐妹便以我们已经出来工作,没有人能够为爸爸帮手为由,叫爸爸不要养母猪了。每年只养一头骟猪,让爸爸有事可做,不会那么寂寞。年底杀猪,不卖猪肉也无妨,就腌制些腊肉,送给亲戚朋友们。

爸爸也没说什么,他依旧还是每天早上赶着骟猪出门,出门后,点上一支烟,和猪儿一起慢悠悠、慢悠悠地走向河堤,开启他人生美好一天的光阴。

每当这时候,我脑中总会想起《宝贝小猪唛》这部电影。电影的结尾,小猪唛和农夫,静静地并排站在一起,凝望着大地,凝望着天空,什么也没说,但他们很懂彼此。

而我的爸爸，也和他的猪儿站在一起，凝望着鹿鸣关脚下的原野与河流。

　　山风，静静地吹过；河水，淙淙地流淌。猪儿"哼哼"欢叫，父亲却一言不发，凝望着大地，凝望着天空，任晴阳斑驳，任时光流逝。我想，我的父亲，一定是《宝贝小猪唛》里那位优秀农夫的最佳知音！

田埂边,那一抹身影

田埂边,那一抹身影。

每当看到稻田,这个意象就会涌现在我的脑海里。

那个身影,便是我的父亲。

稻田,是村人的命根子,村里的成年男子,个个都堪称是种田能手。

但是,我爸爸,是一个种田能手吗?从前,对这句话,不单是我,连哥哥姐姐们也都是有所疑惑的。

1980年年初,梅村分田落户了。刚开始的一两年,村里关系好的一两家人,还沿袭着生产队时期的合作劳动遗风,往往会结成互助组,轮流互相帮忙。谁家的稻穗先成熟了,就一起先去帮忙割谁家的稻穗,吃饭也到当天割稻穗的那家人家里吃。待到插田的时候,亦是如此。两家人,一家亲,干活时有说有笑,吃饭时开开心心,充满了欢乐。但一两年过后,这种互助帮忙就慢慢消失了，每个人家的稻田面积不一样，男女劳动力不一样，吃饭时的荤素也不一样，两家人很难再一家亲了，那种生产队时期的合作劳动遗风，如一股风，很快就被吹得无影无踪。代之而起的，是每家人各忙各的"一亩三分地"。

这时候，在缺劳力的人家，一些小孩就不得不迅速地修炼成为家庭的中坚劳动力。尤其是我们家，三个大我们很多的姐姐都已经出嫁，奶奶年纪大，妈妈身体弱，中药长年不断。两个叔叔，当时倒是年轻力壮，本来该是最具有战斗力的劳动力，但个头高大的满叔，因为发烧烧坏脑子，力气虽然有，可是干起活来毫无章法，在村人眼里，满叔就是个心智不健全的大孩子；三叔呢，心比天高，总爱往村外跑，一年半载都不见踪影。家里只有大我4岁的云英姐一个正常劳动力，当时哥哥和我都在读中学，小妹则还在读小学高年级。在非常欠缺男劳力的农忙时节，我们四个孩子就成了冲锋陷阵的强劳动力。

而父亲呢，农忙时节，又总爱保持一副站在田埂边的姿态，一开始和我们合作一起割稻穗一起插田的人家，都不理解，老是笑问："怎么你们爸爸总是站在田埂边，像指挥家似的，只说话不下田忙活呀？"其实，我们也一样不理解，所以才会一直对爸爸是否真是一个种田能手这个问题有所疑惑。

二月春风似剪刀。每当新一年农历二月温暖的春风像一把灵巧的剪刀，剪开了春天的帷幕，沉寂了一冬的村庄，悸动起来，春耕便正式开始了。"布谷飞飞劝早耕,春锄扑扑趁春晴。千层石树遥行路,一带山田放水声。"清代姚鼐的诗歌《山行》,描绘行走千层石树山间,飞翔的布谷鸟殷勤劝耕,扑翅的白鹭鸟(春锄)趁晴欢舞,农夫们在层层梯田间辛勤劳作,放水灌田,水声悠悠,山田波光粼粼。飞鸟的欢叫,农夫的勤勉,稻田的水响,相互辉映,有声有色,好一幅充满活力的山乡春耕图。

城里人看着这样的山乡春耕图,觉得甚是好看。但对我们家两个正在读中学、一个正在读小学的兄弟姐妹而言,却是清苦的,因为周末的日子再也不能悠游玩乐,而是要和农事纠缠在一起了。

在我印象中,稻田里的活儿,一直都是我们四个兄弟姐妹和满叔在忙活。而爸爸总是站在稻田边,一边看我们在农田里忙碌个不停,一边还指手画脚,对着手忙脚乱的我们挑三拣四。

吆喝着赶牛犁田的,是满叔。但爸爸常常会嫌弃满叔手中的犁铧压得不够大力,犁的田泥太浅。他常常站在田埂边,督促满叔:"用力点,犁深点,红花籽和粪肥才能深入土壤深处,田才能松软厚实,稻田肥沃,种的稻穗才会饱满茁壮呀!"有时候急起来了,爸爸也会下田去,一手扶着犁把手,一手使劲往下按着犁橼的正中,口中吆喝着牛,示范给满叔看。的确,爸爸犁田翻起的泥巴多了好多,满叔自然也不敢偷懒了。

进入插田时节,拔秧苗的,是姐妹们;挑秧苗的,是满叔;

插田的，则是哥哥和我。爸爸呢，也还是常常站在田埂边，指指点点，"拔秧苗小心点，不要弄断了秧苗叶"；"插田时，两排秧苗之间，间距不要太宽和太窄。太窄，不利于稻苗生长；太宽，插的禾苗少，收成就会减少。"偶尔，爸爸会帮满叔挑一下秧苗，或者示范一下插一两行田，让我和哥哥按他心目中标准的禾苗间距，一路插下去。不过，我和哥哥有时候为了快点把田插完，禾苗之间的间距不免就大了起来。这时，站在田埂边的爸爸，就会把我们插下的间距大的秧苗一一拔起，用双手先把田泥弄平，再重新按正规的间距把秧苗插下去。弄得我和哥哥有时候挺烦的，每每插田时，老是偷眼瞄一瞄爸爸在不在田埂边。

7月，淡黄色的细碎稻花开遍稻田，金黄饱满的稻穗低着头，把稻秆都压弯了腰。这时候学校放暑假了，收割的农忙时节也正式开始了，整个村庄都是一片丰收而又热闹的景象。

我们姐妹不停地弯腰弓背，用镰刀割稻秆。满叔和哥哥不停地用脚踩打谷机，用手抓起割下来的一把把稻穗，忙不迭地放进打谷机，打出了小山一样的稻谷。爸爸把稻谷装进箩筐，挑着沉甸甸的一箩筐一箩筐稻谷，穿行过羊肠般的田埂，挑回到晒谷场。爸爸把每一担谷都称一下有多重，一边称一边满脸笑呵呵的，然后再把一担担谷倒到晒谷场上，把稻谷晒干，才能入仓。

当时梅村一年种两季水稻。7月，田里的稻穗刚收割完，马上就得开始忙第二季的犁田、插田等农活。虽然天上太阳高照，地上热浪滚滚，我们干起活来都汗流浃背，但我们还是很期望太阳猛烈些，更猛烈些，期望天空最好天天都布满鱼鳞状的云彩。我们乡村流传这样一句俗语"天上鱼鳞斑，晒谷不用翻"，意思是说只要天上的云彩像鱼鳞一样，就一定是个大晴天。而太阳很猛烈，谷子不用翻，都能晒干，这可省力了好多好多呀！

我们和满叔一通忙活后，稻穗割完了，稻谷入仓了，晚季的稻田也重新插完了，农忙过去了，乡村又开始一片平静，我们兄弟姐妹的周末日子又可以自由自在地玩乐了。而爸爸呢，却进入了打理农田的忙碌时光，每天不是在稻田里，就是在前往稻田的路上。

每天清晨家里的大白公鸡扯开歌喉高唱，爸爸就会扛上一把镰刮（一种类似锄头，常用于除草的农具）向稻田进发。到了稻田，先绕着田埂走上一两圈，有条不紊地干起给稻田放水、耘田、除稗子、打农药、施肥等等一连串的农活。一阵忙活之后，爸爸喜欢走到田埂边，把镰刮放下，人坐到镰刮的木头长柄上，从兜里掏出烟丝，用张小白纸把烟丝卷起来，再用火柴点燃烟头，嘴里慢慢地吐着烟圈，眼睛静静地看着禾苗，开始了他与稻田相守的光阴。

爸爸待在田埂边，待得最多的一块田，就是三江河堤边的那块地，足足有三亩二分。说来，我们家能分到这块肥沃之地，完全是靠了爸爸的神奇幸运。

当时，生产队分地，全队所有农田被分成一、二等级。一等地是三江河堤坝边的平整农田，很肥沃；二等地则是山脚下的农田，相对贫瘠一些。分田时，每一等地，都事先分成不同的编号，写在一张张小纸条上。这些小纸条被折叠成团后，一起放在一个大簸箕里，由每家人派代表上去抓阄。每个人都希望自己能够抓到最大块最平整的好地，尤其是开始分三江河边那一片肥沃农田时，大家更生怕大块的好地被别人先抓去，于是一个个都争先恐后上去抓阄。唯有我爸爸，不争不抢，待每家人都已经抓完后，簸箕里就剩最后一张抓阄纸时，爸爸才慢悠悠地上去抓起那团纸，打开一看，想不到竟然就是整个生产队中最大、最平整、最肥沃的那块地，全场沸腾。爸爸嘿嘿地笑说：没想到，没想到，怎么会有这么好的运气。我们回到家里，都说一定是因为当过生产队长的爸爸为人勤奋又公道，所以才有这么好的运气。

确实，爸爸是很勤劳的，养猪、晒腊肉、忙农活，一年到头都忙个不停。只是，那时候，我们兄弟姐妹都觉得爸爸忙的农活，不是什么重体力活，犁田、打谷、插田这些农忙时节的主要农活，爸爸都不怎么做，而只是一味地站在田埂边，指手画脚让我们和满叔做。至于爸爸后面做的那些细碎又耗心费力的耘田、打农药、施肥等活儿，我们也很少去关注过。所以，也就对爸爸是否真是一个种田能手这个问题心存疑惑。

爸爸呢，对我们的误解，也只是笑笑，一直并不多说什么，天天还是勤快地在稻田里转悠,在田埂边静坐,抽烟,与稻田相看两不厌。

倒是脑筋烧坏、看似像个孩子的满叔,对我们说过那么一句话:"其实,你爸爸才是真正的种田高手,我们干的是苦力活,他干的都是技术活。"满叔脑子经常不在线,但是偶尔有些话说起来却特别睿智,这让我都有些怀疑,满叔是不是因为与自己喜欢过的女孩子没结成婚,从此就不想恋爱也不想结婚了,故意让自己经常显得脑子不正常。其实,当他想正常的时候,谁也不如他看问题看得透。遗憾的是,当时自己还是个中学生,干农活累得够呛,也难于去品味满叔所说的话。

时过境迁,待自己年长之后,想想满叔说的话,才真的觉得很在理。农忙之前,爸爸要发谷种,要培育秧苗,秧苗培育得好,就可为将来的好收成打下良好的基础;农忙之时,犁田、插田、割稻穗,活儿繁重,赶时间,那是一场突击战,爸爸其实一直都在田埂边唠唠叨叨,也着实是想让我们能把活儿干得更锦上添花,只不过我们觉得爸爸要求太严苛,心里有些不痛快罢了。待到一场突击战完成后,我们都卸下了心头的重担,而爸爸却要开启护理田间的"放水、耘田、除稗子、施肥、打农药"等各项工作,那都是耗时耗力的漫长而艰巨的工程,需要十分的细心和耐心,万一哪一个环节处理不当,就会影响将来的收成。比如说,给稻田放水,看似很简单吧,但其实要放多高的水,才合适禾苗成长？要早上放水，还是傍晚放水，才能保证稻田的水温合适，有利于禾苗长得更加健壮？这些都是很有讲究的。这些活儿，每一项都很细碎，不是一天两天就能做完的。而是连续两三个月，要不停地连轴转下去，那才是真正的繁重和累人呀。

如今，家里的稻田已经交回给生产队了，父亲也已经离开我们很久了。但变成了大城市人的我，还常常喜欢去乡下寻访翻滚的稻浪。每当看着缓缓起伏的金黄色稻浪，我眼前立马就晃荡出美得让人心醉的凡·高"黄"。金黄色，炙热如太阳般的颜色，那是印象派画家、"色彩大师"凡·高的至爱呀。在凡·高动感率性的画笔下，一抹抹炽热明快的金黄色，热烈地张扬，尽情地释放着。

原来，从前我的家乡村庄，我的少年人生，都曾经是一片片凡·高画作的意境。只是，那时的我，并不觉得这凡·高"黄"有多好看。

唯有我爸爸，一直沉浸在凡·高"黄"里，挥舞着他手头的锄头和镰刮，让他眼前的稻浪，一天天，变得璀璨，变得饱满。然后，他点上一根烟，坐在田埂边，凝视着一片片压弯了腰的沉甸甸的凡·高"黄"，满意地向天空，笑一笑，吐几口烟圈。

田埂边，那一抹身影，从此，便成为一个亘古的意象。

春风吹过鹅卵石墙

阳春三月,风和日丽,我家门前这一堵鹅卵石墙,终于砌好了。

满叔高兴得像个孩子,沿着鹅卵石墙,走过来走过去,一脸满足地说:"我的宝贝儿,我可终于把你砌成完整的一堵墙啦!"

如果有人问我,满叔一生干了什么大事?我脑袋瓜翻遍了储存的所有记忆,像修锄头、镰刀、木桶和做木头箱子之类的,似乎也算不得什么大事,唯一可以称得上大事的,就是砌起了门前这堵鹅卵石墙!

鹅卵石墙长 20 米左右,高 2 米多,墙顶呈不规则弧形,忽高忽低,像波浪般浮动,颇见砌墙人的顽皮与随心所欲。

满叔砌这堵墙,时间很漫长,从我读小学五年级开始,大概到我初三下学期开学的春天,花了三年多的光阴,才完成了这一项"艰巨"的事业。

1980年春天,梅村开始实行分田到户责任制,家家户户自主干活,虽然农忙时比较辛苦,但农忙之外的闲暇时间也多起来了。此时,满叔的梦想便活跃起来。

我们一家和父亲的两个兄弟满叔、三叔,住在同一个院子里。三家人,三套房,房子坐北朝南,我们家居中,三叔和满叔各居一边。院子的一左一右,还有两个小厨房,平常都是我们家在厨房里忙活。三叔和满叔都单身,一人吃饱全家不饿,根本用不着去忙活厨房的烟火。而我们家,有奶奶,还有一堆孩子,小嘴巴一张张馋得很,劈柴,烧火,日子过得很紧巴,但也很实在。

单身的三叔,喜欢往山外跑,经常跑得不见人影,往往两三个月才见他回一次家,有时甚至隔一年半载才回来。我们小孩子对三叔的印象都很模糊、很缥缈。在我印象中,梅村这个家,对三叔来说,更像是一间旅店,他的人生,只不过偶尔在此留下浅浅的痕迹而已。我们也不知道三叔跑山外去都忙了些啥,难得见他回来一次,都是两手空空,满身风尘。每次回家没几天,三叔又会往山外跑去。村人都说三叔是跑江湖的二混子,但三叔自己却一直"心比天高",他总觉得聪慧的自己不应该永远待在农村,他应该去城市里闯荡出属于自己的远大前程来。只可惜,三叔的日子却总是过得困苦不堪,最后中年早逝。在三叔的身上,完全印证了"心比天高,命比纸薄"这句谚语。

同样单身的满叔,却喜欢待在梅村,连只有三公里远的县城三江,他也只是偶尔趁墟时才去逛逛而已。平日里,满叔除了忙农田忙菜地忙养鱼,还喜欢玩些手工活。反正他这一双大手就是闲不住,似乎只要手中忙个不停,他的梦想就能开花。

鹅卵石墙,便是他梦想中的一朵美丽的花。这花开的时间很长很长,这花开的日子也十分有趣。

从1980年春天开始,满叔每天都会跑到离村一两百米的三江河,溜达好长一段时间后,他才跑回家来,神情喜滋滋的。正当我们疑惑之时,他打开手中抱着的小包裹,里面露出了圆溜溜的鹅卵石。我们面面相觑,都不知道满叔找来鹅卵石想要干啥?

"我想砌一堵鹅卵石墙,把门前的竹篱笆墙替换掉。"满叔笑眯眯地说。

虽然我们都知道满叔的手很巧,他能做出不少漂亮的手工活。但是,要砌成20米长的鹅卵石墙,那得要到三江河捡拾多少鹅卵石呀。光这么一想,要砌成这堵鹅卵石墙,就绝对会是一项很耗时费劲的工程。更何况,满叔干起活来,一直以慢出名,仿如动画片《疯狂动物城》里那只名为"闪电"的树懒先生,动作迟缓,像是放了慢镜头。自然地,我们都很担心——满叔砌这堵鹅卵石墙,那得慢到猴年马月才能砌得成呀?

"砌多久也没关系呀,反正,最终一定能砌成的!"满叔依然笑眯眯,很开心的样子。

说干就干!春风拂面,满叔挑着畚箕,迎着朝霞,到村边的三江河，挑了些大石头回来。两个月过后，满叔把围墙的地基起好了。

此后的日子，便进入了漫长的寻找鹅卵石的时光。他不在家，就在三江河；他不在三江河，就在去三江河的路上——这句话完全成了他这段人生的写照。

就算农忙时，他也不忘去三江河捡拾鹅卵石。甚至有时候，吃完晚饭后，他也还会带上手电筒，去三江河照水螺、照鹅卵石，像个孩子般玩得满身湿漉漉的。后来，我们都习惯了：要是家里找不到满叔，只要直奔三江河，保准能看见他正在河中翻捡石头。

满叔把鹅卵石洗濯干净，放到脸盆里，一路笑嘻嘻，把一脸盆鹅卵石端回家。回到家后，满叔喜欢拿起鹅卵石，左看右看，爱不释手。

鹅卵石，状似鹅卵，摸起来圆滑，挺舒服的。色泽基本上是一片灰色，偶见有三几颗淡紫色、淡红色、淡蓝色的鹅卵石。满叔把淡紫色淡红色淡蓝色的挑出来，装到透明的玻璃缸里，然后又到门前小溪取了清亮的溪水，捉了几条小鱼，一起放进玻璃缸。鱼儿在淡紫淡红淡蓝的鹅卵石上游来窜去，玩得不亦乐乎，盯着玻璃缸的满叔，"呵呵呵"地笑个不停。

看到满叔那么努力寻找鹅卵石，我们小孩子不上学的时候，也嘻嘻哈哈跟着满叔跑到三江河里捡拾鹅卵石。

捡拾了好几十天,院子里终于堆起了一大堆鹅卵石,满叔开始砌墙了。他先把石灰、黄泥、河沙搅拌成三合土,然后捡起一个个鹅卵石,比画来比画去,慢慢地砌了起来。满叔比画得很细致,砌墙的速度也是蜗牛般,拿起,放下,一个鹅卵石要折腾好几回。满叔说,要尽量少用三合土,最好是能自然砌进去,天然又美观。

时间溜得很快,整整两个月过去了,满叔终于砌成了二三十厘米高的鹅卵石墙。这下奶奶和妈妈可高兴了,常常把从菜地里收来的空心菜白菜豆角等蔬菜,放到鹅卵石墙上晒干,以便用来浸酸缸。我们小孩子也很高兴,等傍晚奶奶和妈妈把蔬菜收回家后,也该吃晚饭了,我们小孩子经常端起小碗儿,学满叔的样子,一屁股坐到鹅卵石墙上。这样的时光真美好,我们一起坐在院子的鹅卵石墙上,看月亮,数星星,吃饭饭。满叔的眼睛,就像天上的星星,一闪一闪,亮晶晶。

墙越砌越高,河里的鹅卵石也越来越难找。墙高了,我们坐鹅卵石墙的欲望却越来越低了,随之,捡拾鹅卵石的兴趣也越来越觉得乏味。只有满叔,依然痴心不改,依然喜欢坐在鹅卵石墙上,看月亮数星星,依然常常跑到三江河里,孜孜不倦地寻觅鹅卵石。

印象中大概花了一年时间,鹅卵石墙砌起有一米多高了。这时小学毕业的我也到了三江县城读初中,是个住校生。每周六下午才从学校回家,每次回家,必然又会看到满叔砌鹅卵石墙的忙碌身影。有时候满叔甚至会叫我帮他扶一扶鹅卵石以摆正位置,他好放些许三合土黏合一下。但好长一段时间,我感觉鹅卵石墙都没变高。有村庄人从我家门前走过,常常会笑满叔傻,还一个劲地调侃满叔:"用鹅卵石砌墙,多累人呀,这就像拉牛上树!"

我也问满叔累不累,满叔反问我:"你读书累不累?"我答:"累呀,不过我必须努力读书,才能有机会实现到城市里读大学的梦想。"满叔说:"我砌墙也很累呀,但我必须努力砌,才能完成我自己的梦想呀。"我很惊诧,经常说话不着调的满叔,在砌鹅卵石墙这点上,却如此富有睿智。

在满叔一年年的努力下,慢慢地,鹅卵石墙高过我了,接着高过哥哥了。最后,又高过了满叔。满叔必须爬上木梯子才能进一步砌鹅卵石墙了。满叔把鹅卵石的顶端砌得一会儿高一会儿低,如波浪般起伏。仿如一个贪玩的孩子一般,随心所欲地,画出自己的梦想,自己的世界。

三年多时间过去了,当春风再来,春草再绿之时,满叔终于把两米多高的鹅卵石墙砌好了。纵观整个村庄,也只有我家满叔在没有怎么花钱的情况下,硬是一年年捡拾三江河里的鹅卵石,砌成了高2米多、长20米的一堵鹅卵石墙,完成了村里人所说的"像拉牛上树"般的"壮举"。

我们全家都高兴坏了,满叔更是高兴得手舞足蹈。有了这堵鹅卵石墙,冬天的大风不会呼呼地直接形成强烈的穿堂风了,夏天也更觉得阴凉了。因为满叔在一些鹅卵石之间,并没完全用三合土密封,而是留了些许小孔。所以,当我们把脸贴在鹅卵石墙上时,春风透过墙上的小孔,会暖暖地拂过我们的小脸,温温润润,舒舒服服的。满叔呢,他变得喜欢靠着高高的鹅卵石墙,看一闪一闪的星星。

我们家这堵鹅卵石墙,自砌成之日起,便成为村中一处既简朴又美观的亮丽之景。尤其是下雨天,鹅卵石湿漉漉的,透着一股油亮亮的光泽,更加散发出一种让人心旌摇荡的古韵。村里的大爷大娘们,每每来到我们家的鹅卵石墙跟前,一定会竖起大拇指,夸赞满叔的好手艺。满叔呢,却永远像从前一样,只会嘿嘿地笑着,没有更多的话。

时光流转,红了樱桃,绿了芭蕉。奶奶、爸爸、妈妈、三叔、满叔等上一辈人都已先后离我们远去了。同辈的兄弟姐妹们,也都离开梅村,走出连南,散落到各大城市,各自谋求着自己的独立发展。老屋已经很久没有了人的气息,黑瓦黄泥巴房也快速地倾圮,已有坍塌的危险。

姐妹们商量,决定重建梅村老屋。测量的人和帮忙建房的人,都说这堵鹅卵石墙别保留了,现在搞新农村建设,换成红墙盖琉璃瓦的围墙,既新潮、好看又气派。我们坚决不同意。因为尽管曾经留下过我们生活烙印的黑瓦黄泥巴房已不得不拆除重建,但满叔精心打造的这堵鹅卵石墙至今仍非常结实,它是唯一留下我们姐妹人生与记忆的情感见证。因此,我们多次表态,鹅卵石墙无论如何都要保留下来。

然而,施工之人哪有我们这种眷恋的情思呢?推土机拆黑瓦黄泥巴房时,把鹅卵石墙撞开了一个大窟窿。要补这个大窟窿,首先要花费时间去找大体同类型的鹅卵石,还要懂调制传统的三合土。我们姐妹谁还有空去三江河里翻捡鹅卵石?谁还懂调制三合土?即使叫村人帮忙,现在谁还有这一份耐心?鹅卵石墙在村人眼里,早已被视为过时的事物,如今家家户户都喜欢建高楼贴瓷砖,再加上一圈红墙盖琉璃瓦的围墙。情感的积淀和形制的独特,终于敌不过时尚的大潮呀。

接着,大门左侧的小厕所要拆除,又要推倒几米长的鹅卵石墙。最后,为了和周边人家的地基平衡一致,以利于雨水的疏浚,我们家的整个地基又不得不抬高了七八十厘米。曾经高达两米多的鹅卵石墙一下就被填矮了七八十厘米。如此一折腾,曾经古朴好看修长的鹅卵石墙,变得既短又矮又胖起来,怎么看怎么别扭。这就仿如一个素朴好看的苗条女子,刹那间变成了又矮又胖的臃肿老者,看得我们真是满心难受呀。

2019年春天,当3月春风最后一次拂过鹅卵石墙之后,这堵墙终于被拆除了,我家门前迅速竖起了一堵大众脸的红砖墙,就只差没盖琉璃瓦了。

从来没想到,老屋重建完成之日,却是我们告别满叔的鹅卵石墙之时。新房子光亮整洁,新得耀目,但关于我的家族,尤其是关于鹅卵石墙的建造者满叔的无穷记忆,全都飘浮于老屋的上空,再难找到安放之所。

2020年,当春风吹过之时,我家门前那一堵已经消失的长长鹅卵石墙,只能晃动在我的脑海里,成为一帧斑驳的光影了。

我想,此后的一个又一个春天,这一帧鹅卵石墙的光影,会成为我与春风相遇的一种常态,从清晰到模糊。它会永远消失不见吗?

杉木箱子,像星星在夜空中熠熠闪光

"时光是一种非常奇妙的存在,经过它掌心的东西,有的会石沉大海,有的却因为淘洗而焕发出更加耀眼的魅力,像星星一样在夜空中熠熠闪光。"春分之时,翻看《一器一物:遇见旧时光》。读到这一段话,心一紧,眼一热,整个人都有点迷蒙起来了。

迷蒙之中,"像星星一样在夜空中熠熠闪光"的一只杉木箱子,若隐若现,然后,把我拉进了云雾深处,回到了粤北梅村的黑色瓦檐下:一个中年男子,坐在一条长长的木工板凳上,用刨子专注地刨呀刨,刨花薄薄地卷起来,白白净净,带着一股浓浓的杉木清香,好像一朵朵纯洁芬芳的百合花儿一样。一边有一个女孩子,抱起刨花,往天空撒去,快乐地喊着:"下刨花雨啦,香香的刨花雨来啦!"

这个女孩子,就是我。

那个中年男人，则是我的满叔，爸爸最小的弟弟。

那只在云雾深处若隐若现的杉木箱子，便出自满叔之手。

爸爸一生的时间，都花在了养猪、种田这种村庄百姓最最正宗的大事业上。而满叔呢，从来没干过什么正经的大事业，甚至有时候，看起来都不太像个大人。

满叔长得很高大，比我爸爸整整高出一个头，标准的国字脸，人长得还算是英俊的。但满叔说话不利索，说出的话常常让人摸不着头脑，并且常常喜欢一个人"嘿嘿嘿"地发笑，给人一种很傻很天真的感觉。尤其是他的眼神，常常露出一种懵懵懂懂的神情，有些像孩童般开心，又似乎蕴藏着一点害怕与无助。他干起活来，非常缓慢，那速度完全就像电影上的慢镜头似的，好像时间和生活对他来说，就应该像门前的那条小溪流水一样，春夏秋冬，缓缓地、缓缓地唱着"叮咚叮咚"的不变歌谣。

满叔去菜地给菜浇水，看到菜叶上有泥巴，他会慢慢地用葫芦瓢装起一点清水，再把清水滴到菜叶上，然后用一双粗糙的大手，轻轻地洗濯叶子上的泥巴。一边洗濯，还会一边对着青菜唠叨："你看你们呀，这么漂亮的绿色裙子也弄脏了。"时有走过的农人，一个个都笑他傻，教他直接一瓢水撒到菜叶上，菜叶上的泥巴一遇水，自然就从叶子上掉地里去了，快速又省力。但满叔说："菜叶上的泥巴一遇水，就变成花脸猫了，不好看。"有时候，他甚至可以花一个上午的时间，小心翼翼地洗濯菜地上的叶子，直到菜叶子都变得碧绿绿清亮亮的样子，他才满意地笑了，收拾工具回家。这就仿佛是一个孩子，在外面无拘无束玩乐够了，就开开心心地回家去了。

孩童般的满叔，和我们这些小孩子很玩得来。但当我们长大一些后，总觉得满叔怎么还像个小孩子，一点都不成熟。甚至有时候，我们都觉得自己的生活能力比满叔还强多了。

去农田里干活，满叔虽然年轻力壮，是个壮劳动力，但是除了干犁田的重活，插田是用不着他的。20世纪80年代初，分田到户，正在读中学的哥哥和我，就已经迅速成长为插田的能手。大个子的满叔，却只能和云英姐及小珊妹一起拔拔秧苗和挑挑秧担。即便如此，还常常惹得云英姐及小珊妹数落。

本来，农忙时节，干活都要赶速度，但满叔干活还是一副慢悠悠的样子。当云英姐和小珊妹快手快脚地把秧苗一小把一小把捆扎好扔到畚箕里时，自然会有一些凌乱。这时，满叔便会一小把一小把地把秧苗扶正，并用手缓缓地梳理一下秧苗的叶子，一边扶一边说："这样乱扔，秧苗也会疼的。"然后他用手细细地梳理凌乱的秧苗叶子，好像在梳理一个女子的秀发似的，笑嘻嘻地说："这样才好看，这样才漂亮！"气得云英姐只好抢着挑秧苗过来给我和哥哥插田。

看着别人气恼，满叔依然笑嘻嘻的，不管亲人和村人如何数落他，他一直都是这样笑嘻嘻的。

满叔一直没娶老婆。姐姐们告诉我,这事奶奶是有一定责任的。后来,我再观察,就发现,奶奶只要一看到满叔,常常是一副很失落、很懊恼的样子。

听姐姐们说,满叔年轻的时候喜欢上一个女孩子,女孩子的家在瑶山上。但奶奶坚决不同意,直接就把他们这一对儿拆散了。满叔很伤心,跑到山上淋了一场大雨。回家后就发高烧,一连烧了好几天。最后,满叔病好了,但是整个人变了个样,像个孩子般,说话不利索,还让人听得不知所云。村里的人都说,是烧坏了脑子。

烧坏了脑子的满叔,虽然说话磕磕巴巴的,但手很巧,能做出不少漂亮的手工活。家里的锄头柄、镰刀柄、木桶、火箱、木桌之类的器具,基本上都出自满叔一人之手,他干活缓慢,细腻,专注,整个人都仿佛沐浴在与光阴的静处中。我尤其喜欢"静处光阴多,闲中玩刨子"的满叔,他在一边刨木板,我在一边玩刨花,抱起刨花,随手往空中一扬,刨花雨纷纷而落。有微风吹时,把一朵朵刨花吹向院落四周,整个院落都氤氲着刨花淡淡的清香,我像只忙碌的小蝴蝶,追逐着刨花跑呀跑。满叔"呵呵呵"地笑着,我也"咯咯咯"地笑着,整个院落像个欢乐的小公园。

有时候我喜欢把卷卷的刨花拉长,比画一下哪一朵最长。这时,满叔可开心了,一边笑一边说:"我刨个更长的刨花给你玩玩。"然后,他憋住气,用力"呼"地一下刨过去,一朵卷卷的刨花轻柔柔地掉落地上。我赶紧捡起来,慢慢把刨花拉开,喔,真的长耶,嘻嘻嘻,扎长辫子去。

1986年8月中旬,我收到了广东民族学院的入学通知书。全家可高兴啦,满叔也不例外。他先是买了两包鞭炮,噼里啪啦放了起来,然后还在红红的鞭炮堆里找找有没有没炸开的鞭炮,找到了,就插放到门前的鹅卵石墙上,点燃,"砰"的一声响,像孩子般乐呵呵地笑着。

鞭炮响过后,满叔又开始刨刨花了。满叔说,他要做一个最好的木头箱子给我带去上大学。那个年代,皮箱在农村还不见踪影,村里家家户户如有人要出远门,都是托人或自家做一个木头箱子,装上必备衣物,就出行了。

山城连南,山多,树多,山上的树木成片成林。梅村原本就在鹿鸣关脚下,要找木料本来很容易。但满叔却不上鹿鸣关找木材,而是特地找到金坑小龙林场的一个亲戚,花钱买来了一根又直又长的杉木木材。小龙林场是连南闻名的"杉都",杉树随处可见。但"杉都"离梅村很远,现在从梅村开车过去都要花三个多小时。从前路不通,花的时间更长。满叔最终是怎么运回了那棵杉树,至今我也不清楚,但当时我真的感动坏了。

满叔告诉我说:"杉木材质好,不易裂变,防虫,耐用,是做箱子的最好板料。而且杉树木质轻,做成箱子,更方便女孩子携带,你去广州读书,路途远,这样也可以给你省点力气呀。"满叔这一番话，脉络清晰，富有思想，与以前那种懵懵懂懂的神态完全不同，这让我很惊讶。如今，再回头想想，其实满叔平常那些让人懵懵懂懂看似天真混沌的言语，就像用来做木箱子的这棵杉树一样，本来就有着一种独特的"纹理"和"质感"。他只是很想在生活中用这些独特的"纹理"和"质感"，把自己塑造成心目中渴望的幸福模样。然而，满叔渴望的这种幸福模样，一直都不被村人所理解，也不被我们这些他身边的亲人所理解。满叔的一生，仿如是"星星一样，在夜空中熠熠闪光"。只是这光亮，很微弱、很孤独。

满叔花了五六天时间，终于把我的小木箱做好了。光光滑滑，平平整整，不大不小，拎在手上，一点都不重，我怎么看怎么喜欢。全家人也七嘴八舌地不停夸赞。满叔在一边，笑得很满足。

9月，我拎着木箱子，从连南三江县城坐长途大巴，前往广州上大学去了。

此后，满叔做的木箱子，一直陪伴着我四年的大学光阴。

大四那年，木箱子外壳的两个角，竟然意外地被老鼠咬开了两个洞，隐隐觉得，很快木箱子与我的大学光阴一样，也会离我远去了。

毕业前夕，收拾行李时，我在恋恋不舍中，把木箱子给了楼道搞卫生的阿姨。阿姨说，她正好可以用来放家里小孩子的玩具。这一刻，我突然觉得很幸福，孩童般的满叔做出的木箱子，又可继续给另一个孩童的世界带来欢乐。

毕业后，我留在广州工作，偶尔找时间回一趟老家梅村，见着满叔时，我说起那只杉木箱子的去向。满叔一直都笑笑的，说这很好很好。他还说，可以再为我做一只杉木箱子。但他看着我拉回家的皮箱，眼神明显有些落寞。他也一直只是说说而已，再也没动手做另一只杉木箱子。

时光，来来去去。人生，走走停停。工作以来，我手中拉过多少个皮箱子，这些皮箱子到底是什么模样，是什么颜色，我全都没什么印象。唯一留下印象，且心中一直念念叨叨的，却是很多很多年前满叔亲手给我做的那一个不起眼的老物件——杉木箱子。

小小的杉木箱子，承载着我曾经拥有的过往与美好。那些与杉木箱子有关的人、有关的事、有关的记忆、有关的时光，一直都深深地印刻在我心里，每每想起，眼前会熠熠发光，心中会洋溢起一种朴素又纯粹的幸福。

有些东西，虽然远去了，但印刻在生命的记忆里，却因为时光的淘洗，焕发出了更加耀眼的魅力，就像星星一样，永远在夜空中熠熠闪光。

对我而言，满叔做的杉木箱子，才是一只永远"像星星一样在夜空中熠熠闪光"的老物件！

一树梅花一溪月

春分,回到梅村老家,已是暮晚时分,一轮满月儿淡淡地挂在天空。小溪边,有一棵不太大的树,横斜着枝丫,开着五六七八朵白花。月儿朦胧,水声清幽,我便自以为灿开着的是白色梅花了。有月亮,有小溪,有梅花,那真正是好一番"一树梅花一溪月"的妙境了。霎时,满心暖暖融融的。

只是,走前,再一细看,颇有些遗憾:那一树倚靠着溪边,自顾悠悠闲闲地开着的却是梨花。

可是,我一直最想看到的,却是梅花呀!

我出生成长的地方——梅村,村庄的名字像花儿一样美。

花儿一样美的梅村,其名字来源,流传着两种传说:

一说是,梅村房屋的整体布局,很像一朵梅花盛开的形状。像梅花一样盛开的村庄,起个名字叫"梅村",名副其实。

另一说是,坐落在鹿鸣关山脚下的这个村庄,四周还有不少大大小小的山峰，其中有一座烟墩山，山上原本野生着很多梅花。每当冬日来临，烟墩山开满了晶莹洁白的梅花，整座烟墩山都香气馥郁，沁人心脾。有好事之人，踏雪寻梅，站在烟墩山上，往山下的村庄望去，如入一处宁静淡远、清雅绝尘的美境。便觉得这么美的村庄，也该有个美好的名字才能与这番美景登对。于是，给这个宁静淡远的村庄起名叫"梅村"。

传说很美，梅村的名字与美丽的梅花，牵牵绕绕，让人倍觉清奇。但让我一直无法释然的是：在离开梅村之前的18年时光里，我却从没亲眼看见村庄里开过一朵梅花。那是因为整个梅村根本就找不到一棵梅花树呀！

一个名叫梅村的村庄，却从不见一朵梅花。这感觉，总是有点惆怅。

我曾经问过一些村人，为什么"梅村不种梅花"？村人说：种梅花，不吉利呢。"梅"，读音与"没""霉"相似。"没"，便是什么都没了；"霉"，说的是倒霉，霉运。一个人、一个家、一个村庄，什么都"没"了，这是多倒霉、多糟糕的事。种梅花干啥，那不是糟心吗？谁想这么糟心过日子呀，全村人都不想！

原来，不种梅花，只是因为全村人都不想过糟心的日子！这种弯弯绕绕的逻辑，看似有些不合理，其实，在特定的时代背景下，却也有它隐晦的时代合理性。在连最基本的生活保障都还没能得到满足的时代，审美，在村民们心目中的地位，当然显得有点奢侈了。于是，本来美得出神入化的梅花，在村人的心中，却变成了"没"和"霉"的象征。成了避之唯恐不及的意象。这一细节，其实真实地透露出，村人心中，自始至终都满怀着一种对美好生活的衷心渴望。只是，这种渴望，因为当时日子过得太清贫，却更多地掺杂进了一种难以言说的无奈吧。

不知道，这种难以言说的无奈，何时才会变得云淡风轻呢？

后来，每当冬日到来，我变得更喜欢往梅村边的三江河堤跑了。村边的堤岸上，种植着茂密的苦楝树，也零星地种有几棵高大挺拔的乌桕树。萧瑟的冬风刮过，乌桕树树叶渐渐变黄变红，红红艳艳的煞是好看，斑斓重彩，缤纷艳美。待这红红艳艳的树叶飘落时，树枝上常常挂满乌桕子，白白的，亮亮的，仿如树上盛开了朵朵白色小梅花。

"山谷苍烟薄，穿林白日斜。崖崩迂客路，木落见人家。野碓喧春水，山桥枕浅沙。前村乌桕熟，疑是早梅花。"元朝黄镇成的这首《东阳道上》，描写的是冬天山村的景色：山谷云烟缭绕，穿过疏林，夕阳已经西斜；溪边道路有些崩塌，只好迂回而过，却看到了树叶落尽后原本隐藏在树林深处的村庄人家；水碓正在咯吱咯吱地转动着，一座木桥静静伫立在浅浅的溪流上；村头的乌桕果实已经成熟，一树白花花的乌桕果高挂枝头，让人怀疑自己看到了一树早开的梅花。

"前村乌桕熟，疑是早梅花"——乌桕之美，不仅在于红叶满枝,还在于枝头红叶飘零后,那原本藏在树叶深处的青黑色乌桕子,同时也脱掉了黑色外衣,露出了白色的果实,硕果累累地挂满没有树叶的枝头,远远望去,像一朵朵早开的白色梅花,繁星点点,缀亮着山庄的冬景。

风吹乌桕树,一树"白梅"开!在梅村没有看见梅花,却在村旁堤岸边的乌桕树上,见到了灿若繁星的一树"梅花"。虽然此梅花非彼梅花,这乌桕树上的朵朵"白梅",也欠缺了一缕清清的"梅香"。但"一树白梅"的美好景象,到底多多少少也掩去了心中的一些遗憾之感。

光华流转,岁时更替。一晃,我离开梅村已经 30 多年了。这期间,断断续续回过很多次梅村。每次走进村庄,我的脑瓜里总是习惯性地想着这样一个问题:这个叫梅村的村庄,到底何时才能看到有梅花盛开?

数年过去,村中人家的日子早已蒸蒸日上。小溪边,也有了一番变化,从前比较少见的梨树、枇杷树,如今都越种越多了。梨花儿朵朵,枇杷花儿簇簇,比之从前只有金灿灿的南瓜花独占一溪风光的单调,早已增添了几分缤纷之美。

梅花呢?也有了。虽然,只是"画"上去的!近年来,梅村顺应时代的发展,大搞美丽乡村建设,村庄路边的围墙上,都挂上了各类盆栽小花。溪边,低矮的清一色白墙,也画上了很多梅花枝。一朵朵红艳艳的梅花,倒映在小溪里,花艳,水艳,整座乡村也变得明丽起来了。

艳艳梅花，已画满了村墙。盼望着，盼望着，真正的梅花，在梅村灿开的日子也该不远了吧。

2018年冬天，又回了一趟梅村。这一次，我的心比任何一次回梅村都要欢喜。因为，我真的看到了，我曾经期待了很久的那个美好画面——梅花朵朵，灿烂地盛放在梅村的大地上！

梅村小学的后面，建起了一个梅花公园。公园里，种着两排梅花树，红红白白的花儿，正艳艳地开着。绕村而过的小溪边，也建起了一个小型村公园，公园里也种上了好几棵梅花树。白白红红的花儿，正挂满枝头。三三两两的村人，流连在梅花树下，眼睛亮亮的，欢欢喜喜地道一声：梅村，终于也有梅花开啦！

梅村，终于也有梅花开啦！小溪边，梅花灼灼，映照得村中的溪水，也晶亮了几分；映衬着村人的脸庞，更靓丽了几分。

多美呀！一树梅花一溪月，终于真正地，成了梅村的一幅现实美景。

我们的天堂电影院

人约黄昏后,月上柳梢头。某日,我参加完社区文化活动从梁姓宗祠出来,拐进广州车陂沙美公园,竟然看到两棵大榕树之间,挂着一块宽宽的中间白亮四边黑框的布帘。一个放映机,叽嘎叽嘎,转呀转呀;一堆一堆人,坐在低矮的木板凳上,盯着黑白布帘,看呀看帘里晃动的影像。当时正是仲夏之夜,一些老者,手拿蒲葵扇子,轻轻地一扇一扇。

刹那间,时光倒流,那一把蒲葵扇子,如同孙悟空手中的芭蕉扇,把我的思绪"扇"回了从前在连南梅村看电影的年代。

"黑白布帘在风中摇曳"——曾经有过乡村生活经历的人,每当说起对80年代电影的最初印象,都自然而然会晃动出这样一个熟悉场景。

那时候,上电影院看电影,只需要一两毛钱,但并不是任何人都能够常常拿得出一两毛钱来!尤其是对于成长在乡村的我们来说，到电影院看电影，更是一件奢侈得超越我们的想象力的事情。好在，那时候政府有专门的电影队，每到周末或者各种节庆的时候，会轮流到各乡村免费给村民们放电影。所以，20世纪80年代乡村人看电影，大体都是在自家村庄的一块空旷之地，两边竖起结实的铁杆或木头杆，放映员把那黑边白底的四方布帘的四个角，捆绑在杆子上，然后，一台老式的电影机对准黑白布帘，叽嘎叽嘎地放起电影来。电影里的人物都是在布帘里鲜活地晃动的。在物质生活相对贫乏的80年代，"黑白布帘在风中摇曳"是当时很流行的一种看电影模式。

时过境迁，已经远离故土梅村，一不小心成为广州大都市市民的我，却一直觉得许多人为之津津乐道的"黑白布帘在风中摇曳"这种场景很鬼魅。为什么呢？因为，在1986年之前，"黑白布帘在风中摇曳"这种充满神奇魅力的画面，我从来都没有亲眼看见过！原来，在我生活的粤北那个叫梅村的小山村里，当时每次放电影，全都是直接对准了一面雪白的墙壁去播放的。

当时，我们村放电影的地方叫食堂。它曾经是全村人一起吃大锅饭的地方，是"大跃进"时代的产物。食堂只有一层，是黑瓦泥砖墙，里面有个小卖部，有个小卫生所，还有个舞台和一大块空地。每年年底，如果有什么文艺汇演的话，就会在这个舞台上进行。别看这个小舞台很简陋，它上面可是留下过中央民族歌舞团一些大咖们的演出足迹的！——这就是当年少数民族自治县最大的福利。记得读大学时，说起我曾亲眼看过某某民族歌舞大咖的演出，惊得那些大城市长大的舍友大眼瞪小眼的！

舞台后面，是一面雪白的大墙壁。村中老人说，这面墙壁倒不是专门为小舞台设计的，而是另一座建筑的后壁。但因为小舞台逐渐成了村庄里公众聚集的核心所在，于是，这一面雪白大墙壁的作用就越来越重要了。后来，第一次到我们村放电影的叔叔，觉得在舞台上另外挂银幕并不方便，干脆就直接对着墙壁播放起来。从此，就形成了惯例。在我印象中，这食堂其他地方的墙壁，经常都会变得黑乎乎的，唯有舞台后的这一块大墙壁，却一年四季都洁白如雪。我们村里的大人每年都会认真粉刷这块墙壁，而孩子们再调皮，也不会去这块大墙壁上乱涂乱画，一切都只是为了：看电影！

1980年秋，我12岁，到离村子三公里远的三江县城去住校读中学。自从改革开放后，学校已不兴组织学生集体去电影院看电影了，而当时我因家里生活相对窘困，所以虽然县城有个小电影院，但我根本没去那里看过电影。这样一来，我就特别关注村子里什么时候能放免费电影了。每当探听到村里要放电影的消息，我立马就会编织各种各样的理由向老师请假，以便回家看电影去。这各种各样的理由中，当然也包含一些小小的谎言啦。奇怪的是，当时我的父母从来也没批评过我，那真是个自由而又快乐的看电影年代。

放映员到我们村放电影的周期,大概两个多月才会有一次,每次连放两个晚上,一般是一个晚上放一部影片,偶尔也有放两部的。每当有消息说放电影时,家家从清晨开始,就搬了两三条长板凳去食堂抢占位置,乃至这一天的中午饭和晚饭,一家人都只能站着吃饭了,但一个个都吃得满心欢喜,满脸期待。待到晚上一吃完饭,碗筷都不洗,就一个个直奔食堂而去。

一开始,村里放的多是一些战争老片,如《地雷战》《地道战》《平原游击队》《闪闪的红星》《红孩子》《我们村里的年轻人》等一些五六十年代的经典电影。后来也陆续放映了很多80年代拍摄的电影,如《阿Q正传》《西安事变》《城南旧事》《小街》《庐山恋》《天云山传奇》《牧马人》《芙蓉镇》等。但从来没有放映过什么外国影片。可能是因为外国影片本来就比较少,而放映员也担心村里的人不爱看吧。

在食堂里放过的电影中,我印象最深刻的莫过于李连杰主演的《少林寺》!这部名震遐迩的功夫大片,在我们村是从1982年五六月才开始放映的。结果,从那时起一直到1983年的二三月间,大概有大半年光景,每次放映员来放电影,都少不了放一遍《少林寺》。那是因为当时全村人都太爱看这部影片了,每次放完,都强烈要求放映员下次还要放。尤其是村里的一些男孩子,全都把拥有一身潇洒武功的李连杰当成了自己的偶像。我那年长我两岁的哥哥,更是激动得叫父亲帮他理光了头发,再整天拎条木棍东敲西打的。当时，不管走在村里的哪一个角落，总会看见很多剃成了光头的男孩子，拿着扁担或竹竿，大喊大叫"李连杰"。还好，那时，我们的村子地处比较偏僻的山区，也不知道少林寺到底在哪里，家长们便不用担心剃光了头的孩子们会离家出走，到少林寺当和尚去。

当《少林寺》在我们村里放上两三次后，食堂里的舞台就变得热闹起来了。电影里的李连杰在舞台后的白墙上舞棍对打，头剃得光光的很多男孩子则站在舞台中央，一个个拿着扁担、竹竿，跟着电影上的李连杰舞个不停。每次《少林寺》放完后，总有不少男孩子免不了会受伤，比如，把手臂打出血，或者扭伤了脚什么的。而此时，食堂里的小卫生所就热闹非凡了。受伤的男孩子们一窝蜂地拥进了卫生所，止血的止血，消毒的消毒，包扎的包扎，一边还忍不住叽里呱啦地叫嚷着。男孩子们那充满了荷尔蒙的青春，因为《少林寺》，得到了淋漓尽致的宣泄与释放。

而我们女孩子呢，就去学唱《少林寺》的插曲《牧羊曲》。曲子音调很高，我们总是唱不好，但女孩子们之间也从来不会互相嫌弃，因为大家都是彼此彼此吧！当然，身为女孩的我，那时候还是更羡慕我哥，因为他不仅可以拿着扁担、竹竿在舞台上有模有样地与别的男孩子对打，而且还可以跟着放映员，一个村子一个村子地狂追着看电影。我对那种"黑白布帘在风中摇曳"的最初印象就是从我哥嘴里听到的。当时，我哀求哥哥也带上我一起去别的村子看电影,但哥哥死活不肯,说他们都是哥们儿一起走的,带上我这个女孩子,多没面子。当时,我真恨不得自己也能变成男儿身。

除了《少林寺》,我在梅村食堂里,还看过好几部印象比较深刻的电影。当时我们刚上中学,很多深刻的东西都看不太懂,不过孩子们看电影自有孩子们的乐趣:

看《阿Q正传》,我们就学会了"假洋鬼子"这个词汇。当然,那时已经没有男人留长辫子了,不过,我们不喜欢某个男孩子或者看着某个男孩子不顺眼的时候,就会背地里叫他"假洋鬼子";张瑜在电影《小街》演女主角时理了个短发,显得既漂亮又帅气,我们女孩子给这种发型起名为"张瑜头"。后来我也像很多女孩子一样,把长发剪成了像电影里张瑜一样的短发,一时间满校园都是"张瑜头"在飞扬;看《城南旧事》,我们非常喜欢沈洁扮演的小英子,她那双明亮、纯真、迷人、探索的眼睛,似一首淡雅而含蓄的诗,还有那首"长亭外,古道边,芳草碧连天……"的《送别》曲,更是让我们钟爱不已。最后连我们中学的毕业晚会上,大家告别时唱的都是这一首曲子。

狄更斯在小说《双城记》的开头有那么一段名言:"这是最好的时代,这是最坏的时代……"那时候的我还没看过《天堂电影院》,不知道这其实就是我们家乡最珍贵的"天堂电影院"。

时光不待人,当我懂得了什么叫乡愁,什么叫流连之后,"天堂电影院"的美好，早已经一去不复返了。

如今，梅村的食堂还在。只是，里面的格局已经有些变样了：舞台没了，小卫生所没了，小卖部也没了，只有曾经放电影的那一扇"雪白大墙壁"依然存在着，也依然还是雪白雪白的。但电影却再也不会在食堂放映了。村里年轻人说，谁还会到食堂看电影呢？每家每户都有电视机了，即使要看，也要到县城的三江电影院去看呀，2D、3D 的，特效可好看啦。老年人则说，在食堂看电影，还不如一起打打牌，打打麻将，这可有趣多了。

位于广州市的车陂村，在 2019 年的仲夏之夜，都曾经在村公园的大榕树下来一场"黑白布帘在风中摇曳"的怀旧画面。不知我那心心念念的小山村梅村，是否也会在某一天，能重新来一场盯着"雪白大墙壁"看电影的往昔时光？

在梦里，其实早已出现过无数次——"雪白大墙壁"的影像。梅村小舞台，我生命中的"天堂电影院"。

水井纪事

一条小溪,弯弯拐拐绕村而过,把梅村分成上、下两寨。我家门前正对着小溪,地处上寨。

村中有两口水井,一口在上寨,一口在下寨。这两口井,分别都挖建在小溪边。井里的水,一年四季,清甜,甘冽。早年,村民日常用水,全都来自这两口水井。每天到水井里担水,是村里人家的一项重要的家务事。

从我家走到上寨水井,有四五百米距离;而从我家到下寨水井,仅有两百多米,大概是到上寨水井一半的距离。

村里的大人,天天都忙农田、忙菜地去了,每天担水的活儿,基本上都压在了这些半大不小的孩子身上。奶奶年迈,母亲多病,两个姐姐,每天又都和父亲一起早出晚归,忙着干农活,挣工分。后来分田落户了,姐姐和父亲,又每天绕着农田和自留地打转个不停。大我四岁的云英姐,大我两岁的哥哥,自然就成了家中担水的生力军。

哥哥是家里的独子,但父亲并没有对他特别宠爱。父亲对兄弟姐妹都是一碗水端平,哥哥自小就学会干很多活。打我懂事开始,家里这项担水任务,一开始是云英姐干得最为勤快,后来云英姐中学毕业后外出打工去了,便由哥哥挑起了担水的重担。再后来,哥哥到县城上中学了,要住校,只有周末才回家,于是,家里的担水任务便落到了我身上。

下寨的水井,离住在上寨的我们家近很多,我是很想到下寨水井去担水的。可是,村人好像都恪守着这样一个乡俗:不管离水井是近是远,家住上寨的人,也只会到上寨的水井去担水;而家住下寨的人,也只会到下寨的水井去担水。

我曾经问过爸爸妈妈哥哥姐姐,同在一个村子,为什么我们家离下寨水井那么近,却一定要舍近求远,跑到上寨水井去担水呢?他们眼神波澜不惊,语气很稀松平常地说:这有什么好奇怪的?上寨人到上寨井担水,下寨人到下寨井担水,从祖辈开始,一直都是这样子的呀!

为了少走路节省点力气,我也曾去过一两次下寨水井担水,但每次都感觉怪怪的。倒不是下寨的人不热情,相反在水井边碰到的下寨人,常常都挂着满脸笑容,看着特别温暖。只是,他们往往会飞出那么一两句打趣的话:"这小姑娘是上寨谁家的女儿呀?""哦!原来是上寨谁谁谁的女儿呀!""哦!这小姑娘的父母是上寨的谁谁谁"。这一唱一和,言语间总是离不开"上寨"这个地域位置,这让水井边的气氛就多少有些尴尬了。我一个小孩子都听得出有几许生分。难怪,村人从来都不逾越这种"上寨人到上寨井担水,下寨人到下寨井担水"的乡俗了。一两次后,我也再没去过下寨水井担水了。从此,在担水这件事上,我也自动自觉地成了个恪守乡俗之人。

到上寨水井担水,那可亲切多了。来来往往担水的上寨人,一个个笑容满脸的,一拨儿一拨儿,在水井边洗衣濯菜的上寨人,常常还会自来熟地与你八卦上几句:"这是谁谁谁家女儿。小姑娘好勤快哩";"小姑娘家的,不用担那么满哟,担大半桶就好了";"哎哟,今天怎么你一个小姑娘家来担水了,你姐呢?你哥呢?咋不来呀!"言语随性,如唠嗑家常般,洋溢着一种暖洋洋的氛围。此时此刻,兜一口井水,喝进心间,清冽冽,甜蜜蜜。心里一个劲地觉得,舍近求远,去上寨水井担水,真的挺好的。

初挑水时,孩子心性急,脚步飞快,两边担着水桶中的水,晃个不停,一会儿,"啪"的一声,水晃出桶,掉落地上。一路上,也不知,"啪"了多少声,也不清楚晃掉了多少水,晃得整个人都有点气喘,有点晕乎。待回到家后,母亲往往会笑着说上三几句:你看你,又跑那么急,一桶水仅剩半桶了;走越快,水掉得越多,担桶水都那么急躁,毛毛躁躁,做啥事也难做好呀,下次担水走慢点呀。

后来，我去担水前，母亲常常会在水桶里准备好洗干净的三两片菜叶。从井里打上水后，菜叶子漂浮在桶面，平衡了水的冲劲，桶里的水倒是水波不兴了。再加上不求快，人走得平稳，一路上，也没洒掉多少水，只是偶尔听到一两声水"啪"的掉下地的声音。两桶水担回家后，差不多还是满满的。就算不够满，至少还有大半桶，担满大水缸里的水，倒是比以前省劲省时多了。

欲速则不达，这是至理！有时候，慢，往往更能达到意想不到的好效果。

多年后，读到一个关于担水的比喻，颇为有趣。那是翻译家林少华先生所写的一篇《翻译："担水上山"》。林少华先生已翻译过日本作家村上春树的20多部作品，人们赞誉他的翻译为"林家铺子"。文章中说："一来翻译是个苦差事，二来没有错误的翻译世界上是没有的。好比担水上山，山高路陡，水总要洒一点儿出去——不但要看洒了多少水，更应看担上去多少水。"他还说："两大桶水一路上哪能一点水不洒。说实话，我也想滴水不洒地担上山去，但这注定做不到。问题只是洒多洒少罢了。"

担水上山，山高路陡，水总要洒一点儿出去，关键是洒多少罢了。林少华先生以担水说翻译，似乎只是谈翻译的艰难。但论及人生中的很多事，与林先生所说的"担水上山"又何其相似。不说是担水上山，就算是平地担水，洒出些水，也是常态。做任何事，都可能是苦差事，在这过程中也可能会出现一些错误，但是慢一点,用心慢慢地磨一磨,出现错误的概率,自然也会减少一些,或许很多人与事,也就会变得通透起来了。

  20世纪90年代初开始,梅村人家家户户都在门前装上了压水井。这是一种将地下水引到地面上的铁制工具,底部是一个水泥砌的垒块,井头是出水口,后粗前细,尾部是和井心连在一起的压手杆。啥时候想用水了,就先倒点儿水到压水井里,然后用力按下压手杆,地下水就会汩汩地往上冒,从出水口源源不断地流了出来。压手杆压得越大力,地下水就冒得越欢畅,汩汩的地下水,如井水一样,清甜,甘洌。渐渐地,上下寨的两口水井,变得寂寞起来了。

  2000年开始,村里陆续装上自来水了,这下更省劲了,轻轻松松,一拧开水龙头,哗啦啦的水声便唱响起来。风光了十余年的压水井,也随之退出了村庄的历史舞台。

  近几年,美丽乡村建设如火如荼,不再使用的水井,已经特制了铁丝网覆盖住,透过铁丝网,还可以看到井里有清亮亮的泉水,如一面光洁的镜子,映照着乡村那些与井有关的过往。

  两口水井虽然逐渐荒废了,但水井周边,却更加活跃起来了。两口水井旁的那段小溪边,都分别盖了一个小凉亭,黑瓦红柱,一派古色古香。小凉亭遮风避雨,晴空里,烈日下,细雨中,时不时见有村人躲在凉亭下洗衣濯菜。有孩童在小溪中泼水嬉戏,有村妇举着濯衣槌,用力地捶呀捶,捶响着乡村的过往,也捶亮着乡村的未来。

　　小溪水汩汩流淌,浣衣声长长短短,洗菜声细细碎碎,孩童们的嬉笑声哗啦啦作响,唯有一旁的水井,盖上了铁丝网面纱,沉默如一个智者,凝视着梅村这幅动静皆宜的水井风情画,静静地,什么也不说。井中却亮亮的,一年四季,水漾漾,情满满。

草垛香香，"绳"采飞扬

炎炎夏日，田里的稻穗，一片金黄。

一镰刀，一镰刀，割了。脚踩打谷机，咔嚓咔嚓，一把把饱满的稻穗打落脱粒舱；挑起一担担稻谷，身影稳稳当当地飞奔过羊肠般的田埂，飞到晒谷场上，铺落一地金黄。

此时此刻，走在村庄，抬头是一片金黄，低头是一片金黄，闭上眼睛，感知到的还是一片片金黄。整个村庄连空气都一片金黄，缕缕稻香，随风翻滚着，热辣辣的，丰收的喜悦明晃晃地跳跃在大人们的脸上，一张张脸，全都笑得合不拢嘴。

田里的稻谷收割完后，一捆捆的稻秆被扎成了草垛。六七月，夏收季节，一点儿空闲都没有。家家要赶紧忙碌接下来秋季的犁田插田等农事，草垛往往还没晒干，就快快地挑回家，放到门前的院子里晒一晒，这倒成了家里的鸡鸭鹅狗的游乐场所，它们绕着草垛追来逐去，天天上演一番鸡飞狗跳。

待草垛晒干后，就成了灶膛里点火添火的好帮手。点火前，先将一大把稻秆铺满灶膛，再架上一节节粗粗的木柴。火柴苗一碰，脆脆的稻秆，霎时把灶膛烧得通红，粗粗的木柴也跟着迅速燃烧起来。一阵"噼噼啪啪"的声响过后，煮出来的饭菜，仿佛也比以往香了几分。

犹记得，我们家用大铁锅煮饭时，每每到了整锅饭快熟透前的三两分钟，必然会添上几把稻秆，稻秆在灶膛里噼噼啪啪响，大铁锅的锅底也噼噼啪啪炸响，一股股饭香，从大铁锅周边蔓延而出。熄火后，隔五六分钟，掀开锅，孩子们一个劲地闹着说："用力点，用力点，铲到锅底去，我要吃饭焦，我要吃香喷喷的饭焦。"饭焦，即是锅巴，黄白色，盛到碗里，筷子一压，"吱吱吱"响，嘴巴一咬，脆生生的，香喷喷的。

父母常常对我们这些孩子说："爸爸妈妈年纪大，牙齿咬不动了，饭焦都分给你们孩子吃吧。"其实，父母正当壮年，牙齿好得很，让着孩子吃锅巴，也是一番小小的宠溺吧。乡村日子紧巴，每天的菜肴清汤寡水，无外乎是酸菜一碟青蔬几份，寡淡得很，吃久了，孩子们都没什么食欲。难得这锅巴香香的脆脆的，非常有嚼头，让孩子还可以欢喜地闹腾一番。这个时候，父母看着大口大口咬响饭焦的孩子们，满眼的慈爱，还略透着一股对孩子们尽快成长的期待，简陋的屋子，氤氲着很舒服的光晕。

稻秆噼啪响，饭焦噼啪香，日子就这么香香地、淡淡地过着。

很快，硕果累累的秋收，又到来了。

稻穗，割了，晒谷场上，又铺落一地金黄。余下的光阴，村庄将缓缓进入冬闲时光。

村人也不急于把草垛挑回家，而是一任满垄的草垛，铺陈在割完稻穗的空旷田野里，疏疏朗朗，蔚为壮观。走在村中，抬头一片金黄，地面一片金黄，那黄澄澄的，不仅是颗粒饱满的稻谷，还有稻秆扎成的一个个草垛。

这时候，孩子们的心开始骚动起来了，三三两两，绕着草垛，你追我赶，跑呀跑，一边跑，一边拆散草垛当"武器"，伸向对方，挠痒痒，"看招！看招！"咯咯咯，咯咯咯，脆脆嫩嫩的笑声，飘过来荡过去。跑累了，躺倒草垛上，看蓝天，看白云，清风徐徐，似乎也有了一番"与清风携手，找白云聊天"的闲悠。眼神儿懒懒的，看得全身儿困困的，像个小懒猫，美美地睡上一觉，睡得一身儿痒痒的，香香的。

日落时分，三江河，也热闹起来了。梅村离三江河很近，只有一两百米的距离，沿着河堤，绕着一大片一大片的农田。睡得一身儿痒痒香香的孩子们，此时便不约而同地急急忙忙往三江河赶去。有顽皮的男孩子，还会随手抱上一两个草垛，蹦蹦跳跳地往三江河跑。一跑到三江河，把草垛往河水中一放，整个人就趴到草垛上，或者躺在草垛上，或者只让脑袋搭在草垛上。总之，怎么舒服怎么来。草垛静静地随水漂流，河中的孩子们却闹腾得很不安分,一个个伸出小手儿,把草垛扯过来扯过去。很快,湿漉漉的草垛,就被扯散了。孩子们又发现了新的玩法:用扯散的稻草秆打水仗!只听哗啦啦打水仗的声音,此起彼伏。一番"打水仗"下来,抬眼一看,有些孩子的脑袋上俏皮地顶着一两根稻秆,稻秆的水珠滴滴答答,黑发上的水珠也滴滴答答,整个人看着,特别的滑稽,也特别的欢乐。

抱着草垛玩水的,大多数都是那些顽皮的男孩子。男孩子脸皮厚,扯草垛玩水,偶尔也会惹来大人几声"怒骂":"哪个浑小子,这么败家呀!烧一个草垛,半锅饭都熟了。"其实,稻田里的草垛多的是,败毁几个草垛,根本没什么要紧的。于是,常常出现这样一个场景:"怒骂"的大人,站在河堤上,脸上看不到什么怒色,倒显出几分逗弄的气韵;被骂的孩子,躲在河水里,吐吐舌头,挤眉弄眼,嘻嘻嘻地傻笑,一不小心,呛上几口河水。哈哈哈,岸上"怒骂"得正起劲的大人,也乐得笑声飞扬。嘻嘻嘻,哈哈哈,一串串,仿如"大珠小珠落玉盘",把整个村庄闹得香香的、欢欢的。

女孩子家们对草垛,则又是另一番好玩了,她们发挥自己的聪明才智,用晒干的稻秆,编跳绳玩。

把一个个草垛拆散,抓一把稻秆,像编辫子一样,一节节编起来,编成一根又粗又长的"大辫子"。"大辫子"如孩子个头高,一个人就能甩得动,单脚跳、双脚轮换跳、双脚并跳、双脚空中分跳,玩得不亦乐乎。偶尔,女孩子们也会玩一些复杂的花式,如:当跳绳达到最高点时,两手摇把互换的"空中接力";当绳子即将到达脚下时,两脚同时运用滚动步,来一番"太空跳绳"等。"太空跳绳"跳起来难度大,当时只要能连续跳出多次这种动作的女孩子,我们都称其为"太空滑翔机"。

一个人玩耍短跳绳,到底有些缺乏人气。独乐乐不如众乐乐!众人一起玩长跳绳,嬉嬉闹闹起来,得劲多了。

编一根长跳绳,要用好多个草垛,那长跳绳很长很长,大概有两个成年人的个头长。稻秆长绳子编好后,握在手里,有些轻飘飘的,甩动起来难以着地,女孩子们就把长绳子泡到小溪里。当感觉长绳子喝了足够多的水后,再抬出水面。此时喝饱了水的稻秆长绳子变得重重的,女孩子们都难以甩动。这时候,男孩子们就雄赳赳气昂昂地上场了,仿佛是来演一场英雄救美似的。

两个男孩子各握稻秆长绳子的一边,甩动得呼呼直响,有时候他们还会调皮地唱上那么一句:"绳子抢得团团转,妹妹进来跳跳看。"于是我们女孩子就齐刷刷地跳进绳圈中。绳子越转越快,经常还有水花四溅,眼花缭乱得真犹如上百条绳索同时在摆动。男孩子摇得"绳"采飞扬,女孩子跳得神采飞扬,好一幅快乐无比的童年画卷。

稻秆编的跳绳,没跳几个回合,就散了。稻秆多的是,再来编一根粗粗长长的"长辫子"就是。编一编,跳一跳,在"长辫子"长跳绳的甩来甩去中，寒冬来了。

寒冬，山风冷冽，稻秆又成了村人们防寒的"棉被"。夜间时分，窝在被窝里，心却很温暖。父母把晒干的草垛散开，早已在席子下铺上了厚厚的稻秆床垫。我们睡在稻秆上，暖暖的，很舒服。

一整个寒冬，枕着稻秆，暖暖地入梦乡。

这暖暖的稻秆床垫，这暖暖的远去的光阴，每每在夜深人静时分，总是涌起一股特别留恋的情愫。

2019年秋分刚过，我回了一趟梅村。一进村庄，金黄稻浪滚滚而来。只是，从前在稻田里忙碌收割，一派人声鼎沸，脱粒机"咔嚓咔嚓"的秋收热闹场景，却很难看见了。我还很纳闷的是，当年收割后满田草垛，何以现在也都见不着了？能看见的只是一个人操作着现代收割机，哗啦啦快速收割快速打谷的景象。速度是快了，长长的稻秆却全被碾成一短节一短节，被遗弃在稻田里，显得颇为萧瑟和寂寥。

绕村一周，终于在小溪边的一小块农田里，看到有一家人在忙碌收割。一个男的，脚踩小小的铁皮打谷机，抓起一把把稻穗，放进打谷机，"咔嚓咔嚓"欢快地打谷；两个女的，在忙着用脱干净谷粒的稻秆扎草垛。

草垛才刚扎好几个，她们就赶紧从田里拿走了。我又很纳闷了，从前草垛扎好后，村人都很"大方"地把草垛全留在稻田里，待晒干后才拿回家的。我急忙问，草垛还湿漉漉的，不放田里晒，这么急要拿哪去呀？一女子爽朗地答：草垛不留田里，是要拿回家晒去。另一女子接着答：因为现在大都是收割机割稻，稻秆全碎了，扎不了草垛，只有手工割稻，稻秆完整，才能留下扎草垛，所以草垛在村里很稀少了，也很珍贵了。

　　草垛在村里已经很稀缺了！为这句话，我怔了好一会儿。想起从前，每当收割后，村人"大大方方"地把草垛留在田里，那时候的草垛，满田都是，在村人眼里，根本就是如落叶一般的寻常物，谁爱拿就拿，我们小孩子随手扯一把草垛随水漂流，随手扯一把草垛编稻秆跳绳玩乐。如今呢，稻田里连个草垛影都难见。难得扎几个草垛，还一身湿漉漉的，村人就迫不及待地挑回家，"宝贝"一样地存起来了。

　　草垛，从落叶一般的寻常物，竟变成"宝贝"一样的稀缺品。那些我们曾经拥有的田间美好日常，不可避免地随着时光渐行渐远了。一如我们世代相守着的农耕文明一样，越想留却越是留不住了。

教书先生的魅惑

小学四年级时，我突然喜欢上了这样一套动作——

上课的预备铃响过后，同学们都像一个个小兔子，蹦蹦跳跳，快快地跑向课室。唯有我，却走得很慢很慢，像个小乌龟似的。等到达课室门口后，我也并不急于进去，而是先倚靠着门口的墙壁，探头探脑地瞄瞄课室里的座位，如果发现还有一些座位空着，我就会退到离课室门有一段距离的地方，再假装自己头发凌乱，用手捋捋发丝，理理发夹，同时眼睛定定地偷看着课室门口。当看到剩下的几个同学都进课室了，我才快速冲过去，然后学着老师的样子，昂起头，微笑着，正正经经地走进课室——当时我的座位在教室最靠里边的第四列，于是，我总是可以"顺理成章"地穿过讲台，偶尔还故意在讲台上停留一两秒，望望座位上的同学们，然后才定定地走向自己的座位。

这一套动作，虽然没什么高难度，但要一瞬间做完，也并不是那么容易，因为不仅时间紧促，而且要面对全班同学的众目睽睽，何况还会经常碰到老师提前到课室等意外状况呢。所以，这套动作经常都只能完成上半套，下半套与讲台有关的动作，往往都会错过。不过，偶尔有那么一次能完成整套动作，我就会乐得满心满脸的阳光。

我热衷这套动作，持续了半个学期，估计梅村小学的老师也觉得有些奇怪了吧。有一天，一位梳着长辫子的老师到我家家访，她笑眯眯地向母亲说起了我的奇怪举动。母亲问我："你是想长大后也当个'教书先生'吧？"我使劲地点了点头。老师欣慰地笑了，我的母亲也呵呵呵地笑了。

母亲能那么肯定地看出我的心思，其实与她自己心中久已有之的美好愿望有关：我的舅舅是一个小学老师，母亲总是很自豪地告诉我们说——你们的舅舅，可是一个"教书先生"哩。要是你们也能够像他一样就好了！

在那个时代，像舅舅这样的小学教师虽然生活不算很富足，但还是比较平稳安定的。用母亲的话来说，不管刮风下雨，舅舅家总是不愁吃不愁穿。所以，母亲觉得能当"教书先生"，就等于有了"一份安定的生活"。相对于爸爸和两位叔叔所从事的靠天吃饭的农耕生活，"教书先生"当然是一种无比幸福安宁的职业。因此，母亲心里自然很希望自己的女儿也能在将来——成为一个令人羡慕的"教书先生"。

而我，喜欢舅舅这份"教书先生"的职业，则不仅仅在于羡慕他生活的安定，更重要的在于羡慕他所表现出来的一种平和淡定的性格。舅舅长得高大帅气，性格却十分温和敦厚，整天端着一副弥勒佛般的笑脸，还会讲很多动听的故事，这和一些文学作品中提到的那些穿着长衫、一脸刻板的教书先生并不太一样。那时候，每次遇见舅舅来我们家时，我心里总是流淌着一种温暖的芳香；偶尔有机会去舅舅家玩时，每当看到舅舅那沾满粉笔灰的教案，我心头便会涌起一阵阵窃喜。

在我上梅村小学前，父母亲没给我起过正式名字，只是唤我为"大丫"。后来要上小学了，得有个学名，母亲便把起学名的重任，郑重地托付给了当"教书先生"的舅舅。

舅舅左思右想，最后给我起名为"小娴"。他说，给我起"小娴"这名字，是希望我的人生，能拥有一种悠然娴静的气息。舅舅的这种美言，说得那么优雅漂亮，让我对"教书先生"的能耐，更增添了一种敬佩和神往。因为舅舅的缘故，我在心里也一直喜欢称老师为"教书先生"。

考大学时，我是很希望自己能读师范院校的，但最终却没被师范院校招进去，而是到了广东民族学院，就读汉语言文学专业。或许母亲心里多少有些失落，但舅舅却说："不读师范，也可以教书呀，我就没读师范，不也在当'教书先生'吗？"听舅舅这样一说，母亲才宽慰地笑了。

在大学里，我见着了更多的"教书先生"。这些"教书先生"中有很多都是年轻人，虽然工资收入一直都不高，不过他们整天都过得乐呵呵的，朝气蓬勃，全身洋溢着灿烂的阳光。每天看着一张张朝气灿烂的"教书先生"的笑脸，我着实喜欢。想想将来，如果自己也能选择当个"教书先生"，我的人生，也会如此蓬勃和灿烂吧。

大学毕业时，我本来有机会选择去一所中专当"教书先生"的。可是最后，由于经济方面的原因，我还是没能把握住当"教书先生"的机会。在教书理想与生活现实之间，为了能够给生活在乡村的父母提供更大的支持，我不得不选择了在当时看来比当"教书先生"更加实惠的其他职业。

我最终没有当成"教书先生"，母亲并不知道我为什么做出放弃"教书先生"职业的选择。但母亲是永远宠爱着儿女们的，不管儿女们选择做什么，在母亲的心目中，只要儿女快乐，就是她最大的快乐。

很庆幸的是，我后来的人生，常常都氤氲着一种悠然娴静的气息，平和如春夏秋冬的自然轮回。时不时地，我可以用自己的笔墨去抒写一份眷眷不舍的"烟雨小河边倚着古桥做梦"的温润心境，还可以随心所欲地去追寻花鸟虫鱼闲情逸致。这一切，都仿如舅舅当年给我起名"小娴"时所渴盼的愿景一样。哦！感谢"教书先生"！

每个人的心里都会隔开很多很多的房间,在每一个房间里,都装着不同的尘世风味——曾经看过台湾一位作家写过的这样一句话。我一直非常喜欢这句话。在我的内心深处,其实也一直有这么一个房间,存放着珍藏着我曾经无比亲近和仰慕的关于"教书先生"的一段尘世好时光。

尽管有关"教书先生"的这段尘世好时光,如今在我的生活中早已渐行渐远,早已成为前尘往事。但每每回味起来,这个属于"教书先生"的特别房间,这段亲近"教书先生"的特别风景,我总是抑制不住地怦然心动,满心满屋都荡漾着温温暖暖的阳光。

雪梦，香香甜甜

雪，一粒，一粒，突然打在身上。

下雪啦，下雪啦！兴奋的叫声，激荡在广州城中。

时隔80多年，广州终于下雪了！刹那间，全城轰动！

新闻报道一浪接一浪，内容皆不离这几句惊叹：2016年1月24日，超级寒潮带来的"极寒"天气，使广州罕见地下起霰和雪，这是80多年来广州城区首次出现这种天气。据南海县志记载，从宋朝算起，已经有13次的降雪，平均50多年下一次雪，最近一次下雪是1929年。

真是活久见呀！赶上快百年一遇的"广州雪"，人们忙着打开手机相机，记录这历史的一刻。

当时，我正前往白云山追逐"广州雪"，走在白云山上的九龙泉，只见平常摆在户外的桌子凳子上，散落着很多冰块，有些还堆起了小山。藤椅上帆布篷上，更见白花花的雪珠子，晶莹剔透,极其好看。低矮的屋檐下,则挂着一串串冰凌。平时极少能见到雪的城市孩子们,更是把雪珠子捏成的雪球扔来扔去,玩起了打雪仗,一个个全都兴奋地大呼小叫,像极了一只只快乐的小蝴蝶。

站在百年一遇的"广州雪"欢乐画中,我捧着白花花的雪珠子,目光有点迷离,心中瞬间响起了刀郎唱的那首歌《2002年的第一场雪》:"2002年的第一场雪,比以往时候来得更晚一些……你像一只飞来飞去的蝴蝶,在白雪飘飞的季节里摇曳……"恍惚间,整个人飞到了遥远的一座山间村庄。

这座山间村庄,有个像雪花儿一样美的名字——梅村。

很久很久,我都没在家乡梅村见过雪了。地球越变越暖,以前年关时节必定要发生的一场雪色相遇,已经变成了遥遥无期的等待。不管是2002年之前还是之后的很多很多年,我都一直没见过雪,但却一直记得——20世纪80年代的梅村,在白雪飘飞的季节里摇曳;以及,我和村庄里的小伙伴们,像一只飞来飞去的蝴蝶般的快乐童年;以及,很多与雪相关的美好故事。

我的童年,一直是在梅村度过的。每到年关,不仅可以吃到一些平时难得一见的肉类,而且,还总会下一场厚厚的雪。那厚厚的雪呀,总能让我们童年的心灵,充满不一般的快乐,迎接年关的日子似乎也变得有滋有味起来。

下雪的日子,乡村平添了几分灵气。平常黑乎乎的山村瓦房,变得晶莹一片。雪霰儿比绿豆略大些,晶亮、透明,如粒粒小玉珠般,但着地却只有很小的一些声响,让我的脑瓜里晃悠着"猛"这个很美的词儿。冷飕飕的雪花儿直扑我的脸,鼻子、耳朵便被冻得通红。特别是那张平常少了些葱茏之气、又黄又黑的小脸蛋,此刻却被雪花冻得如一个熟透的苹果:红红的,圆圆的,很饱满,很有活力。

下雪的日子,最漂亮的是孩子们,最活泼的也是孩子们。

全村的孩子都喜欢成群结队地跑到宽阔的雪地里玩耍,堆雪人、打雪仗。

雪人的模样,一般都是些小狗、小猫、小猪……偶尔也堆些爸爸妈妈爷爷奶奶的模样。这些雪人远没有城里孩子堆的那么"奢侈",因为我们根本没办法用色彩缤纷的小纽扣做雪人的眼睛。我们只能用自己朴素的愿望打扮雪人,用烧黑的炭块做雪人的眼睛,女孩子则摘些金黄的菜花、青葱的菜叶,点缀在小雪人的裙边,好一个活泼又青葱的小雪人。

平常,我们女孩子总是穿不上漂亮花裙子的遗憾,在小雪人的身上不再出现了。我们激动得手拉着手,在雪地里歌唱,在雪地奔跑,在雪地里飞舞,如一只只快乐的蝴蝶。那时的歌儿很土很土,都是些爷爷奶奶教的山村小调,但我们却唱得有滋有味。我们的嗓音清亮晶莹如雪花,我们的歌声纯净稚嫩如雪花。站在古旧屋檐下看着我们玩耍的爷爷奶奶,他们花白的头发,此刻也特别的怡人，一点也看不出往日的艰辛。

下雪的日子，还能带给我们这些贪吃的小孩子解馋的乐趣。大雪过后，黑瓦顶上积雪厚厚，我们小孩子搬出高脚木梯，靠到黑瓦屋檐边，一手拿一个大瓷盆，一手扶梯，"噔噔噔"爬上楼梯顶端，用小手儿扒开屋顶上薄薄的一层雪，然后双手捧出一团团干净洁白的雪，待装满一大盆后，又"噔噔噔"走下梯子，稚嫩的声音马上大叫起来："吃冰棍，吃雪糕啦"！一边叫，一边大口大口地把雪放进嘴巴里，孩子们的嘴巴鼻尖都沾满了雪花。夏天里极少能吃得起的冰棍、雪糕，如今，在冬天里却可以好好地"奢侈"一番，任性地想吃多少就吃多少了。孩子们比赛似的吃呀吃，笑呀笑。他们就是那一朵朵快乐的雪花，让清贫的日子变得喜气洋洋。

菜地里，霜雪打过的青菜，尤其是大芥菜，特别的青翠，特别的嫩爽。家家户户，每天都会从雪地里摘回大把大把肥胖的芥菜，煮上一大锅又一大锅的芥菜汤。我们一碗碗的，总是吃不腻。而平常节省惯了的父母，此时，也是满脸笑容，一个劲地劝我们多吃一些，再多吃一些。

我们，望着窗外的雪，看着笑容满脸的父母，吃着又嫩又爽又甜又软的青菜。尽管，明知道这些青菜比往日也多不了多少油，也没加什么肉，但我们却如同嚼着美味佳肴般，心里充满了温暖和甜蜜。

多年后,我来到广州求学,此后我的人生便停驻在广州,那些下雪的日子,就只能在我心灵的记忆中,成为一个香甜香甜的梦了。

2016年,一场"广州雪"。我站在白云山上,遥想我的故乡山城梅村。"广州雪","梅村雪",这两幅雪色画,就这么自然地把我的人生,我的从前与现在,拼接在一起,那个记忆中香香甜甜的雪梦,仿佛也真实地呈现眼前。直到现在,这梦,还一直摇荡在我的心间,洁白,蜜甜。

我挑着柴,哥哥站在桥头等我

连南素有"九山半水半分田"之称,离县城三公里远的梅村,却是个富饶之地,山不多,但水多,田多。

一条条小溪,绕着整座村庄。小溪的水,缓缓的,一年到头,走在梅村的角角落落,都能听到小溪那不绝于耳的淙淙流水声。

离村庄百来米远处,绕着的是一条三江河,那是连南的母亲河。河道宽阔,有时碧波盈盈,有时温婉如歌,有时水流湍急,有时浊浪冲天……一年四季,河水的脸孔,变幻无常。

梅村的村中村旁都是水,稻田平平坦坦,绵延无际,全是自流灌溉。水,一天天,浇灌着稻田,浇灌着菜地,一年年的日子,平淡,却也不失温暖。

与水相伴的,是桥。虽然村中村旁都被水环绕,但要从梅村走出村外,却是有好几条小路。桥,在村人的心中,不是通往村外的必经之路,更多的是连接着一家人的生活和生计之路。

与梅村人息息相连的桥，有两座，一座架在梅村与三江农场之间，没有名字，村人只是根据桥的制作材质，叫木桥、铁索桥；另一座架在梅村与三江河通往广州的公路之间，叫五眼桥。

五眼桥这名字很直观，因为整座桥有五个桥孔。也有叫牛脚桥，说是河对岸有两座山，就像是牛的两只脚。此桥离村有一小段距离，是村里大人们到河对岸的白面峰打石头时的必经之路。那时候，村人农忙过后，都会找些事情做挣点小钱。到白面峰出蛮力打石头，用石头换些钱，也可贴补家用。我对五眼桥的印象相对比较模糊，因为它离我的成长人生有些远。

远离家乡多年之后，偶尔从县城三江沿着河堤往回走，经过五眼桥时，看着它斑驳的桥面和桥孔，只觉沧桑扑面而来。如今，村人早已不用为了生计到白面峰去打石头了，在五眼桥不远处也已修建了一座风雨桥（越秀廊桥），既能供人行走，又能遮风避雨，还挂上了绚烂的照明灯。人生，熬过了风风雨雨，终究迎来了斑斓的春天。

从梅村通向三江农场的桥，最早是一座木桥，就是两根木头绑在一起，架在木头柱子上，一节节，连接成一座桥。木桥很低矮，水涨起来时，几乎是贴水面而过。

当时我年纪还小，我的日常生活范围远离着木桥。只是每年过年，要去河对岸的沿陂村走亲戚。冬日河水冰冷刺骨，不管水深水浅，家人都会选择走这座木桥，然后才转到沿陂村去。

记得有一年冬天,父母亲带着我们兄弟姐妹去沿陂村走亲戚。河水很浅,我站在河边,连水中的小石头也看得一清二楚。看着哥哥姐姐们飞快地跑过木桥,年纪还小的我,也撒开脚丫子,蹦跳着跑向木桥。母亲要拉着我,我却不愿意,母亲急了,在后面急急地喊:"过桥时,不要低头看河水,一定要抬头往前方看,不然会掉河里的。"母亲不喊还好,她这一喊,我脑袋很作怪地,只管低头往桥下的河水瞧去。这么一瞧,阳光照耀着河水,泛起片片白光,闪亮得刺眼,我赶紧揉揉眼睛,一抬脚却没踩住木桥,整个人就迅速掉下了河里,全身湿透,冷得发抖。

只好兵分两路,父亲带着哥哥姐姐们去走亲戚,母亲则带着我一路小跑,回家换衣服去。当时,家里就只有奶奶在家,火盆的炭火烧得旺旺的,奶奶守着火盆,正在静静地纳鞋底。见母亲拉着一身湿漉漉的我回家,奶奶赶紧去厨房煮姜汤给我驱寒。换好衣服,我还忍不住发抖,奶奶端给我一碗姜汤,咕噜噜喝下,胃渐渐地暖和,人也不抖了。因为怕剩下的姜汤冷了,奶奶便把姜汤装进搪瓷口盅,盖上盖子,放在火盆边,用炭火温着,那飘散出来的姜味,浓浓的,氤氲着整间屋子。

母亲把我的湿衣服濯洗干净后,也坐到了炭火盆边。奶奶拿起一个鞋底,先用锥子扎眼,再用大针叉子从针眼上带粗麻绳穿过去,然后用手指戴着的顶针推一推,再用力地拉紧麻绳,一针一针地纳了起来。母亲呢,则在一旁放了张矮圆桌,铺一层旧布,在布上糊上米粉做成的糨糊，再放上一片扫干净了茸毛的笋壳。每往笋壳上铺一层布，又要涂一层糨糊。大概铺了五六层布后，母亲就把这块层层压好的布搭子拿出外面晒阳光去。母亲说，铺过笋壳的布搭子软硬兼具，既防水又保暖，等到布搭子晒干后，根据家人脚的肥瘦长短，再用笋壳剪成鞋样，按在布搭子上画线，然后剪去多余的部分，就可以像奶奶一样纳鞋底，做新鞋了。这种纯手工制作的布鞋，穿着可暖和、可舒服了。

奶奶忙着纳鞋底，母亲忙着糊布搭子，屋子里静悄悄的，只有火盆里的炭火，时不时冒冒火星，"扑哧"响一下。我端着搪瓷口盅，喝着姜汤，一会儿看看奶奶，一会儿看看母亲，从木桥掉下河里的那种刺骨的感觉，早已经一扫而空，整个人只觉得暖融融的。有家，有奶奶，有母亲，有布鞋穿，有炭火，这幅冬日女红图，真温暖。

其实平常奶奶和母亲也是这么在炭火旁忙碌，但因为兄弟姐妹多，大家叽叽喳喳的，根本也没注意过奶奶和母亲做布鞋的这幅安闲图景。而我也是在此时才知道原来笋壳还是纳布鞋底的重要材料。可惜，我们姐妹对纳鞋底从没上过心，只是觉得这好像该是奶奶和母亲分内的事，自然地，我们姐妹们几乎没人学会纳鞋底的手艺。

走木桥，遭遇一番刺骨的河水，这是我与木桥印象最深刻的一次亲密接触。没想到，却意外地让我看到了一幅温暖的冬日女红图,我就这么在不经意间,与美好相遇。

后来,三江河堤建好了,这座木桥,也改建成了铁索桥。铁索桥比木桥宽很多,两边还有铁链护着,走在上面,虽然还会摇摇晃晃的,人却再也不用担心会掉下河去了。

铁索桥比木桥安全,父母就不用再过多地担忧我们了。有时候,我们小孩子也喜欢去铁索桥摇摇晃晃,玩乐一番。当时,梅村小学在三江农场坡地种有菊花,当朝阳初升,剪开薄雾,漫过梅村的山头,洒落一缕缕金光,我活蹦乱跳的小身影总是准时手拿小水桶,奔向村边的三江河,"飞"过架在河中的铁索桥,兜满一桶桶河水,快步走向三江农场坡地,给菊花浇水。那真是一段染一身菊花香的顽皮光阴啊!

不过,在这座铁索桥留下的最温暖记忆,当是与大我两岁的哥哥有关。

当时,父母和年纪大很多的两个姐姐,都要忙着去生产队干活,家里只剩下年老体弱的奶奶。上山砍给家里准备烧饭做菜的柴火,自然就成了我和云英姐以及哥哥的事情。云英姐大我四岁,哥哥大我两岁。有好长一段时间,每到周末,我都要跟着云英姐和哥哥,走过铁索桥,绕过农场坡地,上山砍柴去。砍好一堆堆柴,扎成捆,每人挑上两捆,再走过铁索桥,回家去。这样,家里一个星期的柴火也就不用发愁了。待到分田落户,两个姐姐出嫁了,云英姐又外出打工,砍柴的活儿就只剩我和哥哥在忙了。

夏天,哥哥要参加高考了。为了让哥哥安心高考,在高考前的两个月,我就自告奋勇周末一个人上山去砍柴。哥哥很温和地对我笑笑,说不碍事的。但我还是坚持一个人去砍柴。那时候,治安状况比较好,而且,山上一起砍柴的,都是村里人,不会不安全。哥哥看我态度坚决,也就不再说什么了。

周末,我一个人,走过铁索桥,上山去。从前,是和哥哥姐姐一起,说说笑笑走过铁索桥,心里既温暖,又踏实;如今,只剩我一个人走铁索桥,虽有来来往往的村人和自己打招呼,但我的心神总还是有些落寞。两三个小时后,一个人落落寡欢地跟着村人往回走。走到铁索桥边,却意外地看到哥哥已在桥头等着我。原来,哥哥毕竟觉得让我一个人去砍柴,他不放心。于是,一边背英语单词,一边来到铁索桥边。

我当时那个激动呀,真是无法形容!过往的村人,好生羡慕地说:"你哥哥,真好!"

"哥哥真好!"我也笑眯眯,由衷地说道。

哥哥笑笑,接过我挑着的两捆柴,还递给我两个番薯,说先吃点,别饿坏了。我一边吃着番薯,一边问哥哥在这等多久了?哥哥答:"没等多久,我按以前我们一起砍柴的时间算,估摸你快到铁索桥了,我才过来的。"

后来,周末我再去山上砍柴,哥哥也总是到铁索桥头来接我。有时候，我在山上砍柴花的时间久，回到铁索桥也比平常晚很多，我便叫哥哥不要来接我了。哥哥却说不碍事的，他是一面学习一面在等我。并且，就当作学习累了，暂时放松一下自己也可以嘛。

每次来接我，哥哥依然会带上两三个番薯或芋头给我。那时候，哥哥一手拿着课本，一手扶着铁索桥头的苦楝树等我，他翩翩读书郎的模样，成了我心目中世间最美的风景。我相信，长大后的我，之所以能够像哥哥一样热爱学习，并且最终考上了大学，这跟哥哥在我的前头，树立了良好的学习榜样，是完全分不开的。

时光如白驹过隙，铁索桥早已不见了踪影。我亲爱的哥哥也已经因罹患疾病，不幸离世了。但在我的心中，却永远都会刻印着这么一个温馨的画面：我挑着柴，哥哥站在桥头等我。

冬日里的声音，暖暖的香香的

冬日，从鹿鸣关刮下来的风，裹挟着寒气和冷雨而来，冷飕飕地刮呀刮。一阵阵，一波波，呜呜呼呼，不停地狂吹猛啸，吹得整个梅村都很冷冽。

在这"呜呜呼呼"的冷冽声响中，却也往往还会有一些声音，温温的，暖暖的，使早已被寒风冷雨渗透的山村，渐渐变成一个有温度的村庄。

最先发出的温暖声音，是从炭火里蹦出来的。

冬至开始，打霜下雪很快接踵而来，家家户户起床的第一件事，便是生炭火盆。放上小把干稻秆、干树叶，再架上几块从山上瑶族同胞处买来的黑炭。然后，点燃一根小火柴，干稻秆、干树叶"呲呲呲"地烧起来了。不一会儿，黑炭就亮出了小红点儿。又是"呲呲呲"地一阵声响后，红点慢慢扩大，一块块木炭很快就全身亮得红彤彤的，变成了一个暖融融的炭火盆。

把暖融融的火盆架上一个离地半尺来高的四方木架子，一家老小的安暖日子，便围着这炭火盆红红火火地蔓延开来了。

炭火"呲呲呲"地燃烧着，火盆的四周，绕着一张张小木板凳，一家人就围坐在木板凳上，一起优哉游哉地烤火。甚至有时候，因为天冷，大家也不坐饭桌上吃饭了。干脆在火盆上架起一个铁架子，再放上一个小砂锅，然后把已煮熟的各种菜，混合在一起，成了一锅大锅菜。这些菜，很普通，都是村民自家种的各类青菜，如菜心、大白菜、芥菜、芫荽、西洋菜、萝卜苗等，拉拉杂杂一锅，素素的，就像素朴的日子，也一样有无边的风味。偶尔，爸爸妈妈也会大方地在大锅菜里加些猪肉、鸡肉、豆腐。那时候，全家的日子就更是甜丝丝了。

炭火红红地烧着，火盆上的一锅菜，咕噜咕噜地冒着热气，一家子围坐在火盆四周的木凳上，一边夹锅里的菜拌饭吃，一边聊着天儿。有时候，父亲还会添一大碗自酿的米酒，邀上两位叔叔一起，小酌一番。兴致来了，爸爸还会和我们孩子讲讲祖辈的家史。趁着父亲高兴，我们小孩子也会偶尔舔几口米酒，一家人，微微醉着、融融暖着。奶奶和母亲呢，在一旁微微笑着，手里却不闲着，奶奶在缓缓地纳呀纳鞋底，母亲在飞针织毛衣，把一家人的日子，编织得如冬日里温温暖暖的阳光。

"呲呲呲"响的炭火声，还从家里蔓延到学校，蔓延到整个村庄。

那时候，每到冬天，在梅村小学上学的孩子们，人人都会手提着一个"火兜"。这"火兜"，还男女有别呢。

男孩子比较顽皮，一般是找个瓷盆，上面钻两个孔，用铁丝固定，再装上木炭火，用手提着上学去。下课时分，回家路上，一边玩，一边还不停拿着"火兜"甩圈圈，甩得"火兜"里的炭火红红旺旺的，那种感觉酷酷的，就像手上提着了一个小小的红太阳似的。冬日里，一个个小红太阳，肆意地跳跃在小学校园里，跳跃在乡村小道上，跳得孩子们的心窝亮亮的暖暖的。

女孩子们的"火兜"就相对斯文些了，那"火兜"里的瓷盆不钻孔不用铁丝，而是放进一个木头制作的"兜"里，"兜"的一面露着，另三面用木头围着，上学听讲时，还可以把脚放到木头上，手也可以时不时放到露出火光的一面"兜"里烤一烤，手暖，脚暖，上起课来也精神了几分。

老人们呢，每每走出家门，手里都会拎上一个小火笼。火笼的外框是用竹篾编织而成的，像是一个高脚的小花篮，里面放着一个小土钵子。钵子上面放上几块烧红的小木炭，再罩上一个铁丝盖，一个火笼就像一盆阳光花篮。拎着"阳光"花篮，从东家聊到西家，家长里短，絮絮叨叨，话暖，心也暖。

我的奶奶，出门常常拎着"阳光"花篮。回家后，就爱坐火箱。这火箱，矮矮的，胖胖的，是一个木头箱子。箱底和四周全密封，向上的口子有一个木盖，木盖上有一个个镂空的洞，待火箱里面放上一个装着红红炭火的小火盆后,便把镂空木盖盖上。人坐在火箱上,有源源不断的暖气从镂空的木盖涌向身子,全身心都暖和极了。那时候,我们都很羡慕奶奶,手里拎着一个小"阳光"花篮,身子坐着一大箱"阳光",一整个冬天都被暖融融的"阳光"包围着,奶奶整个人端着一张阳光灿烂的笑脸,充满了无限生机。

因为有了"呲呲呲"响的炭火,冬季里的山村日子,仿佛也去了几分寒气,变得暖和温婉,如一首安静岁月里的长诗。经年累月,我们就这样围着火盆,揣着火兜,拎着火笼,坐着火箱,听着"呲呲呲"的响声,一起守候安安静静的冬日光阴,一起享受温温婉婉的岁月长诗。

当一阵阵"呲呲呲"响的炭火声,响到离年关还有一个月的时候,另一种"嘣、嘣、嘣……"的独特声响,又会在山村响起。这声音,就是每年舂糯米粉做年货的声音。声音沉实有力,节奏分明,日夜锤响,在村中此起彼落。

每到年关,家家户户都会做糖环、油角、担干丁等年货,慰劳慰劳期待了整整一年的脾胃。讨好脾胃的事,从来都是温暖又幸福的。当然,花足够多的时间,也是做好年关食物的一道不二法门。

要做糖环,先要泡米,然后再舂米。舂米,即是把泡好的糯米粒放在石臼里锤碎捣烂。泡米前,得先去舂米碓前排队。因为村子里总共就只有两台舂米碓。排好队,知道自己跟在谁家后面舂米,再算好时间,一桶米泡上两天两夜,米软了,便可以舂米了。村里人家排队都很自觉,上一家舂米,大概还有半个时辰可以舂好时,便会派一人去通知排在自家后面的人家来接着舂米。

印象中,每次都是深更半夜,我们家的门被拍得"砰砰"响。我们赶紧起身,把泡着的米倒到大箩筐里,沥干净水,收拾好大圆簸箕、小糠筛、长铁勺。然后,兄弟姐妹们抬起大箩筐,直奔舂米房而去。哥哥是踩舂锤的主力,姐姐和我时不时翻动石臼里的米粒,一边还要用小糠筛不停地分离出已经舂好的细粉来。要把半箩筐米全部舂成细粉,往往需要三四个小时,累得手软脚软,但看着满满两大圆簸箕的细粉,想着很快就能吃上糖环、油角、担干丁,嘴里顿时泛起了一股香味。踩舂锤的脚,变得分外有劲;抖糠筛的手,也变得分外灵巧和快速。

细粉舂好了,接下来的日子,便是一家人围坐桌前,搓粉,做糖环,做油角,做担干丁。做糖环,最为有趣,一个个糖环呈环形花瓣状,又像一个个叠在一起的"8"字形,村人说,这是取"发"谐音,寓意兴旺发达,日子红红火火。但孩子们可不管"发"不"发",只管捏着好玩,心中觉得像什么花就像什么花;油角的样子,很秀气,衔接口都是花纹,常常要捏得小心翼翼,才能保证不漏出包在里面的糖馅;做担干丁,则最为快速又最为随心所欲,都是用些边角料做,卷一卷,圆圆的,随手捏断,手指般长短，样子如扁担，我和小妹就最爱捏担干丁，玩得不亦乐乎。

那时候，我和同在连南民族中学读书的五位女孩挺合得来，其中四个女孩家住三江县城，一个家住城西，我家住梅村，后来我们六个人干脆就叫"六朵金花"。每到寒暑假，六朵金花经常结伴，从东家串到西家，深夜时分还手拉手游荡三江县城。当时的县城很小，两条街轻轻一拥抱就是县城的全部。我们游荡完整个县城，也不过就是半个多小时。然后，我们又跑到三江城的一朵金花家里，拥挤在一张床上，闲聊到天明，那真是一段青葱无敌肆意飞扬的岁月。待到年关，五朵金花就会跑到梅村，跟我的家人一起，做糖环、做油角、做担干丁、做油糍粑，金花们叽叽喳喳，声音脆脆的，快乐如春天的小鸟。

一簸箕一簸箕刚捏好的糖环、油角，排得整整齐齐，像一朵朵莹白色的花朵。父亲把一朵朵"花"放进烧开的大油锅里，"滋滋滋……"，香喷喷的一阵阵声响过后，很快，油锅上就浮起了一朵朵金黄色的"花"。把刚从油锅捞起的金黄色的花儿端上桌，金花们也顾不得"花儿"是否烫手，抓一朵在手，嘴巴吹几下，张口咬碎，满嘴儿香气缭绕。

"花儿"入肚后，我们也不用担心上火、嘴巴长泡，母亲早已煲好一大锅下火的芥菜汤了。芥菜汤很清甜，一碗又一碗，怎么吃也吃不腻，吃得我们满脑门冒热汗，暖心又暖胃。

吃过一朵朵香香脆脆的油角、糖环，喝过一碗碗清清甜甜的芥菜汤，夜色已深，家人渐渐进入梦乡。

六朵金花聚在我家阁楼的木床上，窗内是金花们时不时漾起的"咯咯咯"笑声，窗外是沉实有力"嘣、嘣、嘣"的邻家舂米声。舂米声，笑声，融汇成一曲冬夜奏鸣曲，此起彼伏，穿透夜色，牵牵绕绕，香香的，暖暖的，一年又一年，沉淀为记忆深处一缕缕挥之不去的悠悠乡愁。

第二辑

啖一口『神仙菜』

暖暖光阴,与南瓜一起成长

一条小溪,宽不足两米,弯弯拐拐地穿我的家乡梅村而过,把百来户人家的村庄分为上下两寨。然后,再弯弯拐拐地绕村南村北转了一匝,开叉成几十条更细更小的溪流,弯弯拐拐地流进阡陌纵横的田野里去了。

也许,小溪村村都会有,但是不是每条小溪都如我家乡的小溪一样,每年每年,都有一段与南瓜藤一起,牵牵扯扯的温暖光阴呢?

每年春末夏初开始,村人便开始在小溪边忙碌,沿着小溪每隔几米放置一个大箩筐,在箩筐上盛上厚厚的草木灰和些许粪肥,再撒上一小把南瓜的种子。几天后,南瓜秧便蹿出来了。然后就是一阵阵"叮叮当当"的敲木桩搭瓜棚的声响,一个个瓜棚很整齐地从小溪的这边搭到小溪的那边,瓜苗顺势爬上棚架。很快,棚架就变得绿莹莹一片。

六七月，南瓜花开出来了。花朵大如碗，金黄金黄的，花瓣呈五角星状开放着，像正在吹着的喇叭，有的大大咧咧地朝着天轰轰烈烈地吹，有的羞羞答答地躲在叶子下面细声细气地吹。而此时，吃南瓜花、南瓜苗的大好时节也就到来啦。

将南瓜的嫩苗摘下，撕掉表层毛茸茸的一层皮，放到大铁锅一滚，一盆碧绿绿的汤，吃得满心清凉。最喜欢的还是摘下南瓜花，花柄去皮，花托去毛，花朵去蕊（南瓜花的花蕊有苦味儿），其余全部都能吃。把花用清水小心冲洗干净，保持好花的模样。再放到开水里滚几滚，朵大色艳的南瓜花飘在汤上，好看得让人直流口水。装一碗汤，汤上再来一朵金灿灿的南瓜花，整碗汤都漂亮得像一个花盅一样，食欲顿增。南瓜花滚汤，花汤清鲜，花儿嫩爽，吃起来非常可口。有时候也用南瓜花与南瓜藤的嫩蔓头一起，放上几个辣椒爆炒，也非常清脆爽口。不过，爆炒的南瓜花，卷成一团，总觉得颜色看起来不如打汤那样大朵朵的张开着诱人。所以，我们还是喜欢最简单的煮法，清滚南瓜花汤。

摘南瓜花，以清晨摘取为佳。当然，摘南瓜花时，也是有些讲究的：人分男女，而花也分雄雌。不懂讲究的孩子摘回来的花，会被大人批评的。原来，南瓜雌雄花同株，雌花未开之前，柄处结着一个绿茸茸的手指头大小的小南瓜，而雄花却只有一支直直的花柄。雄花是不会结果的，只会授粉给雌花。雌花虽然带着个小南瓜，但这小南瓜其实还只是花的一部分，不经过雄花传粉，小南瓜就会随着雌花儿一起萎去。而雄花传过粉后，便失去了存在的意义，此时如果还继续留在瓜藤上，就会抢吃营养，导致雌花下的小南瓜营养不良，瓜儿就长不好或者长得慢。因此，每天清晨村人们才会把昨天已经开了一整天的雄花摘下来当菜吃。有些村人在摘下花儿后，碰巧村里的拖拉机上三江县城办事，便顺道坐上拖拉机，拿到县城里卖去。南瓜花大朵朵金灿灿，很受城里人欢迎，一下子就被抢光了。

  雄南瓜花只负责传粉给雌南瓜花，但也不能说这雄花就完全没有用处。可是，人们往往只重视结果，而轻视过程。所以，老家的村民们对雄南瓜花的传粉就不那么当回事了，都说只开花不结果的雄南瓜花，一副"光打雷不下雨"的样子，实在是个"懵懂鬼"。"懵懂鬼"三个字，应该是老家本地的方言，大概的意思就是形容智商较低，总做傻事，或者"说大话不办实事"的一类人。我们家乡说谁特傻特笨不想干实事时，就会这样形容说，你看看，就像南瓜花的雄花一样懵懵懂懂的，十足一个懵懂鬼！所以，每当孩子们去摘南瓜花时，父母总会提醒说："记得啦，别懵懵懂懂的，摘错了雌花呀。要不，你也会像懵懂花一样，傻乎乎的，都不知道自己到底要干什么的啦。"

  说来还有些凑巧的是，每当六七月份，南瓜花儿开得最旺盛的时节，总是能碰上有大把大把的蚬子冲到我们村庄里。20世纪七八十年代，农村缺肉缺得厉害，这蚬子肉，便成了金灿灿的南瓜花最美味的搭档了。

梅村，坐落在鹿鸣关山脚下，绕着半山腰的鹿鸣关山上有一条长长的弯弯曲曲的水渠，平时，水渠都是干涸的，因为水被截留在上游的水库里了。不过，每年总有三四次，会有水放下水渠。一到放水的时候，很多淤泥沙土便随着大水被冲刷下来。淤泥沙土里往往裹挟着很多小小的黄色或暗灰色的蚬子。这种淡水中繁殖的贝壳类动物，硬硬的壳里面只有很少很少的一点肉。如果你真要有心把蚬壳里的肉一点一点取出来，往往小半桶蚬子，也只能取到一小碗的蚬肉。然而，在物质稀缺的年代，即便是如此不足挂齿的肉味，也是村民们非常非常珍惜的宝贝。于是，每当放水的时候，村里就会响起嘹亮的喊声："鹿鸣关放水啦！"喊声一落，家家户户，乒乒乓乓一阵乱响，大人们提起铁丝筛网，拿上铁桶脸盆，小孩子们则拿起菜盆饭碗走出家门。然后，就看到一长串嘻嘻哈哈的队伍，走过田埂，一溜烟跑到半山腰的水渠边去了。

一到水渠，人们先装上一桶或一盆清水，然后便熟练地拿起铁丝筛网铲起一把淤泥沙土，把筛网轻轻地放在水渠水面上来回抖动，一抖一抖间，淤泥沙土都沉没到水里去了，一个个小半圆形的蚬子还有一些树杈树叶便留在了筛网里。而后，大人把筛网往渠边的草地上一倒，孩子们便在地上细心地挑拣起蚬子来。挑出来的蚬子放到手里拿着的菜盆饭碗里。每当捡满一碗一盆，就倒到装有清水的桶盆里养起来。当然也有调皮的孩子，喜欢自己用小手抓淤泥放到碗里盆里，比赛谁一手抓的蚬子多，结果往往弄得满身是水满身是泥。大人也不恼，反而乐得哈哈大笑，一边笑一边唠叨说："又可以开吃蚬子宴啦。"

所谓蚬子宴，也没什么特别的菜式，无非就是用蚬子滚清汤、用南瓜花滚蚬子，还有就是用蚬子肉和撕碎的南瓜花一起滚稀饭。这三道菜，都是用野生的蚬子，配上粪肥滋润出的南瓜花，味儿特别的香甜。不过，最有意思的还是吃南瓜花滚蚬子汤，因为这道菜，不像蚬子滚清汤那么单一，也不像蚬子肉和撕碎的南瓜花一起滚稀饭那么浓稠，而是大朵朵的南瓜花漂在汤的上面，汤下面则是一个个煮熟以后像开口哈哈笑的小花朵一样的蚬子，用村人的说法，那是双花开放，吃得心中倍儿清甜倍儿香。

那段时间走在乡村里，每家每户的门口，都会摆着不少盆盆桶桶。盆里桶里就养着大大小小的蚬子。有很多人家的门口挨着小溪，就干脆把养蚬子的盆呀桶呀端到小溪边上放着了，就算放几个晚上也不用端回家。那时民风淳朴，况且家家户户都养着蚬子，吃都吃不完，保准没有任何人会打你蚬子的主意。

有蚬子"库存"的时间里，村里的女人家一早起床，随手摘上小溪边棚架上的几朵雄南瓜花，放到蚬子里去滚一下。然后，就喜欢装上满满一碗蚬子汤，上面还铺上一朵金黄色的南瓜花，端到小溪边去吃。溪边有大妈大嫂们在洗衣服，于是就互相唠起家常来了。一边唠嗑，一边吃着蚬子，把整碗蚬子吃完后，就直接把蚬子壳倒到溪边种南瓜的箩筐里，当肥料去了。有些吃蚬子的姑娘家，还能一边吃，一边把蚬子壳一个个飞吐到种南瓜的箩筐里去，那嘴巴的功夫真是了得，让我们小孩儿很艳羡。我们小孩子也想学飞吐蚬子壳，但一碗蚬子吃下来，往往吐的壳几乎都掉在了箩筐外面，特沮丧的。

7月中旬，南瓜花开得零零星星了。进入8月，南瓜花彻底开完，南瓜便开始疯长。9月份开始，橙红色的南瓜已经长大如箩筐，扁圆形，很像车轮子。这时候，大大的南瓜就成了家家户户餐桌上最家常的瓜菜，焖煮、切片清炒或清蒸，不管怎么做，吃起来都甜滋滋的。

等到10月份过后，吃不完的大南瓜，就滚进床底下储藏起来，留待来年三荒四月正值蔬菜青黄不接的时候再食用。孩子们睡在底下藏着大南瓜的床上，时不时就会做些关于南瓜的美梦。尤其是女孩子们，往往会梦到卡通片《灰姑娘》乘坐着金灿灿的南瓜车去参加舞会的情节，梦里高兴得还会笑出声来。

除了做美梦，孩子们还会经常把南瓜从床底下滚出来，当车轮滚过来滚过去地玩儿。大大的南瓜，皮很厚，也不怕滚坏。说来，整个连南县，一说起我家乡梅村，张口都会唱这首自古流传的童谣——"梅村佬，大番瓜。吃不完，丢进床底下。"番瓜，就是南瓜啦，那是我们梅村土话的叫法。

尤其是到了寒冬腊月，外面风大，能冻得人手脚皲裂，孩子们也出不去外面玩儿了，于是，兄弟姐妹们便一起在家里滚着大大的南瓜玩，父母们在一旁开心地笑着，每个孩子都玩得特别兴奋。

这真是一种很美好的时刻——不管是鲜嫩的脸蛋，还是皱纹阡陌纵横的脸蛋，全都开心得像六七月开得金灿灿的南瓜花儿一样。想来，大门外的小溪，虽然暂时没有了南瓜花漫天漫地盛放时的热闹，此时，听到村民们欢天喜地的嬉笑，心情也一定会十分欢畅的吧！

水浸鬼,忘不了哩

回老家连南梅村探望母亲,母亲非常高兴,说:"你很久没吃到家乡菜了,今天就酿些油豆腐吧。"她边说边催促哥哥去买些油豆腐回来。我赶紧加多一句:"别忘了,还要买些水浸鬼呀。"哥哥笑笑说:"水浸鬼,忘不了哩。"

水浸鬼?是什么东东来的?水浸鬼也可以买回家来?

一脸惊奇的儿子不等我回答,便哗啦一声打开手中的手机查询起来,只一小会儿,儿子便说道,红袖添香网站里有篇《水浸鬼》小说,里面有这么一小段对话:"知道么,河里有水浸鬼。"父亲绘声绘色地说,"水浸鬼蛮凶猛,长着人的脑壳,人的手,但力气比人大很多。别随便跑到水里去玩,要是被水浸鬼碰着,会拖住你,吃掉你。""真的吗?你见过水浸鬼吗?"孩子问。水浸鬼就是浸在水里的鬼魂,小时候听过,当你在河里游泳的时候经常会感觉到有人把你往河底拽,这即是水浸鬼拽的。

儿子把这小段关于"水浸鬼"的文字读完，吐着舌头叫道："这水浸鬼，那么可怕！妈妈，难道你不怕吗？"

我笑了："妈妈不仅不怕水浸鬼，而且小小年纪就敢吃水浸鬼呢！"

这下，儿子眼睛瞪得圆圆的，嘴巴张得大大的。我得意地敲敲儿子的脑壳说："哈哈，妈妈说的水浸鬼，不是河里的水浸鬼，而是一道家常美食呢！"

水浸鬼，其实是豆腐的一种。在我们家乡，豆腐有水豆腐、油豆腐、水浸鬼三种类别。水豆腐，白白的，论块买，巴掌大一块，两角钱；油豆腐，金黄色，论斤买，一元钱一斤；水浸鬼，外表也是金黄色，论条买，7角钱一条。

油豆腐和水浸鬼，本质上讲都是油炸豆腐，外表也都同是金黄色。但不同的是，油豆腐，形状是方形的，如乒乓球般大小，用油炸得干干的，里面是空的，手一按，整个就会瘪下去了；而水浸鬼呢，是先把白白的水豆腐切成约宽三厘米、长七八厘米、厚两厘米的长条形，接着放进油锅，把表面炸至金黄色就捞起。这种仅轻炸表面的豆腐，跟彻底炸透的油豆腐并不一样，外表像油豆腐般金黄，表皮也有油豆腐般的香韧口感，但又保持豆腐本身的香滑水嫩，更重要的是，豆腐的内里仍然保持着浓郁的豆香味，拿回家烹饪时，不会像水豆腐一样容易碰碎。

跟水豆腐和油豆腐相比，水浸鬼更适合在菜市场售卖。因为，水浸鬼炸好后要赶紧捞起放到盆里，用冰凉的井水一直浸泡着以保其鲜嫩。这种特别的保鲜方法，决定了农家如果自己家一次性做太多水浸鬼的话，保鲜起来会非常麻烦。因此，村庄里的农人无论贫富，要吃水浸鬼，都只会到菜市场去购买，很少自己在家里做。也正因为如此，在以自给自足为总体特色的乡村经济里，水浸鬼就成了"高人一等"的贵族。

水浸鬼一直浸泡在水里保鲜，给人的感觉就特别沉甸甸的，像传说中河里的"水鬼"一样沉重，我们当地人就昵称这种豆腐为"水浸鬼"啦。

三种豆腐中，水豆腐是最便宜的；油豆腐的价钱虽然贵，但因为是空心的，重量很轻，买半斤花5角钱就已经有20来个油豆腐，非常划算，性价比最高；而水浸鬼呢，7角钱一条，还不到两角钱一块的水豆腐一半大，当然就属于令穷苦农人敬而远之的奢侈品了。在手头紧巴的年代，乡村人如果不是来了尊贵的客人，是很少去买来吃的。而我，也是在圩日跟父亲去县城赶圩时，第一次看到有水浸鬼卖。

我们住的梅村，离县城三江有三公里路，每逢3、6、9号，在县城三江都有圩日，各村的乡民会挑着家禽家畜、各类农产品等赶到三江的集市上去进行交易，父亲有时也会挑些自己种的烟叶去县城买。

有一次圩日，父亲挑上烟叶，带着我和哥哥一起去赶集。那天烟叶很容易就卖完了,父亲就兴致勃勃地带我们去市集附近的菜市场溜溜。当时看到一个豆腐摊档,我和哥哥看见了自己吃过的油豆腐、水豆腐。但摊子里还有一条条金黄色的东西泡在一只装满水的铝盆里,大概泡有10多条,水面上还漂着好多油圈儿,我们就不知道它是什么东西了。

我和哥哥还是第一次看到这样的金条儿,非常好奇。档主说:"这叫水浸鬼,也是一种油炸豆腐。"一听到是水浸鬼,我和哥哥的眼睛就一直盯着铝盆再也挪不开了。我和哥哥还把手放进铝盆里,感觉清凉凉的,还摸了摸水浸鬼。一问价钱,7角钱一条,真贵呀!再看看一旁的水豆腐一板一板的堆得很多,油豆腐更是堆得像小山包,唯有水浸鬼,就只在一个铝盆里浸着十几条而已。

水浸鬼,豆腐里的贵族!在买什么都需要票证的年代,当然就很少人舍得买了,这也怪不得父亲从来没买过水浸鬼回家给我们吃了。

但,"水浸鬼"这三个字对我和哥哥实在太有诱惑力了!说起来,我们梅村旁边有条大河,从村口大概走两百多米就到,于是,村里的孩子们经常喜欢到河里游泳玩耍。大人们太忙,平常很少有时间管孩子,但又害怕孩子到河里玩会出事,比如给水淹死什么的,所以大人们总是吓唬我们小孩子说,河水里有淹死的人,因为喝了太多的水,身体重重的,就成了水浸鬼。要是你独自跑去河里游泳,水浸鬼就会趁机把你往河底拽,水浸鬼的身体重力气大,你就逃不掉了,会给扯到深渊里去淹死了,你也会成了水浸鬼,以后就再也见不到爸爸妈妈啦。

很多孩子都被水浸鬼吓住了,但是也有调皮的孩子却不当回事,依然偷偷摸摸往河里跑。我被哥哥带着,也成了热衷往河里跑的那一拨儿。其实,我和哥哥之所以喜欢往河里跑,除了顽皮,还有一点是因为当时我和哥哥读了蒲松龄的志怪小说《聊斋志异》,里面有篇《王六郎》,讲述的是河里淹死的水鬼王六郎,与打鱼为生的许姓渔夫成为知己相交的故事。最记得的情节是,许姓渔夫因为每晚都向水中敬酒,请河里的溺死鬼喝酒,由此感动了水鬼王六郎。王六郎为感谢许姓渔夫,便以驱赶鱼虾相报答,所以渔夫总是能捕到满筐的鱼虾。为此,我还曾和哥哥一起偷偷从父亲的酒瓶中倒过三小杯酒,倒到河里给水鬼喝,希望能有水鬼给我们赶鱼呢。这希望当然从来没能实现过。

如今,在集市上看见了水浸鬼,虽然此铝盆里的水浸鬼非河里的水浸鬼,但总觉得如果有幸吃上水浸鬼,就似乎能满足心中某些愿望似的。于是,我和哥哥,一人拉住父亲一只手,吵着要买一条水浸鬼回家。刚刚顺利卖完了烟叶的父亲,破例笑眯眯地答应了。

从集市回到家后,哥哥去村口的水井挑来清甜甜的井水,我去地里拔了些葱,母亲还摘回来个一点不辣的大红辣椒。把葱切段，把辣椒切丝，把水浸鬼切片，厚度一厘米左右。按照豆腐摊主的说法，这切片还是有些讲究的，不能切得太薄，因为太薄水浸鬼会烂，不成块；也不能切得太厚，因为太厚，调味就进不到水浸鬼里面去。把葱、红辣椒放到锅里，爆炒一小会儿，再把水浸鬼放进锅里，加上点清甜甜的井水、几滴酱油，红烧一会儿，上碟，红黄绿白，色泽诱人，满屋子飘香。

一口把水浸鬼咬在嘴里，外面香，里面滑，既有油豆腐的油炸香味，又有水豆腐的鲜滑水嫩。"这水浸鬼，嫩滑爽溜，真好吃呀。"我和哥哥一边竖起大拇指称赞，一边互相眨眼，心里有着一种对水浸鬼的隐秘渴望得以实现的快乐。

父亲看我们吃水浸鬼的高兴样，后来赶集，偶尔也会带上一条水浸鬼回家，我和哥哥每次都吃得满口留香。再后来，离开了家乡，到过不少地方，油豆腐、水豆腐经常都能吃到，甚至还吃到了一些其他地方特色的豆腐品种，比如豆腐干之类的，但却没再吃过水浸鬼这样的家乡特色豆腐。所以，对梅村的水浸鬼越发怀念了，就像哥哥说的那样："水浸鬼，忘不了哩！"

每次回家乡梅村，我都必然要吃水浸鬼这道菜。如今，生活条件好了，什么时候都可以买得起水浸鬼；而做水浸鬼的方法也多样起来，比如，用肉丝炒，用鸡汤炖等荤素搭配，但我依然还是喜欢素菜的做法——以葱段椒丝红烧水浸鬼，这样更能吃出水浸鬼的嫩滑爽溜的地道味儿。

唯一可惜的是，随着环境条件的变化，以及城镇化的改造，三江城里的水井已经绝迹，而梅村的水井虽然还在，但也不能饮用了，水井也已经用铁丝网覆盖住了。因此，以前用井水浸泡的水浸鬼，也只好改成用自来水浸泡了，甚至现在的红烧水浸鬼，水浸鬼也不用水浸泡了，而是像油豆腐一样放在托盘里直接卖了。

水浸鬼不再用水浸泡着，曾经让我心痴痴的这道美味，到底缺少了一种清冽冽、甜润润的让人难忘的童年味道了。

腊肉,爸爸的味道

"哎呀,妈呀,天呐,怎么办,怎么办?
你怎么这么好看……"
一眼看到你,张口唱出这句歌词
只是歌词里的我,换成你
换成了,让我双眼一眨不眨地瞅个不停的你

田野,是你的舞台
山峦,是你的银幕
山风,是你的音乐
竹竿,是你的舞伴
而你,就是太阳底下最美妙的音符

三江口的风,吹一吹

你,腰身扭一扭,花纹闪一闪
田野四处,猝然一下酥软
古朴农庄,焕然一下灿烂

阳光底下,山野田间
百年千年,你一直都跳着这套曼妙的舞蹈
美妙的音符,一串串
飘在云端上,落到山涧里
不管多少背影远去
不论多少脚步归来
你,依然保持着酥软灿烂的美姿

你,就是千年不变
一直都在美呀美、香呀香的大美女
山中日月,因你,
增了几分柔情的牵挂
山外目光,因你,
添了几许浪漫的偶遇

去年冬至前后,我与几个同学一起回梅村玩,到达梅村村口时,已是午间时分,于是赶紧到三江河边的一家农庄吃午饭。农庄的周边,一片收割后的农田,在冬日的暖阳下,安宁静谧。弯进农庄的牌坊,竖立在田野上的一竹竿一竹竿腊肉,直撞眼帘。腊肉白中带黄,腊肠的花纹扭得着实好看,我整个人猝然一下酥软,全身都仿如染上了一身醉人的腊味香。后来,我为这次与田野里腊肉的邂逅,写下了上面这首小诗:《田野里的腊味哟,你怎么这么好看》。

其实,在从前,我家乡梅村,家家户户的腊肉,也都是这么好看、这么香的哟。

梅村,整体坐北朝南,坐落在鹿鸣关山脚下,两山夹峙之中。因此,一年到头,从山口吹来的北风都比较大。

冬至前后,山口吹来的北风更是强大。而此时,田里一年的农活也已经忙完了,村庄也开始慢慢地进入冬闲时光。

中国是传统的农耕社会,入冬以后,农事渐少,余闲时光日渐增多,古人称这段时间为"冬闲"。不过,古人的"冬闲",其实并不是闲着不去做事,而是在没有农事的冬日里,转做一些或闲雅或重拙之事,比如,女性会学做女红,男性则练习骑射之类。当然,各地的冬闲,亦各有各的不同,比如,我们梅村的冬闲时光,家家户户都在忙着腌制腊肉腊肠。

腌制腊肉腊肠,我爸爸绝对是一把好手!那可是他一年到头唯一倾尽全力的一项美食事业。

把肥瘦相连(半肥半瘦)带皮的猪肉切成三四厘米厚的块

状，用粗盐和米酒均匀地搓遍猪肉外表，再将猪肉放入密闭大缸里腌制一个星期。一个星期后，将肉穿一个小洞，用篾条或纱绳一块块悬吊在竹竿上。而后，把竹竿挂在通风良好的地方。碰上阳光灿烂的好天气，还要从家里把挂着腊肉的竹竿撑到太阳底下，一边让山风吹拂，一边让太阳晒晒。有些人家门前没有院子，就直接拿到收割后的田野里去风干。我们家简单，在满叔砌成的鹅卵石墙边扎上两个木头架子，一竹竿的腊肠腊肉直接架上去，招惹得我们小孩子馋呀，天天吞口水。吞了大约一个月口水，腊肉终于自然风干而成了。

  腊肠的制作和腊肉差不多，但爸爸对洗小肠这种准备工作一点也不感兴趣，爸爸认为这个活没有技术含量，他喜欢做有技术含量的剁肉和调味。剁肉需要手劲，爸爸剁起肉来，浑身都是劲，立冬时节，也只穿一件短袖衣。把挑选好的肥瘦搭配的猪腿肉，切成小肉块，用家里那把最大的菜刀，"当当当"一阵剁碎，再把粗盐捣碎，加上些许米酒，放入剁碎的肉料中，大手搅拌均匀。最后，把肉料一一灌进妈妈早已洗净的小肠里去，就可直接拿去风干了。

  立冬时节，不论走在村庄的哪一个角落，放眼望去，每个人家的门口都挂着一竹竿一竹竿的腊肉或腊肠。腊肉腊肠的香味缭绕着，让整个村庄变得香喷喷的。家家户户的餐桌上，腊肉自然也成了主打菜。除了喜欢用腊肉炒嫩爽的红花籽、腊肉蒸芋头，最常见的还是把腊肉腊肠直接放到饭面上蒸,这种吃法,极其简单,但腊肉的味道却最为醇香。

先把腊肉砍成 10 厘米的长块,当米饭烧开后,看到煮饭的水快烧干时,再把切成条的腊肉和整条腊肠直接放到饭上面去,为的是让腊肉蒸出的油香味融到米饭里。等米饭煮熟后,撤了火,还要再焖上 10 分钟。然后,才把饭锅打开。顿时,整锅饭都飘着一阵阵诱人的香味,惹得人直流口水。

趁爸爸把蒸熟的腊肉夹出锅的刹那,我们小孩子常常急不可耐地偷偷挖出一小口米饭,"呼呼呼"吹一吹,放进嘴里。米饭吸足了腊肉腊肠的油香味,一开锅就散发出一种特别的咸、香、润味儿,面对这种诱惑,小孩子们哪里能够按捺得住自己的馋嘴劲儿哟。爸爸在一旁,嘿嘿嘿发笑:"馋嘴猫儿们,腊肉来啦!"爸爸快速地把腊肉腊肠切成片,我们几个小孩子快快盛上一碗饭,夹上三几块腊肉腊肠,根本不需要其他什么菜,就能香香地吃完一整碗饭。

一整个冬天,因为有腊肉,村里孩子们的胃口都特别好,吃米饭都吃得香喷喷的,每个孩子的脸蛋都吃得红扑扑的,心里头更是吃得红火火的。有时候,孩子们还喜欢端着装有腊肉片腊肠片的饭碗,蹲在墙根儿一起吃饭。一边吃一边互相用筷子夹别人饭碗里的腊肉腊肠,比对一下谁家的腊肉腊肠最好吃。每每这时候,我就特有自豪感,因为孩子们都一致评价:就我爸爸做的腊肉最香，尤其那腊肉中的白中带黄的肥肉，吃起来特别脆香！

其实，我爸爸做腊肉，表面上看，和乡人的方法并没什么差别，但在细节上却有着一些特别之处。比如说，将猪肉放入密闭大缸里腌制一个星期的这段时间，为了使猪肉入味更均匀，爸爸会不怕烦琐，每天翻动一次缸里的腊肉，把底层的放上来，再把顶层的放到底下去，保证每一块腊肉都被腌制匀，腌制透。还有，就是每天把腊肉从家里拿出来晾晒时，爸爸对时间的要求也非常精准。碰上太阳高照的日子，把竹竿里悬吊着的腊肉拿出去晒晒太阳，这是村人经常要做的功课。很多人家，往往早上八九点就把腊肉撑到门口晒去了。但爸爸呢，却总是坚持每天上午10点过后才从屋子里把腊肉撑出太阳底下晾晒。等到下午5点刚过，很多人家的腊肉都还好好地晒着太阳呢，但爸爸却已经把腊肉收回家，挂到二楼既通风又不会沾到露珠的临窗房间去了。每天，就算爸爸在外面再忙，但只要上午快到10点和下午快到5点时，爸爸一定会匆匆赶回家，侍弄他心爱的腊肉去。爸爸说，好腊肉是不能沾上一点儿露水的！早上和晚上都有露水，尤其是立冬后，天亮得晚夜黑得早，早上挂出去太早，或者晚上收回家太晚，腊肉都会沾上露水，变得湿润。当一块腊肉干湿度反反复复的时候，腊肉的品质当然就会大打折扣了。

当然啦，我们家的腊肉好吃，跟我爸爸养猪时的认真劲儿，也是分不开的。

爸爸养猪的方法,也异于村人。别人家的猪都是圈养的,爸爸养的猪却经常是放养的,感觉就像现在喜欢宠物的人一样,爸爸完全把猪当成宠物来养,爱心爆棚得很。

只要天气晴好的日子,每天上午和下午,爸爸一定会赶着猪儿一起出去,慢慢地沿着200米左右的泥土路,走到三江河堤边,然后再慢悠悠地和猪一起散步回家,200来米的泥土路往往一走就是一个多小时。因为每天都进行散步锻炼,我们家的猪虽然胖乎乎的,但都长得挺结实的。也因此,爸爸用自己养得既胖乎又结实的猪做出来的腊肉,都很结实很有弹性,吃起来才特别爽口。

多年后,我看到一部书《细节决定成败》,书没怎么翻过,但是对这书名却甚是喜欢,这完全就是我爸爸在腌制腊肉这项事业上的生动写照呀。至此,我也才真正明白爸爸做的腊肉之所以特别好吃,全在于他注重一个又一个小细节。也因为注重小细节,爸爸做腊肉时都是亲力亲为,从不假手于人,所以我们兄弟姐妹包括妈妈都没能学到爸爸做腊肉的手艺。不是不想学,而是真的学不来。爸爸是把腌制腊肉作为一项非常隆重的大事来对待的,而我们哪里能够做到把一件日常俗事,做成非常非常隆重的典礼呢?

爸爸去世后,每逢立冬前后,妈妈和姐姐们也都曾腌制过腊肉腊肠,但不是放的盐过多,就是放的盐太少,吃起来,要不咸得很，要不味太淡，腊肠里面的肉也剁得不够碎，口感上没有什么愉悦感。还有晾晒腊肉时，也根本没有爸爸那种精准的时间观念，什么时候有空了，才想起来把腊肉撑出到鹅卵石墙边去晒一晒；什么时候回到家才又随手把腊肉收回家中。如此一来，腊肉不免会断断续续沾上些早晚的露水了。因而，吃起来，终是缺少爸爸晒出来的那种腊肉的浓香味，继而吃腊肉的欲望也变得越来越寡淡了。

　　后来，哥哥姐姐们都不再腌制腊肉了，当然村庄里的人腌制腊肉也越来越少了。生活节奏越来越快，腌制腊肉耗时耗力，想吃腊肉时可以直接去市场买，口味差一点将就将就也就过去了。再后来，每当谈起已经去世多年的爸爸，我们总少不了谈论爸爸做的浓香扑鼻的腊肉腊肠。对我们兄弟姐妹而言，如果说，浸酸缸是妈妈的味道，那么，腊肉则毫无疑问就是独一无二的爸爸的味道。

　　我儿子3岁时，第一次回连南梅村过年，吃到了外公做的香脆腊肉，竟然一口气吃了三小碗满登登的米饭，从此对外公的腊肉念念不忘。每隔一年回到梅村过年，吃外公做的腊肉都吃得脸蛋红扑扑的。当然，我们没回梅村过年时，爸爸肯定也会托人带他亲手做的腊肉给我们。所以，不管回不回家，我们每年都能吃上爸爸做的腊肉。腊味香香，亲情浓浓，那是一段多么让人眷恋的光阴。

如今，已经大学毕业的儿子，也会偶尔和我们讲起外公。尤其是到"秋风起，食腊味"的时节，儿子会常常对我们感叹说："外公做的腊肉，最最好吃了，爸爸妈妈，我好怀念外公，好怀念外公做的腊肉哟。"

似乎，对儿子而言，外公的味道，就等于是香香的腊肉味道。这和我对爸爸的感觉——爸爸的味道，就是腊肉的味道，如出一辙。因而，每当听到儿子说"好怀念外公，好怀念外公的腊肉"，我的眼睛，总忍不住一阵阵湿热。

红花籽嫩,腊肉香

金秋十月,秋收后的农田开始进入歇冬期。此时,村人在割稻后的田里放上一整个星期的水,待把泥土泡透湿润后,村人又把红花籽的草籽撒下田里去。不用多久,红花籽的嫩叶就争先恐后地萌发出来了,茸茸嫩嫩,青绿一片。两个月后,红花草长得像我们小孩子的腰身那么高了,歇冬的农田变得一派生机盎然,旺盛的红花草茎,肥肥壮壮的,在一眼望不透的田地里,弥漫着阵阵清香。

我家乡梅村种红花籽,最主要的功用是作为稻田的绿肥。每当年关过后,红花草草茎开始变硬朗,红花草哗啦啦地灿开起无数紫红色的花朵来了。村庄周围的稻田瞬间变成连绵不断的紫红色花海,铺天盖地,一片连接着一片,成了孩子们嬉戏玩耍的快乐场所。我们这些顽皮的孩子,便开始在长满红花籽的田地里疯跑、跳跃、捉迷藏、捏蜻蜓、扑蝴蝶。由于稻田里还长着许多割完稻谷后剩下的稻茬子，奔跑中一不小心就会被绊倒跌个大跟斗。但是无妨，厚厚的红花籽可以为我们当垫子，把我们接住。并且，红花籽的花叶还会把我们的衣服染成片片迷彩。待到3月春耕开始，耕牛拖着锃亮的犁铧把生机勃勃的红花草，一片片翻到田地里掩埋，经水一沤，数日之内，腐烂如泥。用豆科植物红花草沤埋过的土地，疏松绵软，黑得流油，能给稻谷作物提供足够丰厚的天然氮肥。

早年种田没怎么用化肥，红花籽都作为稻田冬肥植物来种植，成为农作物的当家肥料，村人也叫它为"绿肥"。种过"绿肥"的稻田，产出的稻米颗粒都特别的饱满结实，煮出来的饭特别有香味。红花籽还有两个很诗意妩媚的名字"紫云英"和"翘摇"："紫云英"，紫色的云英，来自唐代小说中女神"云英"的名字，那是形容花开的美态；"翘摇"，指的是红花籽茎叶柔婉，花枝竞秀，有翘起飘摇之态，大文豪苏东坡都曾夸赞说"此物独妩媚"。虽然"紫云英""翘摇"这两个名字，美妙又文气，但是村人一直都不喜欢叫这两个文雅名，觉得还是不如叫土里土气的红花籽，这样和肥料的功用才比较登对，这才是乡人寻常过日子的实在姿态。

除了当肥料，红花籽其实还是一种不可多得的应时野菜！每当年关前的一个月，是我们大吃特吃红花籽的好日子，此时红花籽的草茎长得特别肥美，而和红花籽最好的美食搭档，便是村人家家户户自制的香香的腊肉了。

当红花草刚长起来的立冬前后,村里家家户户便开始腌制腊肉了。把肥瘦相连带皮的猪肉切成三四厘米厚的块状,洗净,用粗盐和米酒均匀抹遍猪肉外表,再将猪肉放入密闭大缸里腌制一个星期。一个星期后,将肉穿一个洞,挂在通风良好的地方,大约一个月时间,腊肉便自然风干而成,吃腊肉的好季节就到了。

腊肉风干好的时节,也正是年关前一个月左右,而此时正是红花籽长得饱满却还没有开花的最鲜嫩时节,鲜嫩得随便一碰,草茎都会断下来。村里人跑到田里,看到哪片红花籽长得最肥壮,掐下一把,洗净,就可以当菜肴了。红花籽的吃法很多:红花籽折成手掌长的一段段,将大蒜剥皮拍碎,热锅放入适量油,入蒜末,煸出香味,再放入成段的红花籽,翻炒,加盐少许,炒至红花籽变软,吃起来爽口宜人;或者,把红花籽最末端的梢头掐下来,用开水一烫,放姜丝葱末,浇香醋老抽,加适当的细盐一拌,吃时,再淋几滴麻油,滑爽、清脆。以上这两种红花籽的做法虽然味道不错,但在我们村人看来,无论如何也不及红花籽炒腊肉那样,浓香诱人和入口难忘。

自然风干后的腊肉,白里带暗红色,白的是肥肉,暗红的是瘦肉。村人做的腊肉,只放粗盐和米酒,因为调味简单,反而更能很好地保存猪肉的纯朴香味;而来自田野上晨风夜露沾在红花籽上的草腥味,有一股特别的清香。当这两种来自自然的香味混在一起，就成了一道特别诱人的菜肴——先把半肥半瘦的腊肉切成 10 来片薄片，下锅，小火翻爆一下，爆到腊肉里的油沁出来，腊肉上的肥肉透明，瘦肉金黄，再放上巴掌长的红花籽段，下锅一起大火猛炒。记住，炒时不用放盐，而是要让红花籽吸收腊肉里溢出的盐味，五六分钟后，装碟上锅，腊肉香和红花籽香互相映衬，飘满屋子。只消三两分钟，这一碟红花籽炒腊肉，保准被孩子们抢个精光，孩子们还常常馋得直嚷嚷："老爸老妈，能再炒一碟来吃吗？"经年累月，红花籽炒腊肉就成了我们村家家户户最常吃，也最受欢迎的一道独特菜肴，甚至年夜饭的餐桌上，往往也少不了这道红花籽炒腊肉。如果缺了这道菜，仿佛年的味道，也会逊色许多。

其实，我们村人也尝试过用其他蔬菜与腊肉一起配炒，比如，菜心、芥菜、茼蒿、生菜等与腊肉爆炒。但是，怎么吃都没有红花籽炒腊肉的那种清甜和纯香味道，而且还有一点，其他蔬菜配炒腊肉吃起来总是比较油腻，口感不够舒畅。也许，这就好比世间男女的相遇，许多时候，虽然感觉还算可以，但就是缺乏电光石火相碰撞的一刹那，总是难于水乳交融。唯有红花籽炒腊肉，因为红花籽非常吸油，把爆炒出的腊肉油很好地吸收进自己天然野草的草茎里，于是，草香混着肉香，不油不腻，爽脆可口，清香四溢，吃得那真叫一个满足呀！

哎哟喂，我一边写这篇文字，一边使劲咽口水，仿佛故乡那红花籽香、腊肉香早已透过纸墨萦绕在自己周遭。我心里还一个劲寻思着,哪天再回到梅村去,说什么也要做一道既香又爽脆的红花籽炒腊肉,犒劳一下我涌动的胃才行。

可惜的是,梅村现在已经越来越少有村民自己腌制腊肉了,村里的冬田也没多少人去种红花籽了。现在,种稻谷都改用清一色的化肥,家家户户也很少养牛,再也不用传统的牛来犁田,都改为拖拉机打田了。拖拉机打田,如果种着那么多红花籽,不好打,轮子转轴上经常会被红花籽苗卷住,所以一旦田里种了红花籽,拖拉机手们还不太情愿帮忙打田呢。不种红花籽这种"绿肥",年年只用化肥肥田,很容易造成稻田的土壤板结,打出的粮食虽然饱满,但用其煮出来的饭却不够甘香了。

近年,也有村里人,怀念红花籽炒腊肉的独特风味,便在菜地里辟出一个小角落,来种植红花籽。但是红花籽要想长得好,不仅需要肥沃的土壤,还要比较潮湿的土地。菜地始终是菜地,不如常年囤肥的稻田肥沃,于是,村人也用起了种稻谷的化肥,去催促红花籽生长,而后又放水浸淹菜地,让其潮湿。这样种出来的红花籽,草茎看起来也很粗壮,很脆嫩,但吃起来却一点都没有原本粗生粗长在稻田里的那种独特的野菜风味了。感觉就像那些被化肥催得胖胖的,一点也不结实的工厂菜。这是一种虚胖的红花籽,吃起来不仅不脆爽,也缺乏一种真正来自原野的甘香味。

红花籽之所以好吃，本来就是因为它具有一种特别的爽脆和甘香味。现在连红花籽的这两种原味都失去了，可想而知，要想再吃到当年那道红花籽炒腊肉的美味，就更成为一种奢望了。

浸酸缸,妈妈的味道

前几年到韩国旅游,一整个星期,顿顿与韩国泡菜为伍。韩国人不仅把大白菜、黄瓜、萝卜、西芹等做成蔬菜泡菜,还会用鱿鱼、章鱼、虾、螃蟹等做成海鲜泡菜。在韩国的许多传统家庭中,每个家庭都热衷制作泡菜,一个泡菜方子,从曾祖母传给祖母,祖母传给母亲,再由母亲传给儿媳,然后还会一代一代的传下去,所以,真正的韩国泡菜被称为"用母爱腌制出的亲情",岁月愈久,味道愈浓。以至于,韩国人都把泡菜的好味道称之为"妈妈的味道"。

在我老家连南梅村,也有一种被称为"妈妈的味道"的美味——浸酸缸。当然,我们老家在山区,浸酸缸从来没有用过什么珍贵海鲜,用的全都是最土里土气的蔬菜,比如白萝卜、姜、莲藕、辣椒、青瓜等。泡菜也没什么特别的方子,无非就是各类蔬菜,盐、糖、醋三种。但是就这么简单的一种浸酸缸,却是家家户户桌上不离的美味菜，更是我们孩子吃得最无顾忌的一种零食。

那时候，我们虽然很少能够闻到肉味，但蔬菜却是从来不缺的。一年四季，菜园子里的菜都长得茂茂盛盛的，除了保证每天的蔬菜供应，随时还可以采摘许多菜品来做浸酸缸。我印象中，妈妈似乎一年四季都在腌制浸酸缸。

妈妈和奶奶做浸酸缸时用的是瓦缸，做法不算很复杂，但还是挺费时间。反正乡村人除了农忙时节忙如轱辘转，其他日子都相对节奏缓慢，花些时间打发日子的同时，再顺带做些浸酸缸，刺激刺激一家人的食欲，也是一举两得。

把白萝卜、莲藕、青瓜、豆角、姜、辣椒、芥菜梗等瓜菜全部洗好，再分别把白萝卜、莲藕、青瓜、豆角切成巴掌那么长一块；姜切片。唯一不用切的是辣椒，因为我们梅村种的辣椒都是小手指般长短和大小，俗名叫指天辣的辣椒。这可是腌制一缸浸酸缸的最好调味料，有了它，一缸浸酸缸才真正酸中带辣，吃起来才够劲。用妈妈的话说，就是——辣才好吃！

洗的洗，切的切，一切准备就绪，再把它们放在阳台晾晒一两天，风干一下，除去多余的水分。之后，烧一锅开水，放凉，加盐，让它变成比较咸的盐水，接着把一两片红糖掰成小块放进盐水去，再倒些白醋混到盐水里。然后把用盐、糖、醋制好的水倒进瓦缸，再把晒好的所有材料都塞到缸里。最后还要记得在带槽沿的瓦缸口外缘放满水,最后盖上缸盖。妈妈说,瓦缸口槽沿放满水,为的是阻隔细菌进入缸里引起漏风。因为一漏风就会导致缸里的瓜菜霉坏变质。

然后的日子,就是在幸福中慢慢地等待了——浸酸缸要静置整整一个星期,才能腌透。

等到一个星期后打开缸,缸里的瓜菜就腌制好了,全变成酸甜辣三味缠杂的浸酸缸了。

揭开缸,刺鼻的酸,酸得孩子们口水直流;"挖"起一块萝卜,咬一口在嘴里,甜味才刚刚沾上舌尖,牙齿却早已酸得打战了;接着,指天辣的威力又辣得人喉咙冒火。就这样,酸甜辣三味缠杂,越吃越过瘾,怎一个爽字了得。

吃浸酸缸时,我们梅村人喜欢说"挖",不爱说夹。"挖"这个词太有动感和力道了,仿佛这个浸酸缸就是无穷无尽的宝藏!当然,夸张一点说,这浸酸缸确实是那个年代村里家家户户的"镇家之菜",绝对是每天不可或缺的最好的下饭宝贝。

每当吃饭时,妈妈都会给孩子碗里夹上三两块浸酸缸,一脸慈爱地说:"吃点浸酸缸,才能多吃点饭,身体才能长得棒棒的。"如果有孩子胃口不好,不想吃饭,妈妈们也会说:"来来来,吃点浸酸缸,就开胃了。"对妈妈们而言,这浸酸缸仿佛就是调理孩子胃口与成长的灵丹妙药一般。

不过,对我们小孩子而言,要等待整整一个星期才能吃到浸酸缸，时间实在有些漫长。因为当时除了能上山采摘些野果来吃，我们也实在没什么零食可吃，而每家每户都有的浸酸缸就常常成了小孩子们喜欢的零食。因此，很多时候，妈妈腌制的浸酸缸，还没腌透就已经被我们偷偷挖出来吃了不少。偷挖浸酸缸吃的时候，因为怕被妈妈发现，还会派一人专门放哨，感觉像在演侦探片似的，特好玩。于是，一缸浸酸缸，往往待一周后妈妈开缸时，就已经变成了半缸。不过，妈妈从来也不恼，还笑笑说：咱们家的小耗子还真是能吃呀，怪不得一个个长得那么结实。

在众多的浸酸缸种类中，我对用小苦瓜腌制的浸酸缸特别情有独钟。用来腌制浸酸缸的苦瓜，都是一些属于季节末尾的尾帮小苦瓜。这类苦瓜，没有吸收到什么营养，个头长得细小，形状弯曲得像只虾，炒来吃，苦巴巴的，还很生硬，村人都不爱吃，连猪都嫌弃它，完全就被归类到毫无用处的歪瓜裂枣行列中，多数时候都是被村人丢弃不用的。后来，妈妈很有创意地把小苦瓜切成两半，把瓤刨去，晒半干，加上几个红色指天椒，放在一个小瓦缸里腌制。因为这种苦瓜实在太苦太硬，我们小孩子也就根本没有半点提前偷吃的兴趣。但等到一星期后挖出来吃，这小苦瓜酸中带点苦，苦中含点甜，甜中夹点辣，咬起来特爽脆，又带有一种萝卜、莲藕所没有的筋道。一口下去，生活的酸甜苦辣都全了，吃得肠胃特别沸腾。再后来，我们家的浸酸缸，每次最快被"偷挖"完的，从来都是小苦瓜。

吃多了辣辣的浸酸缸,也不用担心上火,因为妈妈早已从山里采摘回山梨的叶子,晒干后,用开水煮出了一锅锅神梨茶(也叫梨渣茶),装到瓦罐里,随时可以倒来喝,口感微甜,消暑降脂,清热解毒,这种茶在夏天的时候在瓦罐里放好几天都不会坏。

从村里小学毕业后,我考到离家三公里多的三江县城连南民族中学去寄宿上学了,每周末才能回家一次。妈妈每个周日晚上都会给我装好一塑料瓶的浸酸缸,让我带到学校去。但是周一到学校后,往往很快就给馋嘴的舍友们瓜分完了,这往往让我一整个星期都处在对浸酸缸美味的想念之中。

当时,和我同在连南民族中学读书的还有两位同村女同学。每当周六下午四点多钟放学后,我们常常也会一起结伴走路回家。从三江镇回我们梅村大约走半公里远的地方,要路过城西大队。从大路边拐进小巷百来米远处,有一间小士多店,店里一年到头都有浸酸缸卖。

我们家里的浸酸缸是用瓦缸浸泡的,而小士多店里的浸酸缸却是用玻璃缸浸泡着的。玻璃缸很透明,缸里浸泡着什么东西全都看得一清二楚,一般有红辣椒、白萝卜、青瓜、豆角、沙梨等,颜色红白青黄,煞是好看。每次看一眼,都忍不住吞口水。虽然知道家里有妈妈浸好的酸缸,但是贪吃的嘴巴实在是等不及了。于是,我们三个同学往往会凑上几分钱一人买一块浸酸缸来过过酸甜辣的瘾。

卖浸酸缸的大妈，人很和蔼，打开缸口，让我们自己挑。我们拿上长竹签，绕着玻璃缸转上一圈，嘴巴叽叽喳喳地说，"看，这块很大呀"，"这块更大呢"，"不，这块最大"！接着，赶紧把竹签伸下去插住自己认为最大块的酸缸。而后，一人手里拿着一块酸缸，小口小口地咀嚼着。等这一块酸缸快要咀嚼完时，我们也快到家了。

因为有浸酸缸，我们回家的路上也变得有滋有味起来了。后来，我们三个女孩子，一边走路回家，一边吃着酸浸缸，也喜欢嘻嘻哈哈地唱上那么两句小调："浸酸缸伴我们回家乡，妈妈的味道哟最难忘！"

多年前，爸爸妈妈这一代人离我而去了。后来，同辈的哥哥也因患病离我远去了。姐妹们早已散落到各个城市，梅村的黑瓦泥砖房里，再没有了亲人的身影。酸浸缸这一道"妈妈的味道"，对我而言，也已经成为一种越来越遥远的记忆。

去年秋天，我回了一趟梅村。曾经在放学路上一起吃过浸酸缸的小学闺蜜同学，带我去了她哥哥家。一进她哥的家门，就闻到一股既熟悉又浓烈的浸酸缸味。鼻子一嗅一嗅，人就跟着酸浸缸的味一路走去，走到厨房，便看到两个酸缸塔，酸得我呀口水直往下流。闺蜜同学赶紧掀开酸缸塔，用筷子"挖"了一大碟出来，有辣椒，有芥菜皮，有莲藕，脆脆，爽爽，辣辣，吃得满嘴儿酸满嘴儿辣,整个人被呛得眼泪都流了出来,我赶紧用纸巾擦拭了一下眼角。

"是太辣了吧?你看你,眼泪都辣出来了!"小学闺蜜笑道。

是辣,还是想起了爸爸妈妈,还有哥哥呢?我也说不清了。

"辣才好吃呢!多吃点,多吃点,待会再带点回家去。"小学闺蜜的妈妈,一边笑一边又"挖"了一碟浸酸缸出来。

是呀是呀,辣才好吃!多么地道又熟悉的"妈妈的味道"!

这带劲的熟悉的辣,呛得我满心儿回荡暖流,呛得我满心儿涌起无穷的思念。

瓦松花

冬日荷塘

金色稻田

苦楝花

五色梅

红花酢浆草

乌桕树

苦楝果

梅村远眺

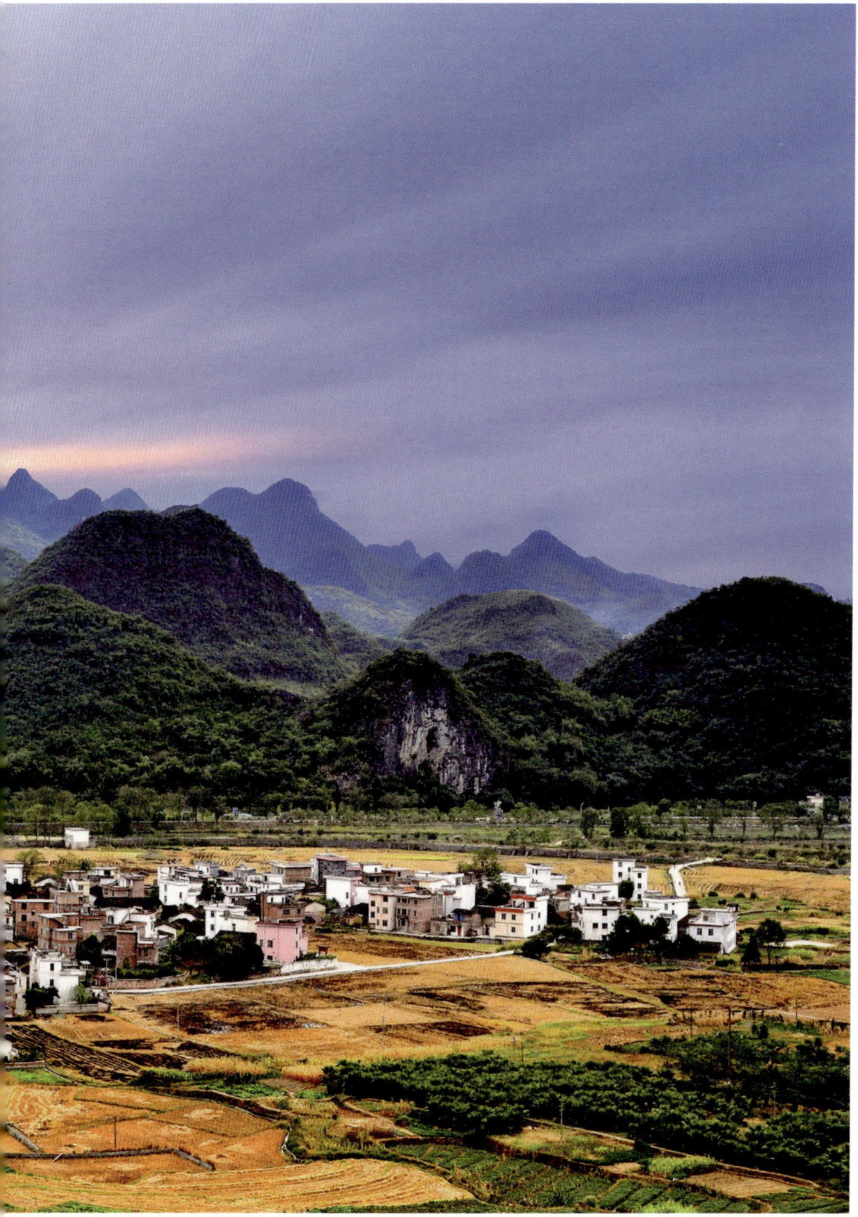

三江河

梅村小学，阔叶桉树

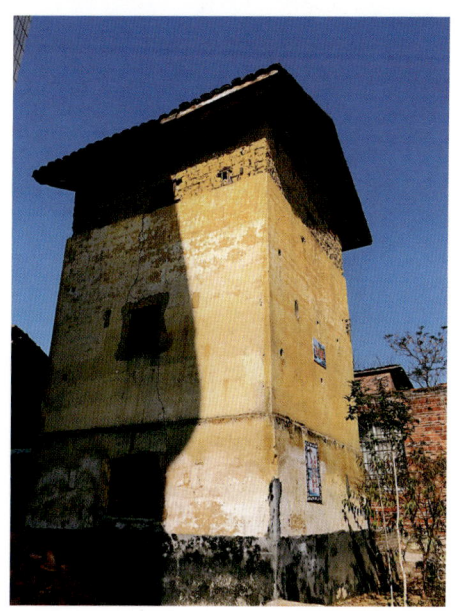

古炮楼

山间荷花

啖一口"神仙菜"

每当饭菜端上桌,奶奶就会从房间里拿出一个小碗,碗里盛着她一个人的宝贝菜。

这碗里的宝贝菜,色泽黑灰,有时候还会散发出一丝丝淡淡的霉味,那是因为奶奶的这一碗宝贝菜,已经放了两三天了。冬天还好,天气冷飕飕的,奶奶的那一碗宝贝菜就算放上两三天,也不会变味。但一到炎热的夏天,那麻烦可就大了,一两天时间,奶奶的那一碗宝贝菜就隐隐地有些霉味了。但就算有霉味,这一碗宝贝菜,奶奶还是舍不得倒掉的。

姐姐们笑着说,这碗宝贝菜,那可是奶奶眼里的"神仙菜",每餐都要吃上一口,才会舒服的,如果有哪一餐没吃到"神仙菜",奶奶整个人都没什么胃口了。奶奶自己也乐呵呵地应道:"是呀是呀,吃上一口'神仙菜',每天日子赛神仙哩。"

奶奶有三个儿子,我爸爸年纪最大,还有三叔和满叔。奶奶和我们家住在一起,一年到头基本都是和我们家一起吃饭。偶尔,奶奶到隔壁的三叔和满叔家去吃饭时,也保准会把这一碗"神仙菜"带上。

只是,这一碗"神仙菜"流动的时间极其有限。奶奶虽然有三个儿子,但除了我爸爸这个老大,后面两个儿子,一年到头基本上都只是一个人在过日子:一个像孩子,一个四处荡。

俗话说,"名如其人,人如其名"。一个人的姓名不仅传承了他个人的意情志,蕴含了他的精气神,而且,还在一定程度上影响着这个人的运势与人生,这一点在我爸爸三兄弟的身上,真的有着很生动的体现。爷爷在我出生前就已经去世了,可是,尽管我从来没见过爷爷,但我真的很佩服爷爷,他怎么就能够把自己儿子们的名字,都起得与他们的人生如此绝配呢?

我爸爸,名叫火炉。火炉,是供取暖和炊事用的炉子,烟火气很重。老舍在《骆驼祥子》里写道:"祥子端起碗来,立在火炉前面,大口地喝着。"这就是一天一天,如何过日子的节奏了。我爸爸和妈妈,共同养育着7个儿女。妈妈多病,奶奶体弱,家里的所有重活累活,都是爸爸一肩挑起来的,那种山村生活的烟火气,一年四季熏得爸爸的眼睛发疼,熏得爸爸的皮肤发黑。日子一天一天,过得总是紧巴巴的。但爸爸总是很坚强地面对着生活中的一切困难,在长达数十年的艰难生活面前,爸爸确实是像一尊熊熊燃烧的火炉,不屈不挠,散发着热,散发着光,温暖着我们一整个大家庭，甚至照亮着我们兄弟姐妹们的人生前程。

三叔在爸爸的兄弟姐妹中排第三，所以我们都叫他三叔。爷爷给三叔起的名字叫杨柳。古人离别时，有折柳枝相赠之风俗，寓含"惜别怀远"之意。《诗经》："昔我往矣，杨柳依依；今我来思，雨雪霏霏。"杨柳指的是柳树，一到春天，柳枝随风飘扬，好像有万千纤手，牵扯着离别之人的衣衫，不忍离人远去，因此，中国人一看到杨柳，就很容易引起感伤的情怀。宋代，柳永吟咏起"杨柳岸，晓风残月"，更让人伤感得无以复加。三叔杨柳，性情一如古诗中的杨柳般多情。但，他不是像杨柳一般的惜别怀远，而是喜欢自己跑得远远的，让家里的奶奶苦苦地思念他，给奶奶带来无穷无尽的感伤和哀怨。从我记事起，就很少看到三叔在家里待着。为了一个宏大得让山村里的乡亲们永远也无法理解的人生理想，三叔总是喜欢一遍遍地往山外跑，经常跑得不见人影，往往两三个月才能见他回一次家。有时候，甚至隔一年半载才回来。牵挂儿子的奶奶，常常站在家门口，盼眼欲穿，遥望着、期盼着三叔回家的身影。

满叔是爸爸的兄弟姐妹中最小的一位，"满"在客家话中就是最小的意思。爷爷给满叔起的名字叫杨梅。杨梅，果实红艳，十分可爱；味儿酸中带甜，非常开胃。梅村就在鹿鸣关山脚下，四周的山上都野生着很多杨梅树，这是一种扎根于山村的乡土植物。夏天一到，杨梅树枝头挂满鲜艳欲滴的红果，成为乡民们最喜爱的零嘴。满叔杨梅,是爸爸三兄弟中长得个子最高的,标准国字脸,人长得挺俊的。他的眼神常常露出一种懵懵懂懂、痴痴憨憨的神情,有些像孩童般开心,虽然与他的年龄很不相符,但也煞是可爱。尤其是他很喜欢待在梅村,连只有三公里远的县城三江,也只是偶尔趁墟时,大伙儿努力相邀,他才会跟着去逛逛。永远只喜欢待在乡村的满叔,忙农田忙菜地,还喜欢玩一些手工活,永远没有任何飞黄腾达、大富大贵的念想,活脱脱像一棵无欲无求、纯净可爱的山中杨梅树。

一年之中,像孩子一样的满叔杨梅,一到农忙,必定和我们家一起吃饭;即使不是农忙时间,孤身一人的满叔也经常会和我们家一起吃饭。但三叔杨柳,一年到头,却在家里吃不上十几顿饭。所以,奶奶这一碗"神仙菜",一年中至少有300天都是在我们家的饭桌上出现的。而且,因为满叔和三叔终身都是单身大男人,男人基本上都不会去做这种黑灰的"神仙菜",在村人眼里,那该是属于媳妇和女儿家们去忙活的事。所以,一年四季都是我们一家,在给奶奶准备这碗"神仙菜"了。

奶奶这碗"神仙菜",一点也不神奇,无非就是从菜地里摘回一些番薯藤、空心菜,洗净,挂到竹竿上晾晒,待晾得半干后,切碎,撒上足够分量的粗盐,用手努力揉搓,使盐充分与菜结合。再将揉搓好的菜干装到小瓦缸中,一边装一边用手一层层压实。装完后再撒上一层盐,在缸口的边沿倒入清水,以防漏气。最后,再盖上缸盖。如此腌制一周后，即可挖出，放到锅里爆炒。不一会儿，菜便熟了。"神仙菜"颜色黑灰，不太好看，但味道酸酸咸咸的，那可是乡村人一道最好的下饭菜。

如果腌制后的酸咸菜，放些辣椒爆炒，那味道吃起来酸辣爽脆，更能刺激食欲，每顿多添一碗饭，那是再正常不过的了。好在，那时候已经分田到户，虽然缺油少肉，但米还算是管够的，吃多几碗饭也不成问题。再加上连南地处粤北山区，水质偏寒，一年到头如果不吃点辣椒以驱寒，人的身体似乎都有些不对劲似的。所以，辣是很多连南人最喜爱的饮食美味。村里人家用空心菜、番薯藤做酸咸菜，一般都会在腌制时就加入少量辣椒，爆炒时也就不用再麻烦去摘些辣椒来当佐料了。

我们全家，包括三叔和满叔，都喜欢吃辣椒爆炒的酸咸菜，觉得这才带劲，口感火火辣辣，日子也火火辣辣。但奶奶的味感，却很特别。她从不吃辣椒，我们一年四季吃得热火朝天的带辣又可当零食的浸酸缸，她也从来不吃。为了照顾奶奶的口感，我们家腌制酸咸菜时，都不放辣椒。

从瓦缸里挖出酸咸菜，一大碟的是用辣椒爆炒的，一小碗的是什么也不加的。大碟加辣椒的，当然是全家人共同享受的美食，而素素爆炒的酸咸菜，那是属于奶奶一个人的"神仙菜"。奶奶个子小，胃口也小，每顿吃酸咸菜，吃得并不多，但每顿饭都必须有酸咸菜，才有胃口。由于每顿吃得并不多，所以一小碗酸咸菜，往往吃上两三天，才吃得完。曾经，我们是每顿都分别炒一小碟酸咸菜给奶奶，但奶奶觉得每炒一次，都要加点油，这样太浪费油了，不如一次炒上一小碗，留着吃，省油也省事。

碰上冬天，雪几乎年年飘落，酸咸菜留上三四天，也勉强还行。但夏天，就麻烦了，第二天就会有变质的霉味，奶奶却舍不得倒掉。我们怕奶奶吃坏肚子，曾经趁奶奶不注意，偷偷把她那碗酸咸菜倒掉了，奶奶却很不高兴，跟我们闹了很大的别扭。后来，为了防止我们再倒掉她那碗酸咸菜，每顿饭吃完后，她就把那碗酸咸菜端到自己房间的木桌上放好，到下顿吃饭时她再把酸咸菜从房间里端出来，一口饭一小嘬酸咸菜，嘴巴吃得喷香喷香，眼神儿笑得好满足。这下，我们谁也不敢去招惹奶奶那碗"神仙菜"了。

不过，说来也很奇怪，看起来体弱的小个子奶奶长年累月吃很单调的酸咸菜，甚至有时候还吃我们都感觉已经有些变质的酸咸菜，可她的身体却从来都没什么问题。小个子的奶奶，身体一直都很不错，从来没患过什么大病，也从来没去三江县城的医院看过病。记忆中，奶奶只是偶尔去一下梅村自己的小卫生所，看些感冒、喉咙痛之类的小毛病。村里的老人家们都非常羡慕奶奶的好身体，因为，她们每年花在各级医院的大量医药费，奶奶从来都没有花过。有些人忍不住向奶奶打听不生病的秘诀，奶奶总是笑眯眯地端起她的专用小碗，说"多吃点神仙菜呀"！

86岁那年,奶奶不慎摔了一跤,摔坏了身子,伤了筋骨。后来,奶奶的身体每况愈下,很快就离我们而去了。

唉!如果不是因为摔了一跤,奶奶应该会活得更高寿一些的,爸爸妈妈经常这样叹息。是呀,我相信,我们全家都相信。

酿田螺，光阴长

"剡溪若问连州事，惟有千山画不如。"这是唐代大诗人刘禹锡下放连州任刺史期间，因迷恋连州各地山水写下的诗句。此诗句高度称赞连州的自然美态，并赞美连州风光连漂亮的图画也难与之匹敌。

唐宋元明时期，连南均隶属连州，一直都与连州这个名字紧密缠绕在一起。正因为这种缠绕，连南的历史文化便多了几分文气。如今，千百年过去了，连南的青山绿水，连南的自然生态，依然惹人羡慕，这不正生动地印证着大诗人刘禹锡留下的一缕缕美妙的山川文气吗？

因为自然生态环境好，连南一直都以山清水秀著称。水田、池塘、河川、溪流、沟渠遍布，而在这山边水畔自然也生长出很多天然的食材。比如说：连南生长着很多河螺（又称水螺）、香螺（又称山坑螺）、田螺等各种各样的螺。以前，农人日常难得见到腥荤，便靠水吃水，靠田吃田，从田里沟渠中摸些田螺来改善生活。于是，如何制作甘美鲜香的螺食品，便成了梅村人代代相传的美食秘笈。可以说，每一种螺食品，都能够成为梅村人最拿手的家常菜。极普通的螺，梅村人也很花心思地做出了炒河螺、炒香螺、紫苏蒸螺、田螺煲、酿田螺等各种花样的田螺菜。

炒河螺和炒香螺，做法比较简单，从前吃得也特别多。那时的日子，一日三餐几乎都是清汤寡水，夜晚时光漫长，没什么事可做，于是村人常常三五成群，拿上手电筒，去三江河堤照水螺。水螺吸附在堤坝石头上正做着美梦呢，不承想一束光便惊碎了它们的美梦。把一只只水螺"照"回家之后，以清水养螺一日，除去腥泥后，再用小钳子将螺尾钳去，临炒前以盐水筛一下，放上辣椒丝、紫苏叶，猛火爆炒，上碟。搬出小桌子、小板凳，月光下，大人小孩咀水螺的声音，和着细碎的闲聊声，轻轻荡漾开来，一天的劳累，消散而去。而后，一夜好梦。

田螺煲的配料有猪红、紫苏、烧肉、排骨、腊鸭、土鸡等。配料不同，便各有各的味道，因而得花点心思。当然，从前基本上只用猪红、紫苏，其他那些繁复的配料都是日子好过后才尝试着做出来的。做田螺煲时，用沙煲将洗净的田螺和配料一起文火煲煮，螺味和着肉香，再加上紫苏等香菜，吃起来味美无穷。其中有一道酸笋田螺煲，把酸笋、辣椒、姜、蒜洗干净后切成片，将田螺钳去螺尾，再把所有材料一起放进砂锅里，加入适量清水、食盐和油，煲20分钟便可。田螺煲搭配酸笋，可去泥气及腥味，再加少许辣椒，酸辣可口，吃起来非常开胃。春夏田螺肥大，是品尝酸笋田螺煲的最好季节，螺肉甜，香满家。冬天吃酸笋田螺煲，暖胃暖身，寒冬里便有了一种让人欢喜的暖意。

最费神的是酿田螺。这道菜肴，做工复杂，要经过五六道工序。因为工序复杂，从前，即使是时光缓慢的日子，也鲜少人愿意去做。如今，就算客人们越来越讲究美食的独特性的时候，做这道菜的酒肆也不太多，要特意去寻找，才能找到。不过，也还是有一些心灵手巧的主妇，喜欢做做这种手工复杂的酿田螺的。我们家的珍姐和群姐，偶尔就会做上一锅酿田螺。

珍姐排行老二，群姐排行老三，比我都大了10来岁。我很小的时候，她们俩就已经嫁人了。父亲却对嫁出去的女儿一视同仁，种了好吃的稻米，总要给她们留出一份，父亲还常说，珍姐家的日子比较窘困，要给她多一点稻米。父亲对儿女，秉承的一直是一碗水端平的理念，我真的一直挺佩服父亲，六个女儿一个儿子，又是生活在重男轻女观念根深蒂固的农村，但父亲却一点也不宠溺儿子，这理念也的确是够前卫的了。也正是父亲一碗水端平，比我大两岁的哥哥，虽然是家里唯一的男丁，却自小就把挑水、砍柴、插田等大大小小农活和家务活都干遍了。而且，哥哥做的菜，还特别好吃，是我们家公认的顶呱呱的小厨师。因为父亲对兄弟姐妹一视同仁，我们兄弟姐妹之间的感情一直都很不错。当父母年迈时,照顾多病多痛的父母,兄弟姐妹们便有钱出钱,有力出力,同心协力,一团和气。

自打大学毕业后,我就留在了广州工作,一年里回家的次数并不多。偶尔回家了,见到珍姐和群姐,她们总会习惯性地问我想吃什么?我也顺势撒个娇,说好想吃酿田螺。珍姐和群姐二话不说,便手脚麻利地动作起来,直奔菜市场买田螺去。

买田螺的时候,要买中等大小的田螺,珍姐和群姐颇有经验地说,太小的田螺,酿不进去多少馅料,味就不够清香;而太大的田螺,螺肉会相对老一些,口感没那么好,吃起来就缺乏一种爽劲。而中等大小的田螺,个头如成人的大拇指般大小,买两斤田螺,就足够做上两大碟酿田螺了。

买回田螺到家后,以清水养螺大半日,便开始用铁丝刷轻轻刷洗田螺的壳。这个处理起来比小巧的香螺与河螺要细致得多。因为山坑螺与河螺用来爆炒,上碟后,只是单个单个捡起螺来吃而已,所以就算有些碎壳也不怕。因此,洗香螺和河螺时,可以用手哗啦啦地一大把一大把来回搓洗,偶尔磕碰碎了也不怕。但用来酿或者和其他菜一起或煲或闷的田螺,如果有碎壳,就会掉落到酿馅或菜叶里去,吃菜时就会吃到满口的碎壳,那是很难受的一件事。所以,或煲或闷或酿的田螺,都必须用手捏着一个一个仔细地清洗,这是很费神的。也正因为这样,很多酒肆都不愿意做这道费手工的酿田螺。平时那些或煲或闷的田螺菜,要的田螺也就五六个放进去当调料而已。但酿田螺却是专门吃田螺的食谱，要的量大，一碟要一斤田螺，多达二三十个呢。

小心翼翼地把一个个田螺洗干净后，用小钳子将螺尾钳去。接着，用小刀把田螺的眼（即圆锥形硬壳口上面盖着的那一层角质硬片）挑起来去掉，再用一根竹签插住螺肉，把螺肉提拉出来，剁碎。然后，与剁碎的冬菇、猪肉、马蹄等馅料混合，放上些姜末酱油调味，再轻轻地将馅料重新酿进一个个空田螺壳里去。叠成一盘后，拿到锅里，隔水大火蒸上10来分钟。开锅前，再在螺壳上面撒上些碧绿的葱花和红艳艳的辣椒粒，一碟色香味俱全的酿田螺就可以上桌啦。吃完一碟，将螺壳堆好，看看还是一碟，眼神舒适，心满意足。

还有一种"三层酿"。把螺肉提拉出来后，不用剁碎，而是保留整条螺肉原样，然后把田螺壳分三层酿进不同的馅料：第一层先酿进去一小撮剁碎的肉类冬菇等；第二层把整条螺肉酿进去；最外层又再酿一小撮肉类冬菇馅料。这种酿法，更费工时，也更考究手工和调味水平。

就我个人来说，第一种吃法，因为把螺肉剁碎拌进了其他肉类馅料中，吃的时候只是感觉到有一种肉香味，似乎少了些回味的空间。所以，我还是喜欢第二种吃法。用"三层酿"的方法酿田螺时，螺肉没有剁碎，入口的时候，咬着三层馅料，很有一种味蕾的层次感。又因螺肉没有剁碎，既能吃到各种馅料混合的浓香味，又能品尝到田螺原始的甘香与爽脆味，味蕾也更有一种把玩的口感。

珍姐和群姐倒是很有心思，做出来的酿田螺一半螺肉剁碎，另一半螺肉则保持原样。一顿饭做出两碟不同的酿田螺，一家人各取所需，一边吃，一边互相评评哪种酿田螺味道更好。一桌饭时光，可谓其乐融融。

酿田螺，是一道很考验功夫和时间的菜肴，但也是一家子一起做起来最热热闹闹的菜肴。酿田螺时，大家围坐在一张大桌旁，一起动手酿，感觉特温馨。酿田螺时，非常讲究用手的力度，用力太轻，馅料放进田螺不够深，放的馅料必然就少。馅料一少，田螺酿起来就不饱满，吃起来口味就不够香醇。但要是酿的力气太大，往往就会让馅料从螺尾巴处挤压出来，有时还会把尾巴壳挤碎了，田螺就不好看啦。所以，酿田螺时，还可以比赛一下谁的手更巧哩！孩子们边玩边酿田螺，闹得欢欢腾腾的，一屋子都是笑声！这个说："你看，他的田螺胀鼓鼓的，尾巴穿洞啦！"那个说："还笑我呀，你看看你的，田螺没装满呢，瘦瘦的，丑死啦！"……

也许，如同待客之道，缓缓的时间往往蕴藏着浓浓的真挚，人际的感情也因时间越久远而越厚重。而生活中的很多美味，也都是同样需要长时间来完成的。珍姐群姐都是懂得慢慢品尝生活的人，她们对美味的那种质朴追求，就如同酿田螺一般愈久而弥香。

对我而言，回一趟梅村老家，吃一碟酿田螺，还有着一种让我无比眷恋的亲情在静静地陪伴着我。

这亲情，随着光阴，越来越绵长。

香软酿豆腐,如山如灯笼

"想吃什么菜呀?"

"酿豆腐,来一碟!"

暖暖的一餐,就从酿豆腐开场了。

"酿"是客家话一个动词,表示"植入馅料"的意思,"酿豆腐"即"有肉馅的豆腐"。"豆"与"头"谐音,"腐"与"富"同音。吃酿豆腐,就是吃"头富"。吃了"头富","人人都会富有","人人都能带头富有"。简单一道家常菜肴,寄托着梅村人的无限希冀与美好向往。梅村人把渴望"富"的情意,挥洒到菜式里,是佳肴的味道,更是幸福富裕的味道。也因此,在梅村人的日常生活中,酿豆腐担当了非常重要的角色,成为极具代表性的一种菜式。

虽然极具代表性,但酿豆腐并非一场宴席中最闪亮的主角。在梅村人的宴席上,酿豆腐与鸡鸭鱼肉的关系,就好比华语影坛上的星爷（周星驰）与达叔（吴孟达）这一对默契的黄金搭档：出彩的"绿叶"达叔，搭配主角星爷这朵红花，缔造了众多的经典喜剧电影，不仅主角熠熠生辉，配角亦异常出彩，在人们心中留下了深深的印象。而酿豆腐亦是如此，它不一定是主菜，但一定是连南人餐桌上永不落幕的最闪耀的配菜。

好了，酿豆腐上桌啦。白中带红的一碟，那是酿水豆腐哩：白的是水豆腐，红的是馅料。酿水豆腐的模样，似一座座小山。一般来说，很多地方的水豆腐酿出来都是平整的四方形，但咱们连南人酿水豆腐，却喜欢把一块大豆腐，沿着对角切开成两个三角形，再在三角形腰部的中间挖个小洞，把剁碎的馅料塞进豆腐洞去。当然，也有人喜欢平着一整块酿的。

豆腐酿好后，在锅里放油，烧至发热，把酿好的有肉馅那一面的豆腐朝下，小火慢慢煎，煎至金黄色，再调酱汁焖一焖，上碟，摆成一排排，如一座座并排的小山，好看，很有气势。

也不知是不是因为梅村坐落于山脚下，人们天天与山为伴，于是爱屋及乌，连酿水豆腐，都酿得如此有山城的个性。

好哩，开始吃酿豆腐"山"啦！举起筷子，一夹，哎哟，白白嫩嫩的，这么滑，筷子夹不上来！那用勺子吧。一勺下去，送到嘴里，真香。入口，从舌头滑到喉咙，一直滑到肚子，真嫩滑啊！等等，中间还有一块，有点结实，那是酿入的馅料，咀嚼下，冬菇肉碎木耳芹菜，好香好爽，缓缓地咀下肚，满肚子暖暖，满嘴儿香香。

"山"一样的酿水豆腐,好看也好吃,但在梅村人的小家日子里,似乎不是那么勤快地酿水豆腐,反而喜欢把水豆腐买回家后,随意地加些芹菜芫荽之类的香菜,焖一焖,煮一煮,就上锅。有时候,甚至一方白白的豆腐,上面就简单地撒些青翠的葱花,也是香喷喷的一道美味。隆冬时节,则喜欢放一些水豆腐,放一些油豆腐,放一些肉,放一些霜打过的青菜,炖着火锅吃,汤汁醇厚,鲜嫩滑润,口味鲜美。而漫长的冬季,因为这一锅豆腐青菜,仿佛就在弥漫的热气中渐渐褪去,迎来了春天,迎来了新一年的勃勃生机。

其实,梅村人日常生活或节奏并不快,酿水豆腐也并不怎么花功夫,但人们却更喜欢在家里花些时间去酿油豆腐,尤其是每逢节日,大多数梅村人都会酿上一大锅油豆腐。或许,可以这样解释吧:酿水豆腐,基本上只是担任菜的角色,而酿油豆腐呢,一菜两用,既可当菜,也可当主食吃,所以更受家庭主妇们的青睐吧。

油豆腐,肚子空空的,金黄色,样子很可爱,像一个个小灯笼似的,孩子们都喜欢叫"灯笼豆腐"。酿油豆腐前,要先用清水浸泡糯米四五个小时,并着手准备馅料。虽然各家有各家的味道,但主料都离不开糯米和半肥瘦的猪肉。根据个人喜好,再添加些马蹄、香菇、香葱、腊肉等,把佐料剁碎,加盐加油,与糯米一起拌均匀。然后,将油豆腐小心地撕开一个小口子,把拌均的馅料塞入油豆腐内,塞得圆鼓鼓胖墩墩的。最后,将酿好的圆鼓鼓的油豆腐放入锅里,加水,大火焖上半小时。

好啦,圆鼓鼓的酿油豆腐,上桌啦!热乎乎的香气直冲进鼻子里,用筷子夹一个尝尝,肉馅美味可口,豆腐鲜嫩香软,一个两个三个四个五个六个,吃不停,光吃酿油豆腐就能吃个饱,肠胃熨帖,日子熨帖,心亦增添了几分满足。

冬闲，来一锅冬粉糍

田里的稻谷割了，地里的玉米收了，山上的花生也拔完了。冬天，到了！

入冬以后，农事渐少，余闲时光日渐增多，古人称这段时间为"冬闲"。不过，古人的"冬闲"，其实并不是闲着一点都不去做事，而是在没有太多农事的冬日里，会做一些闲雅之事，比如说，女性会学做女红，男性则习射练武之类的。当然，各地的冬闲，亦各有各的不同，连南梅村人的冬闲时光，女子会忙碌织毛衣、纳鞋底之类的女红；男人则多在忙碌晒腊肉、腊肠等比较重的活计儿。山村的冬日，除了馋人的腊肉、腊肠，家家户户还散漫在其他许多美味的天地里：忙着酿甜酒，忙着做冬粉，忙着吃冬粉糍。嘿嘿！这冬粉糍呀，甜蜜蜜的，想一想，都忍不住流口水！

冬粉，雪白雪白的，就像每年飘落在黑瓦顶的雪花儿一样。

但雪是绵软的,冬粉却是硬朗的。印象中,制作冬粉,似乎还挺要大力气的。

将糯米浸透,用石磨磨成极细腻的米浆,再将米浆用纱布过滤,慢慢挤出水分,沥干湿粉上的水。记得小时候我们家里做冬粉时,力气大的爸爸,那挤出水分的动作特粗犷。为沥干湿粉上的水,爸爸用布袋子装上湿粉,然后把布袋子装着的湿粉放在长板凳上,再把扁担压在湿粉上面,两头扎实,人绕着凳子,来回走动,使劲儿一压一压。爸爸的双手,压得红通通,我们小孩子在一边,看得脸蛋儿红彤彤。

沥干水分后,湿粉已被纱布袋挤成一大团,隔天便开始忙碌着晒冬粉。这时候就该是我们这些贪玩的小孩子,上场闹腾了。

我们小孩子拿起成团的湿粉,小手儿掰成一块块,伴随一阵阵嘎嘣嘎嘣脆的声响,一块块不规则的湿粉块,蹦落在簸箕上。有爱美的孩子,还按自己喜欢的样子,掰个花瓣型、字母型之类的出来。掰好的湿粉,一一铺排到木板上,连续在冬日暖阳下晒上四五天。这回轮到妈妈们忙碌了,她们把晒干的冬粉,一一收进瓦坛里存储起来,仿佛就储存进了一冬温暖的阳光和欢心。

啥时候想吃,就随手拿几块干冬粉出来,放到清水里煮一煮,白白嫩嫩的冬粉糍,就是一顿熨帖的冬粉糍美味,内里绵软不黏牙,咸甜皆宜,随心喜欢。咸味的,放上绿油油的葱花,香得直流口水;甜味的,可以加上一两勺甜米酒,那是用蒸熟的糯米拌上酒酵，发酵而成的一种甜米酒，甜润又芳香。

冬闲的日子，家家户户，炉子上的火，吱吱吱地烧着，一锅冬粉糍，汩汩汩地冒着热气，一家人，静静地，吃一碗冬粉糍，烤一烤木炭火。相守的光阴，甜蜜安逸，滋润绵长。

平常的冬闲日子，煮冬粉糍，可咸可甜，各取所需。但到了元宵节那天，则必定是要来一锅甜的。

"火树银花合，星桥铁锁开"；"凤箫声动，玉壶光转，一夜鱼龙舞"；"听元宵，往岁喧哗，歌也千家，舞也千家。"唐代苏味道、宋代辛弃疾、明代王磐，他们笔下所描绘的元宵之夜：火树银花，远远望去犹如星桥银河；明月流照，鱼龙灯飞舞；歌舞千家，笑语喧哗，灯火元宵闹。

火树银花不夜天的元宵节，不论是过去，还是现在，梅村都是不曾有过的。梅村的元宵节，过得质朴粗粝，鞭炮震天响，地上一片红，再有就是亲戚朋友聚一堂，更关注的是聊得开心，吃得开心。其实，也没什么特别的菜式，无外乎是酿豆腐、慈菇焖肉、芋头扣肉、山坑鱼之类的农家菜。当然，跟其他节日最大的不同在于：元宵节一定还有那一大锅白嫩嫩、甜滋滋的冬粉糍，馋人哩！

万家灯火元宵闹，一碗汤圆瑞气盈！元宵节在中国人的传统观念中，一直寄托着团圆和美满的愿望。梅村人家，一样渴望团圆和美满。因此，也是要先吃汤圆，让日子洋溢出一片团圆祥和。

要吃汤圆,搁在现在,随时都可以到商场买得到,放滚水里煮一煮,圆圆的汤圆就可以美滋滋地吃上了,这简直是简单到不能再简单的一回事。但在旧时,尤其在乡村,汤圆却极难买到,就算买得到,价格也不一般。因此,当年捉襟见肘的村人们,吃买来的汤圆并不普遍。但寄托美好愿望的心愿,却是普天同庆的从众心理,梅村人也不例外,没有汤圆,就自己做出汤圆来哟。

冬粉糍,便是梅村人心目中独特的元宵汤圆。从瓦缸里"挖"出雪白的冬粉,一块块放到沸水中,再放上自家酿的甜酒,一场甜蜜美满的元宵大餐,就从甜甜的冬粉糍拉开序幕了。虽然这冬粉糍不是圆形的,而是一块块形状各异,但我们吃在嘴里,甜在心间。

我有时候想,也不知道是不是小时候吃多了甜甜冬粉糍的缘故,弄得我现在的味蕾仍然总是喜欢甜腻:面包要吃甜的,饼干要吃甜的,粥要喝甜的,汤要喝甜的,整个一个"甜甜公主"。

元宵过完,冬闲的日子即将结束,瓦缸里储存的冬粉也快吃完了,新一年的忙碌,又即将轰轰烈烈地开始。村人的笑容,甜甜糯糯的,冬闲日子里用冬粉糍甜腻出的幸福,蔓延在乡村的角角落落,一年四季,风里雨里,来来去去,都这么笃定,喜悦,安详。

酿猪舥菜，吃两个，饱饱饱

酿水豆腐，酿油豆腐，酿茄子，酿辣椒，酿苦瓜，酿猪舥菜……

一说起梅村美食，我眼前常常第一时间晃荡出的，都是与"酿"有关的各种美味。

酿豆腐，即"有肉馅的豆腐"之意。可想而知，酿猪舥菜也即是"有肉馅的猪舥菜"之意。梅村，是客家人居住的一个小村庄。在饮食习惯上，承继着很传统的客家美食风味。因此，家家户户的餐桌上，总喜欢"酿"个不停。

酿豆腐，可酿水豆腐和油豆腐，平常过日子，一般家庭最喜欢酿油豆腐。油豆腐金色如小灯笼，放些糯米香菇马蹄肉末，酿一大锅，香香的，糯糯的，夹上三四个酿油豆腐下肚，早已半饱，这小家日子过得可谓简单又舒心。油豆腐油炸过，自身油水足，就算不怎么放油下去，口感也是不错的，平常过日子，手头紧巴的村人都很节省,这自带油光的油豆腐,做菜可节省油,做饭可填饱肚子,一举两得,颇受村人的青睐。

酿猪嫲菜,其实与酿油豆腐有异曲同工之妙。酿的方法差不多,放些糯米香菇马蹄肉末,一酿一大锅。吃的效果也相似,既可以当菜吃,又可以当饭吃。但区别在于,酿油豆腐像小灯笼,小巧好看;酿猪嫲菜像个大包子,敦厚壮实。酿油豆腐,吃上四五个,才可以半饱;但酿猪嫲菜,吃上两个,整个人都饱了,特别填肚子。

虽然酿猪嫲菜特别能填饱肚子,但平常日子里,村人却很少去做酿猪嫲菜这道菜,反而更喜欢花点小钱,买些油豆腐酿一酿。因为油豆腐本身自带油光,而猪嫲菜肥大,叶子素素的,很吃油,酿猪嫲菜,自然要耗掉不少油。居家过日子,能省则省,谁家舍得这么大手脚地耗费油?因此,往往要到逢年过节,家家户户才大方起来,桌上也绝对少不了这一道酿猪嫲菜了。

说到这里,可能还得跟大家解说解说什么是猪嫲菜:猪嫲菜为广东叫法。北方人通常叫萵苣菜。它本来是5世纪左右,从欧洲传进中国的一种蔬菜。但现在广东多数地方都只是把它拿来喂猪了。很多人都以为它不能食用。

说来,还是有些令人惊奇的!很多地方的客家人,只知道平常用来喂猪的猪嫲菜,就算可以清炒来当菜吃也罢了,却怎么也想不到连南的客家人,还能独创了酿猪嫲菜这样一道风味独特的美味佳肴。客家人聚集居住的梅村，逢年过节，家家户户都会酿上一大锅猪䘆菜，一家老小，吃个痛快。

酿猪䘆菜的一大桶糯米，母亲早在前一晚就已经泡上。第二天一早，泡了一夜，糯米早已经变软了。准备馅料，是力气活，由父亲和哥哥承包了。父亲把猪肉、香菇、马蹄、萝卜、葱等剁碎做馅料，哥哥则把糯米洗了又洗，沥干水，然后把糯米和剁碎的馅料加些油盐，用力搅拌均匀。姐妹们则干些省力活儿，到菜地里，摘些青翠欲滴粗壮肥厚的猪䘆菜叶子回家，洗干净后，先用开水，焯过猪䘆菜叶，一则去除涩味，二则令叶子变软，像一块柔软的绸布般，摸在手上顺滑柔软。

一切准备就绪，一家人说说笑笑，围坐在桌边，拿起一片片柔软的猪䘆菜叶，把搅拌均匀的馅料放到叶子里，折好四边角，包上，无须任何丝线，一个四四方方的酿猪䘆菜就做好了。我手笨，折来折去，总是折不像样，还常常把猪䘆菜叶弄穿洞来。所以，特羡慕母亲和姐姐们，手那么灵巧。很快，猪䘆菜就酿好了一大盆，层层叠叠放到大锅里，加水烧开，慢火细焖。一个小时后，酿猪䘆菜就大功告成了。

掀开锅，真香呀，赶紧装两个到碗里，也顾不得烫，吹一吹，张口就吃，软绵的猪䘆菜叶，入口即化；软绵的馅料，本来就饱含猪肉、香菇、马蹄、葱等各种香味儿，如今又吸收了猪䘆菜的清香，更是众香馥郁。两个已经吃饱，嘴巴还停不下来。结果，吃酿猪䐣菜,全家都吃撑了。也因此,逢年过节,在我印象中,仿佛就成了饕餮酿猪䐣菜的一个温馨节日。再后来的日子里,酿猪䐣菜又成了一道令我十分怀念的美味风景。

前几天和同学聚会,恰巧店里有酿猪䐣菜,同学们都说,好久没吃酿猪䐣菜了,点上一碟。酿猪䐣菜上桌了,还没转一圈,就没了。同学们都说,实在太好吃了,再点一碟。结果,这场聚会,吃了其他什么菜,一点都不记得了。只记得有两碟酿猪䐣菜,清香四溢。

在怀旧成为这个时代的一种情绪、一个关键词时,很久以前吃过的酿猪䐣菜,适时地出现在善解人意的店家的餐桌上,成为怀旧风潮的一个小小注解。那些往日的,有关亲情、有关美味的温馨,随着酿猪䐣菜一阵阵的清香,也慢慢地氤氲到了我们的眼前。

酸爽时光

一有空闲，一家子便喜欢一起溜达华师校园。走过校园的草地和斜坡，经常能看到一簇一簇的红花酢浆草，肆意地生长着。每当此时，我总是忍不住满嘴泛酸，一边咂巴着口水，一边嚷嚷，嘿！酸得都快掉牙啦！

一开始，儿子听到我嚷嚷"酸得都快掉牙啦"，一脸懵懂："妈妈，这小花草真那么酸呀？你吃过吗？"我笑呵呵地应道："何止是吃过，妈妈小时候经常吃，那可是乡村孩子们随手可得的不花钱的零食呢！"听我这么一说，儿子更是一头雾水——这草儿，也能当零食？也是，90年代中后期出生的儿子，鸡鸭鱼肉都吃得发腻，能吃到的零食更是多得数不胜数，哪里可能会关注这长在野地里的红花酢浆草呢。或许，对他们而言，把红花酢浆草与零食挂上钩，这都有点像是"天方夜谭"了吧。

而我，60年代生人，出生成长在连南三江县城附近的梅村，当时物质贫乏，心里头根本就没有什么买零食吃的概念，那时的小孩子们想吃零食，都是自己直接从泥土里采摘来吃的。酸丁，便是我们常吃的一种野草。

酸丁，就是红花酢浆草。红花酢浆草是学名，酸丁是我们梅村的叫法。梅村人都喜欢叫这个土里土气的"酸丁"名字，也还有叫酸酸草、酸溜溜、酸咪咪之类的，反正就是酸酸酸，酸个透啦。

梅村的山坡荒地、溪边河岸、菜地树林，甚至连住宅近墙根处，一律都长满了大片小片的酸丁。酸丁植株矮小，在春秋两季花开尤为茂盛，花小朵，粉红色，绵延成片一路开去，好像地毯一样。或许山村里的花太多，又或许是这花太常见太平凡，乡村孩子们每次一看到酸丁，只模糊知道花儿是粉红色，至于花长啥样子，似乎都说不出什么印象，反正感觉这花儿有点像安徒生童话《灰姑娘》前半段写的，那个天天在厨房里忙活的灰姑娘一样，长得小小朵，总是被人忽略而过。其实，也怪不得孩子们啦，因为馋嘴，全都忙活着吃酸丁的叶子和根块去了，那真是好一段快活的酸爽时光！

上学或放学的路上，快乐地抓几把酸丁，揉成一团，然后放入口中大嚼起来，这多半是乡村男孩子的吃法，比较粗鲁。而女孩子的吃法，就讲究多了，摘下叶片后，轻轻地把叶子揉软，放于掌心，然后还很慎重地对其呵几口气，据说这样可以消毒。其实,也不知道这消毒的方法是谁说的,反正女孩子都喜欢这么吃着。因为酸丁的味道太酸,有时候女孩子揉酸丁叶子时,还喜欢拌上一点点盐,这样就可以去掉一些酸汁,吃起来酸味不会太重,而是微酸中有了一丝清甜,心里也顿时甜滋滋起来。

有时,孩子们也去挖酸丁的根块吃。酸丁的根块只有几厘米长,白嫩嫩的,水灵灵的,像小白萝卜,孩子们都叫它水萝卜,吃起来生脆清爽。根块虽然比叶子好吃,但挖起来有点麻烦,要找叶片长得比较肥大的植株往泥土下挖去,才可能得到大的好吃的根块,还常常会弄得手上尽是泥巴,所以孩子们还是喜欢简单地吃叶子,随手一抓,就有一小把,不费任何周章,就可以痛痛快快地开吃啦!

等到红花酢浆草长出了圆锥状的蒴果,且蒴果成熟时,只要手指轻轻地捏一下,蒴果就"爆炸"了,如机关枪一样,射出一大堆红褐色的种子来。小时候在乡村,这蒴果就是小孩子们的玩具,孩子们还冠于这玩具一个酷酷的名字——小炸弹。而小伙伴们的小脸蛋小手掌,经常被这"小炸弹""炸"得红红一片,好玩极了。

儿子听得眼睛发亮,对我说的"炸"得红红一片的果子尤其感兴趣,可惜的是,站在华师校园的大片红花酢浆草前,找来找去也没找到一颗"小炸弹"果。他心有不甘,便随手扯来了一小把红花酢浆草,用矿泉水冲洗一下,放进嘴巴,酸得龇牙咧嘴,他直嚷嚷:"这红花酢浆草,真是酸死啦,酸死了,一点都不好吃。"心有不甘,儿子又挖了红花酢浆草的根块,吃了根小萝卜,却撇撇嘴说,不够甜,没啥味道,一脸嫌弃。呵呵,90后的儿子,当然是无法体会到我们当年在乡村里吃酸丁的快乐心情啦。就如同称呼这种植物的名字一样,尽管我一直在说酸丁如何如何,但儿子嘴里吐出的依然还是红花酢浆草。而且,儿子对吃叶子和根块,根本没什么雀跃的心情。或许,从这点上说,品花识草亦可以是观察时代变迁的一个小侧面吧。

多年后的某个春天,正是红花酢浆草长势旺盛花开灿烂的时节,我回了一趟梅村,看到溪边河畔的酸丁,一丛丛,一簇簇,我嘴巴又泛酸了,扯了几根在手,揉一揉,放进嘴巴。酸,真的很酸,酸得眼睛一眨一眨的。也就是在这一眨一眨间,以前被我忽略的"灰姑娘"酸丁花,呈现出了一种华艳,一如灰头土脸的"灰姑娘",一跃成为美丽的公主。

红花酢浆草的嫩生生小茎上顶着三片心形的叶子,一簇簇粉红的小花从叶子中探出头来,刚开始有点像豆芽儿,卷曲着,问号一般。慢慢地,花张开了,五瓣花瓣上,有淡紫的纵裂条纹从中心底部向上散发,让整朵花显出一种放射状的灵动之美。这花花儿,一眼看过去有点像小喇叭,但再多看几眼,我感觉更像是古旧的留声机。因为小喇叭太过光滑,而红花酢浆草上那一条条纵裂条纹,则沉淀出一种岁月痕迹。于我来说,把红花酢浆草当成岁月留声机，却也是蛮美好的。

小时候只知道酸丁，叶、根的味道酸，果会"炸"很好玩。后来爱上花草，才真正知道酸丁的学名叫红花酢浆草，也才真正知道"酢"这个字多有趣。酢，有两种读音 cù 和 zuò，前者是"酸，醋"的意思，后者是"客人向主人敬酒"的意思。红花酢浆草的"酢"，应读 cù，指它的汁液是酸的。

正因为红花酢浆草的叶、根都很酸爽，因此，台湾作家林清玄便别出心裁地用酢浆草创制了一种别有风味的酢浆草茶。他在《酢浆草茶》中这样写道："我拔了一部分酢浆草花儿，与冰糖熬了一大锅酢浆草茶，滋味果然鲜美殊异，那酸中带着一点草的清气，与橘子、柠檬、酸梅都大有不同。我把它装瓶冷藏，一方面用来保证喉咙和肺管，一方面款待朋友，让他们心凉脾肚开，喝过的人没有不赞美的。"

读着林清玄的这段文字，我眼前忽地闪现出梅村那绵延成片，像红毯一样生长的红花酢浆草，我又开始满嘴泛酸啦！

很早之前，原来我已喝过"老虎粥"

"农家人喜的是麦梢黄，编筐的只盼柳丝长。只有我这杀猪的爱得怪，咱单单爱的是雪打的蜡梅香。年关时节分外忙，到处都叫咱宰猪羊。虽说劳累苦又脏，只为糊口度时光。冒风雪，把路上，翻山越岭走得忙……"

冬日午后，看到1980年版陕西眉户戏电影《屠夫状元》。我霎时就被电影上的曲词和画面吸引住了：屠夫胡山，年关穿梭在山林风雪中，一会儿吟唱，一会儿蹦跳，一会儿弄雪。既有一种风尘奔波的劳碌感，又包含一种独立悠然的自适感。曲词表面唱得有些苦，但却忍不住那种心中存有的喜悦之情，倒也是一番苦中带乐的好景致呢。

回想从前，在梅村生活的那段光阴里，村民们是极其羡慕杀猪人的。村人称他们为"杀猪佬"。所谓"杀猪佬"，就是指专门给乡亲们宰杀生猪的人。在物资紧缺的时代，那可是一份人人羡慕的职业呀。当时在乡村里,就流行着这么一句口头禅:"南方有三宝,医生、司机、杀猪佬。"医生端坐在大医院,司机开车四处跑,这离我们的生活都有些远,唯有杀猪佬,却是和村人的生活息息相关的。所以,这"三宝"中,我们最羡慕的还是"杀猪佬"这一宝。

20世纪七八十年代,乡村日子虽然多数时候已经可以保证温饱,但每天端上桌的都是素色的天然蔬菜,寡淡得很。能吃上猪肉,依然还是乡村人最渴望的一件美好之事。杀猪佬,游走乡间,帮家家户户杀猪。工作完成后,便理所当然可以吃上主家煮好的猪肉。这等好事,当然是让孩子们羡慕不已了。记得小学时同学们写的作文中,甚至还有一些男孩子写得非常实在:"我长大后的理想,就是当个杀猪佬,这样就可以经常闻到猪肉香,饱吃一顿猪肉啦!"尽管,后来我们班也没有哪一个男同学,去实现当"杀猪佬"的这番"状元"理想。但在当时,或许在男孩子们的眼里,"杀猪佬"毫无疑问就是他们心目中最神圣的"杀猪状元"。他们心中抑制不住充满了神往。

在我们梅村,每当冬至来临,家家户户,最最幸福的事,莫过于杀猪了。

猪,在家养了快一年,嘴巴也馋了快一年。如今,终于真的要杀猪了,村民们一个个嘴角翘咪咪地笑,心里感觉喜滋滋的。每当看到村里来了杀猪佬,孩子们都觉得无比亲切,简直比把猪儿养大的父亲还亲切。虽然，父亲一年到头都在为养猪的事业勤勤恳恳地奋斗着，但是这猪只能看，不能吃呀。如今杀猪佬一现身，快快把猪杀了，就可以大快朵颐地吃肉了，这对乡村孩子来说，才是顶顶重要的美事，因而一看到杀猪佬，村里孩子全都眉开眼笑，像花儿开了一样，灿灿烂烂。

不过，这猪要杀，往往还得预约时间。这杀猪佬有跩的资本呀，冬至前后，被一家家请去杀猪，一把杀猪刀，手起刀落，"横走"整个村庄。在我们孩子的眼里，这"杀猪佬"手中的那把刀，就仿如武林高手们手中的那把剑，甩起来酷、准、狠，一刀抹向猪的脖子，鲜血汩汩而出；过一会儿，杀猪佬两脚蹬地，稳如磐石，挥起杀猪刀，用力拉一长刀，剖裂猪身，猪的膛部腹部就剖成了两大块。待杀猪佬取出猪心、猪肠、猪肚、猪肺等内脏，父亲赶紧拿去洗净，母亲早已煲好了一大锅稀饭，父亲把洗干净的猪内脏全放到稀饭里，汩汩地滚上一会儿，很快一锅猪杂粥就做好了，满屋香喷喷。杀猪佬毫不客气，端起大碗，咕噜噜喝上两碗，摸一摸嘴巴，和父亲待在一边，抽上一两根烟。然后，又雄赳赳地挥动他心爱的杀猪刀，剔骨取肉去了。

我们小孩子呢，早已一个个挤在厨房，端着小碗儿，好烫好烫，一边吹开粥的热气，一边呼呼呼地喝着。这又香又鲜的猪杂粥，不一口气喝上三四碗，绝不会停下来。一年的等待呀，终于吃上了肉，怎么着也要喝个饱才行。要说，这猪杂粥有什么特别的，就是一个字：鲜。料鲜，味鲜。猪心爽口，猪肠可口，猪肚有嚼劲……猪杂的鲜香渗入粥水，一人喝上三四碗，鲜鲜美美，好味道！

父母在一旁，开心地笑了。别烫着嘴了，慢点儿喝，管饱！有路过的村人，父母也会热情地递上一碗猪杂粥给他们，村人也不客气，咕噜噜地一喝而空。杀猪的年节时光，对于我们村庄来说，就是一种共享美味的好时光。

吃过猪杂粥，父母把一边猪肉拉到市场卖，留下一边猪肉拿来准备做腊肉。余下的光阴，便是晒腊肉晒腊肠的喷香时光了。

后来，村民的餐桌上一年四季，也常常能吃到猪肉了。家里虽然还养猪，但也不需要自己家找"杀猪佬"来杀猪了。当年那些跛跛的"杀猪佬"，也华丽地转身成为猪肉档的老板们了。家里养了一年的猪想卖了，只要叫上猪肉档老板来家里看看猪，再给个价，父亲就拿把尺子在猪身上臀长宽、腿长短地丈量一下，再计算一下猪肉档老板给出的价格。如果觉得价格划算，爸爸就把整头猪卖给这家猪肉档老板；要是价格不划算，便待价而沽，暂时先不卖。当然，在我的印象中，似乎父亲每次都能和猪肉档老板一谈即成。买卖谈成后，父亲通常会到县城菜市场买回一些猪杂，也煮上一大锅猪杂粥，让一家子乐呵呵地吃个饱。杀猪，卖猪，交易形式发生变化了，但一家人团团围坐一起，再吃上一锅猪杂粥，这好像成为我们家一个温馨的美味仪式。

只是，这种用尺子量猪身估价的时光并不长。因为，随着生活水平的提高，很快市民们都只喜欢吃瘦猪肉了。父亲却仍然保持着他的旧习惯，喜欢把猪养得肥肥胖胖的。渐渐地，猪肉档的老板们都躲着父亲，不想上门看他养的猪了。父亲的神情越来越落寞，最终只好告别了他钟爱终生的养猪事业。连带着，我们家也告别了一年一次在黑黑的大铁锅前咕噜噜喝猪杂粥的美味光阴。

也许是喝猪杂粥的美味光阴，曾有过太多有趣和美好吧。最近这两年，我竟然又接二连三地与猪杂粥有了新的亲密的美味光阴。

那是在县城三江。这两三年，每次一回到连南，就有朋友相约我去喝"老虎粥"。第一次听到"老虎粥"，我觉得这名字太酷啦，念一念这三个字，眼前都仿佛有一股虎虎生风的气韵在流动。当时，我心中一个劲地猜想：这"老虎粥"，到底是怎样勾人的粥呢？待喝上一碗，才知道这"老虎粥"，就是我吃过很多次也很熟悉的猪杂粥。很巧合的是，"老虎粥"店名的由来，也还真与杀猪有关。老板告诉我说，老虎是他小时候的绰号。他的父亲原本就是杀猪的，也常做猪杂粥，鲜美好喝。小时候和他玩得来的几个小伙伴，偶尔会到他家里来喝猪杂粥。因为他的绰号叫"老虎"，小伙伴就干脆笑说，去"老虎"家里喝"老虎粥"啦！久而久之，"老虎粥"就叫响了，他后来开了这家美食店，就干脆用"老虎粥"做店名了。

原来，在很早之前，我就已经吃过"老虎粥"！虽然名字没那么霸气，只是叫了个很素朴平实的名字"猪杂粥"。但每每想起当年的光景，眼前总是会晃动出杀猪佬那种行云流水般的挥动。还有，父亲笑眯眯地煮出一大铁锅猪杂粥，全家喝得无比尽兴、无比酣畅的美妙时光。

远离了父亲亲手做的猪杂粥多年后，我又遇见了三江县城里的时尚美食"老虎粥"。这或许就是一种不同时境下，个人与美食的独特缘分吧。

缘来缘去缘如水，花开花落终有时。无论是一锅素朴平实的猪杂粥，还是一锅霸气侧漏的"老虎粥"，其实，对亲人的念想，对时光的追忆，才是我们对这份美食眷眷难忘的根本情怀。

清明美味图：茶泡脆，艾草香

一个春日下午，细雨纷飞，我撑着小伞，溜达进农贸市场后面的一条巷子，在小巷的拐角处，遇见了一个卖菜的大妈。她推着一辆小木板车，头上戴着一顶软草帽，草帽上罩着一个随手可得的蓝色塑料袋子，给人一种很乡野、很随性的感觉。我一下子就被大妈的乡野气息吸引住了，赶紧跑了过去。一看，好多野菜哩：有车前草、薄荷、鱼骨草等，当然，最欣喜的是看到了一堆艾草，扎成一小把一小把，有十几把。一问大妈，一小把艾草，只卖两元。

大妈卖的艾草，挺受欢迎的，才一小会儿，就快要卖完了。我也赶紧抓了一把，问她怎么煮才好吃？大妈还没来得及开口，一位手抓艾草的年轻姑娘，就已经哗啦啦地吐出一串话："很简单的，打汤吃呀，如果放点碎肉，那味道更清香；不过，我还是喜欢清汤啦，快速又好吃，最适合工薪族的快生活呀。"看来，这姑娘是个一遇到艾草就不放过的一枚吃货。这真好呀，艾草当汤蔬，很轻松地就能把小家日子滋润进清香好时光。

大妈很热情，笑笑地告诉我说，她最喜欢的一种煮法是艾草煎鸡蛋。先把艾草洗净，用沸水烫一小会儿，捞起，沥干水分；而后把艾草切碎，炒一炒；然后再把打好的鸡蛋液，均匀地倒到炒过的碎艾草里，用中小火煎一煎，翻一翻面，再煎一煎，金黄清香的艾草煎鸡蛋就可以上桌了。如果想喝点汤水，还可以把金黄清香的艾草煎鸡蛋，切成一块块，再加点清水，大火滚两三分钟，再起锅。这汤汁有艾草的清香，很润喉呢。

现在的人是真有口福呀，连普普通通的野生艾草，都能吃出那么多花样来，似乎艾草已经日渐进入普罗大众的日常生活，其轻微的香，淡淡的苦，与我们的庸常日子，牵牵扯扯，滋润出一片难得的清香好时光。

而在我的成长经验中，几乎只有一种简单的吃法——用艾草做艾草糍粑。

每年清明前后，家乡梅村的山野间、田头水边，就会长出一丛丛野生艾草，模样矮小，嫩绿绿的，闻着清香扑鼻。于是，大村姑小村姑们纷纷挎上小竹篮，去山野田间采摘艾草，用手掐一丛嫩苗下来，连手也变得清香香的。这个时候，我总会想起那么一句诗"香风留美人"。村姑们的竹篮，一晃一晃在山野间，一股香风，也一晃一晃地顺着村姑们的身影，缓缓地飘回黑瓦黄泥巴墙去了。

将艾草采摘回家后，姐姐们会将艾草煮烂，再和煮熟的糯米饭混合一起，舂烂如泥后，又放进炒熟捣碎的芝麻和砂糖拌好的馅。然后，捏成一个个墨绿色的扁圆形糍粑。有时候，姐姐们还会花些小心思，印上一个个花形图案，然后再放入蒸笼蒸熟，就成了软韧甜香的艾糍了。

揭开热气腾腾的锅盖，印了花形的艾糍，灰黑带绿，面上还散落着星星点点的水珠儿，真的好像一朵滚动着湿漉漉雨珠儿的花朵，好看得我们胃口大开。用筷子夹上一个滚烫的艾糍，用嘴"呼呼呼"地吹吹，还未凉下来，便等不及了，急急忙忙地咬一口。外层的皮儿滑溜溜，十分弹牙黏糯，吃着有一股淡淡的清苦香味。有时候，为了香口一点，姐姐们还喜欢在锅里放点油，烧热后，再放下艾糍去煎一煎，吃起来更加香喷喷的，还有点脆韧感。一个两个三个四个，吃得撑撑的，个个眉眼儿俏俏。清明时节的光阴，因为艾糍，似乎也平添了一份绵软的清香。

吃过了艾草糍粑，接着，乡村日子还会进入一段吃茶泡的美味光阴。

茶泡，艾草，会有什么瓜葛？可能很多人会一头雾水，但在我们梅村人看来，瓜葛可大了。只要一说到艾草，我们就必然会想起茶泡，那是因为，茶泡是伴随着清明节出现的。尤其是在我们梅村孩子的记忆中，清明节采艾草做艾糍是一种美食常态，同样的，在清明采茶泡、吃茶泡也是一种难忘的美食常态。对我们来说，有了艾草香，有了脆茶泡，才是一幅完整的清明美味图。

清明时节雨纷纷。每当清明前后，雨水缠缠绵绵地下个不停，把山村染得湿漉漉的，一天天饱喝了天地雨水的山间植物，愈发青翠欲滴、疯狂生长，伴随着的是村人思念已故亲人的愁绪，也愈发绵长。大人们都赶着准备线香、蜡烛、鸡、猪肉等祭祖的物品。而小孩子们呢，却是一门心思地盘算着，到底今儿个清明，能吃到多大个的茶泡。

茶泡，就生长在油茶树上。乡村种的茶树，不是现在城市里花开姹紫嫣红的赏花茶树，城市人种东西，多少都喜欢当作一种追求审美的事物，但在那个生活贫瘠的年代，在我们乡下，乡里人种东西，与追求审美并没什么关系，而是要讲究实用。油茶树，在村人的生活里，就非常实用。

油茶树的花，是白色的。油茶树的茶果，可以榨油，气味有股淡淡的清香。村人种油茶树，就是一心想收获茶果炸油，或自己留着吃，或拿到集市上去卖钱，用以贴补家用，让家里一年四季添些油香。茶油的清香，氤氤氲氲，从一座座黑瓦黄墙，一直散漫到整个村庄的上空，平淡的日子似乎也添了几分香。而且这种茶油，还能治疗些小病小痛。比如说，夏天，肚子疼，村人就会倒些茶油到手上，双手来回搓，搓到手掌发烫时，迅速把手掌捂到肚脐眼上，捂了两三次后，肚子真的不疼了。

我一直也弄不清，为什么山村产的茶油，会有如此神奇的功效？后来我的人生停驻广州，成了家，生了宝宝，父母来广州探我，还带来了一罐茶油，他们告诉我说，这罐茶油是父亲亲自到几十公里远的山里人家买来的，纯正，好用。当时是4月天，广州还很炎热，宝宝屁股包裹着纸尿布，长了不少痱子，涂抹了很多痱子水，屁股白白的，痱子还是在长。父母从罐里倒出几点茶油，用棉签蘸上，涂抹到宝宝的屁股上，涂抹几天后，宝宝屁股上的痱子还真消了下来。有一天深夜，宝宝一直哭闹个不停，给他吃奶也不吃，给他喝水也不喝，母亲说，估计是孩子肚子疼。于是，赶紧叫我先生把茶油倒些在手上，双手掌用力地搓，搓得发烫后，把手掌捂到孩子的肚脐眼。很快，孩子就不哭了，安安静静地睡去了。

茶油可吃，还可医病痛，很实用，而茶枯的实用性也一样很强，颇受村人的青睐。

茶枯（茶麸），也叫茶籽饼，是油茶果压榨茶油后剩下的果渣，可以用来洗头发，堪称一种绿色纯天然、纯植物的洗发护发用品。小时候，每次要洗头前，妈妈都会先准备好一盆热水，然后，再从很大饼的茶枯里掰开一角，放到一块布上，用锤子锤碎，用布认真包好，用绳子扎成一个小布包。再把布包放入热水中慢慢浸泡。10多分钟后，大半盆热水已变成赤黑色，还泛起了白色泡沫。此时，母亲和我，一人拿上一张小板凳，坐到了赤黑色的半盆热水前,母亲把我的秀发放到盆里去清洗,我的头发浸在茶枯水里,满头清香。洗发后的残渣,母亲还会倒到菜地里做肥料,让我觉得仿佛菜地都有了股独特的清香。

也不知是不是因为小时候常年用茶枯洗发的缘故,如今快奔向退休年纪了,我的头发仍然非常柔顺,又乌黑发亮,并且还没什么白发。常常碰上大学同学聚会,同学们一个个贼眼溜溜地盯着我的头发,问我:"你是不是染发了?"或者遇见年龄相仿的新朋友,他们也会一个个睁大眼睛,一脸惊奇地问我:"你是不是染发了?"甚至,到医院去看病,也还会有一个个医生看一下我病历上的年龄,然后总是一脸笃定地说:"你肯定染发了!"

每次,面对同学、新朋友、医生等的疑问和惊奇,我总是笑盈盈地只给出一个答案:"我从来没有染过发,我这是天生丽发难自弃!"

不论是茶枯洗过的"天生丽发",还是茶油在厨房餐桌上的四季飘香,那都是属于大人们该关心的事物。虽然,这些事物也在我后来的人生过程中,发生过许多美好的故事和记忆,但在当年,对于还是孩子的我们来说,唯有油茶树下摘吃茶泡,才是清明前后最最热衷的一件好玩的事。

清明前后,喝足了天地之水的油茶树长得一派葱绿,此时小孩子们都喜欢往山上跑,一个个身影游转在油茶树下,东张西望地寻觅那白胖胖的茶泡。看到了,树枝梢有一个,二话不说,摘下。哇！像桃子那么大，放到嘴里，津津有味地吃了起来。花苞内部是空心的，白白嫩嫩的外表，就像包着一层半透明的皮。茶泡吃起来甜丝丝、脆生生，还透着那么一股清香。

吃完一个，再摘一个，有时候猴急起来，就像是《西游记》里猪八戒吃人参果时囫囵吞下去的场景。不过，我们可比猪八戒开心多了。茶泡，是春天油茶树叶异常生长而形成的一种变态生长物。说白了，茶泡其实就是茶树的叶子突变，形成一个球状的果实。大的有桃子般大，小的比乒乓球还小。清明前后，新一年的油茶树叶刚刚长出，很容易发生异变。因此，梅村后山上的油茶树，会变异出许许多多令人垂涎欲滴的茶泡来。

一个茶泡，囫囵吞下，没吃出什么味儿。不要紧，还可以摘很多很多茶泡，一直吃到开心为止。

印象最深的吃茶泡场景，还是在拜祭爷爷的那片山上。

爷爷的坟地，在距离三江县城有近20公里远的山间，那是真正的深山老林，去拜祭一趟，非常不容易。至今也不清楚那个山头的准确名字，到底叫香薷屯，叫香花奥，还是叫亚婆井？每次到了山脚下，我们找瑶胞问路，瑶胞们都会一个劲地问我们，你们是哪个排的（即是哪个瑶寨的意思）？我们满眼蒙蒙的，每年去上坟时都会迷路。

记得早年去上坟，是雇了部拖拉机去的。坐拖拉机到山脚下，我们便走路上山，山上野草疯长，一路走，还得一路用镰刀割倒野草开路。忙活了一两个小时,才终于走到爷爷的坟地,人早已累得气喘吁吁。先小歇一会儿,抬眼望向四周,全是高低起伏的大山,一排排的绿色,如海浪般涌向眼前,人仿佛就要被隐没在绿绿海浪中,张口喊几声壮胆,听到的全是自己的回音。

歇过后,大人们便赶紧挥舞着锄头镰刀,给爷爷的坟地除草。而我们小孩子,却急忙忙地绕着周边的树下寻寻觅觅。山上有很多油茶树,这么远的深山老林,想来这些油茶树都是野生的吧,没有人打扰,自由自在地生长,树上的茶泡也疯长得特别多,而且还长得个大。有的像我们吃饭的碗口那么大,摘下来一吃,水分特别多,三几个茶泡下肚,脆脆爽爽,既解渴又能填肚子。

虽然拜祭爷爷的路途非常遥远,一路上山下山,累得腿肚子都直打战。但我每次还是很喜欢跟着大人去给爷爷上坟,因为那里有大大个、香脆脆的野生茶泡,等着我去采摘,等着我去吃个痛快。

吃过了脆脆的茶泡,吃过了香香的艾糍,雨纷纷的清明时节便落幕了。

乡村里的这幅清明美味图,随着纷纷的细雨,经年累月,浸润入心,成为一段难以忘怀的脆生生甜香香的记忆。

好吃又好用的瓜瓜儿

清炒丝瓜，端上桌了，碧绿绿白亮亮的一碟，清清甜甜，脆脆爽爽。

一边吃，一边想起当年在梅村那间黑瓦黄墙下的小厨房里，跟哥哥一起清炒丝瓜那个忙碌的场景：

我坐在灶台前，用木柴烧火，木柴干干的，噼里啪啦冒出红艳艳的火苗。哥哥站在大铁锅旁，一手拿着菜刀，一手拿着已经削好皮的长丝瓜，严阵以待。当大铁锅里的油烧得"吱吱"作响时，哥哥立马手起刀落，向长条丝瓜斜斜削过去，刹那间，一小片一小片丝瓜飞向大铁锅去。很快，一条长丝瓜就削完了，哥哥急忙用锅铲翻炒丝瓜，一边翻炒一边洒点清水，盖上大锅盖，片刻，起锅，上碟。碧绿，香喷，清甜，嫩爽，吃得好欢喜！

有时候，如果是炒两条丝瓜，哥哥忙着削丝瓜，因为火大，怕丝瓜煳掉，我一边烧火，一边也会帮忙翻炒丝瓜。但我个头小，力气小，翻炒得并不均匀。好在哥哥削丝瓜的速度极快，只一小会就接过我手里的锅铲，像个舞剑高手般，唰唰唰就把丝瓜翻炒了个透。

一顿丝瓜炒下来，虽然哥哥削丝瓜的速度极快，但难免会有些手忙脚乱的。我曾经问过哥哥，咱们先把丝瓜切好片，等油锅烧旺时一起下锅，不就不会忙乱了，这不是更轻松吗？

"爸爸就喜欢大火一烧，再削丝瓜片落大锅的呀。这样的丝瓜不失水分，鲜美，更甜。"哥哥一脸得意地说，"我是学爸爸的，这样炒丝瓜，超酷！"好吧，我承认，哥哥在烧着红红大火的大铁锅上，手起刀落削丝瓜，这动作的确超酷，仿佛有股武功高手的气度；用锅铲翻炒丝瓜，动作笃定，也颇有大厨的风范。

其实呀，我们家姐妹一堆，男子汉就只有爸爸和哥哥，偏他们两个的厨艺是最好的。爸爸忙农活时，哥哥就成了厨房的生力军。田地里的瓜儿很多，苦瓜、茄瓜、节瓜、葫芦瓜、水瓜等等。但哥哥也只有炒丝瓜时才会来一番大铁锅上现场削瓜的酷动作，其他瓜都是早早在下锅前就切好备用。于是，我常常特期待欣赏哥哥炒丝瓜的酷劲儿。每每到菜地里摘菜，我也特别喜欢扒开丝瓜的大叶子和大朵的金色丝瓜花，摘下长条条的丝瓜，一边摘，一边就已经在想着哥哥削丝瓜的潇洒气度，心里呀雀跃得很，嘴上也忍不住"咯咯咯"地笑了起来。

有时候，我也会逡巡一番丝瓜藤蔓爬满的竹篱笆，小眼睛圆溜溜地找呀找，看看有没有老丝瓜。老丝瓜早已褪尽一身碧绿，满身褐黄，用手摸一摸，还有些硌人。摘下老丝瓜，掰开，把里面的黑色籽粒留下来，当作来年种植的种子，余下的丝瓜瓤，便可用来当洗碗洗锅布。

丝瓜瘦长，那丝瓜瓤也相对有些瘦小，不过我们小孩子的巴掌小，用起来正合适，反正也不怕浪费，家家户户菜地里的篱笆墙上都挂满了大大小小的丝瓜，自产自用，爱咋玩咋玩，甚至浪费点也无所谓。至于大人们呢，则更喜欢用水瓜瓤当洗碗洗锅布。

水瓜的个头壮实，身板长圆形，整个儿看起来很饱满，根本就没什么腰身。丝瓜其实也看不到什么腰身，村人为了让丝瓜长得垂直好看，常常在丝瓜长出果儿后，便用绳子在瓜蒂上绑住有些重量的小石子，瓜儿果真是一个劲地垂直往下生长。长大后的丝瓜，个头长条条的，小孩子也可以盈盈一握在手。但长大后饱满胖圆的水瓜，小孩子就得张开两只小手，才能抱得稳了。

丝瓜常常要炒两条才够一碟，水瓜呢，炒一个就可以分成两碟了，而且水分特别多，一边炒一边出水，一锅一碟端上桌，连汁都是原汁原味的，清甜无比。

肉质肥胖的水瓜，瓜瓤自然也肥厚，大大一把，我一只小手儿，还往往抓不住。但爸爸用水瓜瓤的样子可牛了！倒些清水到大铁锅里，再用大手挥着水瓜瓤，绕着大铁锅，"唰唰唰"，左一圈,右一圈,转转转,三下五除二就把大铁锅洗了个干干净净。多年后,我看李连杰演的电影《太极张三丰》,看到李连杰用大水缸练太极拳,我脑瓜里突然就闪现出父亲用水瓜瓢洗刷大铁锅的情景,左转,右转,快速,果断,感觉挺像那么回事哟。嘿!爸爸还真像个"武林高手"!

还有一种葫芦瓜,瓜面毛茸茸的,个头胖乎乎的。葫芦瓜的嫩果果肉,白嫩嫩,吃起来又甜又香。至于葫芦瓜用起来嘛,不仅像丝瓜瓢、水瓜瓢一样好用实用,而且还超好看。

那葫芦瓜的个儿,有长棒形、长筒形、短筒形、扁圆形、束腰形的。印象中,我们村里的葫芦瓜,大多数都能长成动画电影《葫芦娃》里老爷爷种的葫芦瓜那样,中间束腰,上下成两个大小壶状,样子特好看。电影里唱"葫芦娃,葫芦娃,一根藤上七个瓜",而我们家的大葫芦小葫芦挂满了瓜棚,数也数不清。

葫芦瓜疯长,吃也吃不了这么多,干脆就让这束腰形的葫芦瓜一直野蛮生长下去。待到瓜儿彻底老了,就把它摘下,晒干。再掏空里面的瓜瓢和瓜子,做成大大小小的葫芦瓢,拿来当水勺使用。

水缸,是当年村人的生活必需品,家家户户都必然备有两三个大水缸。从井里挑回清亮亮的水,将大水缸灌得满满的。水缸边上,必然会放有三两个大小不一的葫芦瓢。夏日炎炎,放学回家渴了,拿起葫芦瓢,兜一瓢井水,洗手洗脸,然后再兜上一瓢水，咕噜咕噜喝进肚子，霎时清凉无比。

去井里挑水时，我时常也喜欢带上一个小葫芦瓢。用桶把清凉的井水打上来，先喝上一小葫芦瓢水，嘴里清甜甜的，心里美滋滋的，挑起水来，身上也轻快了几分。然后，一边桶的水面放上一片洗干净的大菜叶，一边桶的水面放上小葫芦瓢，菜叶和小葫芦瓢平衡了水的冲劲，桶里的水便不容易洒出来了。有时候贪玩，挑到半路上，还会停下来歇一歇，拿起小葫芦瓢，兜一瓢桶里的井水，咕噜咕噜喝起来。喝完后，仿佛满身是劲，挑起水来，脚下生风。

把井水挑回家后，如果碰上哥哥姐姐们在家，他们会帮忙提起水桶，哗啦啦倒进大水缸里去。如果家里没什么人，我就先用葫芦瓢，把桶里的水，一瓢一瓢舀到大水缸里。水声悠悠，时光长长，这样的时刻，安静得出奇。

偶尔，也会有小鸡小鸭凑过来，我便盛上一小葫芦瓢水放到地上，小鸡小鸭一边啄水，一边"吱吱吱""呀呀呀"地欢叫。我在一旁，也兜起一小葫芦瓢水，一小口一小口，美滋滋地喝了起来。

叫声欢欢，水声轻轻，时光缓缓，心儿甜甜，所谓岁月静好，大抵也就是这样子的吧。

第三辑

翩翩小儿郎,骑『马』上学堂

"打官司",斗草去

山间岁月,日子清贫,但好在自然清新,百草丰茂。

坐落于鹿鸣关脚下的梅村,一年四季,山坡上、田地间,绿草茵茵,杂花遍地。正是这些野花野草,随便扯上几根,都能让孩子们乐颠颠地玩个尽兴。

尤其是女孩子们,稍有空闲,往往喜欢一堆儿一堆儿,走在田埂边,走在山野间,用鼻子嗅一嗅花朵们的芬芳,还会玩一玩斗草游戏。

斗草,是乡间孩儿们最喜爱的一种游戏。通常,一到田野间,女孩儿们便随手采摘起一把青草一朵花,然后藏到身后,互相让对方猜猜花草的名字。猜中了,对方的一把青草一朵花就归了你!于是,一张张小嘴,哗啦啦地对喊起来:这张嘴喊一声"打碗花",那张嘴答一声"狗尾巴";这张嘴喊一声"狗尾草",那张嘴答一声"鸡冠花",这张嘴喊"鬼针草",那张嘴答一声"马鞭草"……一个个青草与花儿的芳名，叮叮当当，嘻嘻哈哈，撒了一坡，撒了一地，一把把花花草草抱在胸前，一个个脸蛋儿笑呀笑呵呵，真是好不快活的一幅春天行乐图！

　　乡村生活，日子虽然清贫，却也过得有声有色。斗草，这种人与自然的亲切嬉戏，又叫"踏百草""斗百草"。是以各种花草相斗，一决胜负的游戏。不花一分钱，随手一摘，一把草儿，一把花儿，就可成为战斗的"武器"。每天走出家门，随时随地都可来一番盛况空前的"战斗"。也因此，这斗草，日渐成为一种特受梅村孩子们欢迎，又让孩子们玩得乐此不疲的游戏。

　　女孩儿家斗草，让对方猜草猜花的名字，锦心绣口，仿如大珠小珠落玉盘，斗起来一派文雅。文雅的"文斗"，流行于女孩子之间，成为一种时尚的斗草玩法。

　　男孩子们呢，对这种文雅的"文斗"颇为不屑。男孩子勇猛好斗，他们觉得女孩家靠嘴巴儿吱吱歪歪，斗起来风和日丽，毫无血性可言，要斗，就来番"武斗"，甚至见些血色，也毫不畏惧。

　　"武斗"，是以人的拉力和草受力的强弱，来决定输赢的一种斗草方式。玩的时候，两个男孩各执一根草茎，开战前，双方都会大张旗鼓地喊叫一番："叫你断，你就断，不信咱就斗斗看。"一番壮胆吆喝后，气势如虹，双方把草茎相勾牵，交叉成"十"字形，随着一声"开始"，便用力扯拉，谁的草茎先被拉断，就算谁输。

"武斗"看似简单，其实却很讲诀窍和技巧。在进行"武斗"游戏之前，要采摘到最有韧性的草茎。斗法上也颇有些讲究，草茎韧性好，猛力难以拉断，且容易把小手勒出血，这就需要用悠劲来拉。有时，拉起来整个身体都跟着动，好几分钟都难见分晓。一旦哪一根草茎连着斗败了其他人的几根而不断，其身价立时倍增，持草者得意忘形得很，将这根得胜之草携带在身边，雄赳赳气昂昂地走在乡间，那珍贵程度，就仿佛一个武功高手，手持"绝世长剑"，招摇过市。

乡间草色青青，能当斗草"武器"的草，有不少。我们梅村的男孩子，非常喜欢用车前草、老虎草、狗尾巴花，玩一番斗草游戏。

车前草一年四季都开花，其长长的花茎，韧性强，很抗扯，是用来斗草的上好材料。因为车前草十分坚韧，有时候往往互相拉扯了好几个回合，都难分胜负，因此我们村的男孩子又把车前草叫作"官司草"。用车前草来玩斗草游戏，就好像在进行一场没完没了的不分原告和被告的"打官司"。斗百草，"打官司"这个别名便由此而来。常常因为用车前草斗草，来回拉扯得久，男孩子的手上，免不了会留下一道道红色的痕，甚至还染上了点点的血迹，但男孩子们依然斗志昂扬，一边抹血迹，一边吆喝着："再来一场，谁怕谁！"

老虎草的花柱,擎着十字形的花和果实,样子非常像电影《英雄儿女》里王成背在身上的步话机的天线。男孩子玩斗草游戏时,喜欢取老虎草的花柱来斗,显得帅帅的,酷酷的。有些顽皮的男孩子,手握老虎草的花柱,热血沸腾地上场斗草时,还像英雄王成一样,来一番豪言怒吼:"向我开炮"。哈哈哈,我们女孩家笑掉了牙,这草,怎么成炮了,这是哪跟哪呀!但男孩子却个个神情严肃,眼神犀利,丫头片子,笑什么笑,一根草,也是男人间角斗的"战场"!

用狗尾巴花玩斗草,则相对温和些,男孩喜欢,女孩也喜欢。它的玩法,又别有不同。通常是:先在地上扎起两根圆头铁钉子,距离大约一人手臂那么长。而后,往两个钉子上圈上一圈绳子,再分别摘下狗尾巴草上开得毛茸茸如毛毛虫一样的花穗,放到绳子上。然后,斗草双方,分别用平滑的石头,去磨圆头铁钉子。这时,绳子上的两只狗尾巴花,便会自动沿着绳子呼呼呼地往对方冲去。很快,两只狗尾巴花"嘭"地撞到一起,谁的狗尾巴花最后掉下来,谁就是赢家。用狗尾巴花斗草,非常讲究对力度的掌控:用力太猛,自己的狗尾巴花还没碰到对方之前,可能就从绳子上掉下来了,落得个"出师未捷身先死";用力太小,一旦和对方冲劲十足的狗尾巴花碰到一起,肯定就会立马被掀翻掉地。用狗尾巴花斗草角力,更见力量与手的配合,常常引来围观者加油起哄,甚为热闹。经常是男孩子们在玩,女孩子们则在兴致勃勃地围观。玩得兴起时，一惊一乍，男生女生二重唱，整个乡村都闹腾腾的，欢乐无比。

斗草游戏，很有泥土味，不用花一分钱，就能玩得热情洋溢、趣味盎然。可惜的是，现在的孩子们离植物越来越远，他们是无从体味乡间斗草的独特韵味的！

蟋蟀在野,梁山好汉一声吼

秋天里,乡村孩童们又将迎来一件赏心乐事——斗蟋蟀。

斗蟋蟀,是一种驱使蟋蟀相斗取乐的游戏活动。《诗经》有曰:"七月在野,八月在宇,九月在户,十月蟋蟀入我床下。"蟋蟀鸣而知天下秋。每年秋天一到,村庄到处响起蟋蟀的鸣叫声,"吱吱""吱吱",此起彼伏。兴奋的男孩子们,开始异常忙碌起来,捉蟋蟀,斗蟋蟀,一场接一场,在梅村轰轰烈烈地上演了。

每当清晨或傍晚,蟋蟀"吱吱""吱吱"拉开了悠长的唱腔。此时,谷场边,墙脚根儿,甚至村庄后面几处乱坟岗旁,都会闪现出很多圆溜溜的小脑袋。他们竖起耳朵,一双双眼睛,滴溜溜地转呀转,只要是有石头和砖块的地方,都必定勤勤恳恳地翻了个遍,目的只为了要抓到一两只战斗力特别强的雄蟋蟀。

唯有河岸边和菜地上的蟋蟀,即使叫得再勤快,男孩子们也是不屑一顾的。因为草地松软,生长在这些地方的蟋蟀,唱腔叫得再大，其大牙也刚硬不到哪儿去，一番鏖斗下来，结局总归也好不到哪去，不外是屡战屡败罢了。

　　大我两岁的哥哥说，斗蟋蟀要用雄性蟋蟀，尤其是那种翅膀上有旋涡纹的，更是好叫好斗。抓蟋蟀时，男孩子们一个个老江湖似的，光听鸣叫声，便能辨别其战斗力。鸣叫声微弱、轻飘、刺耳的，这是次等蟋蟀，眼睛都懒得多看一眼；鸣叫声响亮、圆润、凝重有力，犹如梅村小学树上敲响的钟声似的，这就是最好的蟋蟀了。一听到这种蟋蟀的声音，男孩子们一如动画片中的"黑猫警长"，眼睛瞪得铜铃似的。

　　听哥哥这么一说，感觉要抓一只最好的蟋蟀，就像是要抓到一个类似帕瓦罗蒂的男高音似的，还是有些难度的吧。

　　我家门前有一堵长长的鹅卵石墙，也许是因为鹅卵石墙年代比较久远了，并且墙缝坚硬，更容易藏着帕瓦罗蒂男高音似的蟋蟀。傍晚放学后，这堵鹅卵石墙前常常会聚集着不少男孩子。他们圆溜溜的眼睛寻寻觅觅，一听到蟋蟀"吱吱"响亮圆润的叫声，一个个圆溜溜的脑袋便不管不顾地扑上前去。扑得急时，几个脑壳"砰砰砰"撞得发疼。脏兮兮的小手，揉一揉脑袋壳，偶尔还会疼出一两滴清亮亮的眼泪。哈哈哈，在一旁当看客的我们家小姐妹，全笑坏了。

　　一通忙乱，捉来几只蟋蟀，一向粗心又调皮捣蛋的男孩子们，这时却变得心细起来了。他们先用空罐头盒或者瓦罐把蟋蟀养起来，当"宝贝"似的，还会喂养些丝瓜、丝瓜花、青菜、饭粒等给蟋蟀吃。用哥哥的话说，吃得好，吃得饱，力气大，战斗力才能超级棒。

喂养三两天后，先来一轮内部选拔赛。把抓来的蟋蟀们放到大盆中，让它们互相进行决斗。男孩子们会用一根马鞭草或小竹棍当"引子"，以激发蟋蟀的斗志。在"引子"的激发下，经过一番对垒厮杀，最终挑选出最厉害的蟋蟀猛将，再与其他小伙伴们的蟋蟀鏖战。这时候的男孩子们，看着挑选出来的蟋蟀猛将，眼睛全都闪闪发亮，估计一个个都对自己手中的蟋蟀猛将，夺取蟋蟀中"豹子头"的荣耀称号，充满了必胜的信心。

鏖战前夕，男孩子们都必定会先给自己的蟋蟀起个好名，以振声威。在男孩子们眼里，蟋蟀冲杀起来，颇像"路见不平一声吼"的梁山好汉，所以他们都喜欢以水浒一百单八将的绰号取名，比如，黑旋风、拼命三郎、霹雳火、急先锋、轰天雷、混世魔王等，一个个都叫得震天响。但唯有"豹子头"这个名字是不会取的，因为只有等到斗蟋蟀结束后，经过轮番厮杀，最后赢得胜利的蟋蟀，其勇猛程度不亚于八十万禁军教头林冲，才有资格戴上"豹子头"的桂冠。

双方开始斗蟋蟀前，一律先报上蟋蟀的绰号，大有江湖高手过招前自报家门的豪气风范。然后才把经过挑选的蟋蟀猛将放到盆中，进行决斗厮杀。

蟋蟀有两根长长的触须，总是让我想到戏剧演员头上戴着的漂亮"孔雀翎"。盆中的两只雄蟋蟀激战前,边用"孔雀翎"试探,边猛烈振翅鸣叫以壮声威。而后,才龇牙咧嘴开始决斗。

盆里的蟋蟀在勇猛扑杀,盆外围观的孩子们,则不停地大喊大叫:"打、打、打,左勾拳,右踢腿……"越是勇猛善斗的蟋蟀,围观的孩子越多,有时候孩子压着孩子,下面的孩子甚至鼻子都快碰到蟋蟀的长须了。

经过一轮又一轮的厮杀之后,弱者垂头丧气,败下阵去;强者则仰头挺胸,趾高气扬,被冠于"豹子头"的荣耀称号。这时,所有小伙伴全向蟋蟀的主人投去艳羡的目光。蟋蟀的主人,捧着"豹子头",一脸得意扬扬,整个人仿如披上了七彩霞光。

过了白露,天气转凉,就算是威名赫赫的"豹子头",也一样耐不过寒气,渐渐地萎靡不振了,那一年一度轰轰烈烈如梁山好汉一声吼的斗蟋蟀游戏,也要暂时落幕了。

这时候,村里的男孩子们又开始了另一番忙活,他们忙着给立过战功的蟋蟀的盆盖封上黄泥,准备给心爱的蟋蟀度过一个暖冬。

只是,这只战功卓绝的蟋蟀,也往往熬不过冬天。每年,为自己的蟋蟀们操碎了心的男孩子们,心里多少都是有些遗憾的。

但一想到来年秋天,能够抓到更勇猛的蟋蟀,可以再来一番"梁山好汉一声吼",再为八十万禁军教头林冲"豹子头"的荣耀称号而战,心里又美滋滋起来。寒冷的冬天在眼前,也仿佛消融了几分寒气,多了几分暖融融的期待。

风火轮，哗啷啷

哗啷啷，哗啷啷……

一个个如车轮般圆圆的铁圈轮子，随着男孩子手中动来动去的铁钩子，滚过乡村小道，滚进梅村小学的大门。收钩，用钩子提起铁圈轮子，放墙根儿去，上课去也。此套动作一气呵成，潇洒迅速，酷酷的，跩跩的，羡煞人也。

这滚来滚去的铁圈轮子，俗名叫滚铁环、滚铁圈，这是当年我们村里男孩子们最喜欢玩耍的一个时髦游戏。

滚铁环，都是乡村人家自制的。做起来很简单，只需要一个铁环和一个铁钩。铁环一般是用胶钳将铁皮、铁丝或铜线弯曲成圆圈，大小仿如桶口，但铁圈最好能正圆、平整、光滑，这样就能使铁圈保持平衡，利于向前滚动。铁钩是一种用来推动铁环前进的棍子，材料使用粗铁丝或者铁条制成，棍端嵌着一个U形的铁钩子，作用就是钩住铁环在槽内滚动。

滚铁环，做法简单，玩法一学就上手。玩滚铁环时，一只手放在铁环上面，另一只手拿着铁棍，并把棍上的铁钩定在铁圈的最下边，轻轻地把它往前面一推，在地上先把铁环滚动起来。然后，再用铁棍钩着铁圈向前滚动。匀速前进、飞奔均可。男孩子的性情都很猛，大多喜欢一路跑一路推着铁环，滚滚向前跑。

那时候，我们梅村的男孩子，几乎人手一个铁环，是真正的"铁环一族"。"铁环一族"群聚江湖，端的是一派潇洒与风流。每天，铁环肩上挎，铁棒手中持，威风凛凛地，去上学还是去比武，就只有男孩子们自己才说得清了。上学时，因为赶时间，往往只滚了几滚，就"停车"，将铁钩对准铁环快捷地一提，往肩上一扛，姿势极为潇洒；放学后，才慢慢地一起滚着回家。这时候，滚铁环就成了男孩子们最佳炫宝炫技的时刻。哪个男孩子的铁环最大、最圆、最宽、最好看，推铁环的技巧最精湛最持久，他就会成为孩子们心目中的"老大"，就有资格领先跑在铁环大军的最前面，颇有一股将军的风范。

记得当时我们家有一个大圆木盆，木盆上有圆圆宽宽的铁箍。大我两岁的哥哥，为了能拥有这个大圆铁箍，当上铁环大军的"老大"，就总是盼望我们家的大圆木盆快快坏掉。在哥哥的殷殷期盼下，大圆木盆还真的坏掉了。拆下来的旧圆铁箍，直径有哥哥的半人多高，推着走感觉特别神气，哥哥也荣幸地当上了铁环大军的"老大"之一。为了增加铁环的声音威势，哥哥还在铁环上加了几个铁丝小圈,这样一来,每当铁环滚动时,小铁丝圈摩擦出来的声音,特别响亮。后来,爸爸又帮哥哥在铁钩上面栓了一面小红旗。奔跑时,铁环"哗啷啷",红旗"噗啦啦",迎风招展,真是帅呆了。

于是乎,每当放学时,一大群背着书包的男孩子,在"老大"们的带领下,拉起了长长的滚铁环队伍,铁钩推着铁环,呼啸奔跑。铁环滚动时发出的"咕噜噜",和铁环与路面撞击时产生的"哗啷啷"的声音,响成一片,清脆悦耳,那场面既动听又颇为壮观。

而我们女孩子呢,虽然不玩滚铁环,却很喜欢跟在男孩子后面,一边奔跑,一边给男孩子当啦啦队,唱童谣:"滚铁环,转圈圈,推到西来推到东,小汽车呀比一比,谁的轮子跑得欢。"

但争强好斗始终是男孩子们的品性,所以玩起滚铁环来,男孩子们也带有很多竞技与炫耀的成分。有时候,滚铁环的高手们,故意把铁环滚成"S"形,一路歪歪扭扭,前仰后合,但不仅人不倒,而且铁环还不"跑偏",更不"掉道";有时候,他们又故意在行进途中设置很多障碍,有小路、小河、独木桥和拐弯点,那都是小伙伴脱下的衣物或鞋子堆积而成,看谁的铁环能跑完障碍也不倒。

最过瘾最热闹的还是晒谷场上的飞奔大戏!男孩子绕着村中心最大的晒谷场,一边奔跑一边滚铁环,并故意让手上的铁环互相碰撞，谁的铁环若被碰撞得跌倒在地，停止不动，就马上淘汰出局。这种飞奔大戏的比赛场面，十分刺激。周围是一大群小伙伴在那里起哄，加油的，喝倒彩的，闹成一片。一个个得心应手的少年郎们，酷酷地把手中的钩子一推，感觉就像是在挥动着仙人手中的魔棒一样，铁环乖乖地转起来，一圈，两圈，三圈……铁环越转越快，快得像哪吒脚上踩着的风火轮，摩擦出星星点点的火花。

哗啷啷，哗啷啷，一个个风火轮，一圈圈影子，一片片火花，在眼前飞舞。飞舞出，我们永远难忘的"哗啷啷"的快乐童年。

翩翩小儿郎,骑"马"上学堂

　　一个额前刚刚覆起刘海的小女孩,正在自己家门口无忧无虑地折花戏耍;一个头上扎着丫角的小男孩,胯下骑着竹马,又跑又跳地,向女孩走来,亲昵地围绕着女孩的座椅,跟女孩一起耍起了刚刚结子的青梅枝。这便是诗仙李白在《长干行》中所描绘的一幅乡野儿女天真烂漫的生活画面:"妾发初覆额,折花门前剧。郎骑竹马来,绕床弄青梅"。这画面很唯美,后以"青梅竹马"形容小儿女的天真无邪、亲昵嬉戏之状。于是,"青梅竹马,两小无猜",化为成语,一直流传至今。

　　"郎骑竹马来"的骑竹马,其实是一种"以竹代马"的儿童游戏,即以一根短竹竿子"骑"在两胯之间,一手握住竿头,竿尾则曳于地,另一只手作扬鞭状,一边向前奔跑一边模仿奔马驰骋,口中还不停地大声嚷嚷:"驾驾驾,驾驾驾……"

　　男孩子,一骑上竹马,个个都仿如英雄般的骄傲。本来嘛,骑竹马这种儿童游戏,原本就是成长于农耕时代的孩子们,受到父兄骑马扬鞭形象的耳濡目染,于是以竹代马,奔跑嬉戏的游戏。换句话说,在男孩子们的心目中,小时候如果是一个骑竹马的高手,将来就能成为一个大英雄大将军。当然,这说法也不无根据。传说从三国到南北朝,不少有名的大将军,小时候都曾是骑竹马的高手。《三国志·魏书·陶谦传》这样写道:后来官至安东将军的陶谦,少时以不羁闻名全县,14岁还缀帛为幡,乘竹马而戏,邑中儿童全都在其后跟随。此外,还有曹魏大将夏侯渊的第三子夏侯称,十六国后凉国主吕光,小时候也都是当地赫赫有名的骑竹马高手。

骑竹马代表了一种英雄梦,村里的男孩子,当然都非常希望成为英雄。每天一出门,不论竹、木、笤帚,随手拿来就可当竹马骑,一副"该出手时就出手,风风火火闯九州"的"气壮山河"样。就连上学路上,也是意气风发得紧,男孩子们一边骑竹马,一边得意地嘶吼着:"翩翩小儿郎,骑马上学堂,先生嫌我小,出口有文章。"好一副年少恃才的神气样,看得我们这些小女儿家眼都不舍得眨一下。

一直以来,说到玩游戏,我这个女儿家真的特羡慕男孩子们,他们玩的游戏颇有"酷"劲,常常仿如有股"刀光剑影"。不像我们女孩家玩的,大体是诸如踢毽子、跳房子、跳绳、翻花绳之类的,花花绿绿,一派软绵绵的风情,到底不如男孩子们帅气地"驾驾驾,驾驾驾",再来几声吼。那场景,一个个仿如上战场的"少年将军",简直是酷毙了。

"五五相随骑竹马,三三结伴趁狗儿",很多一起骑竹马的男孩子,也都成了要好的"竹马之友"。而又因为有这样一句歌谣"骑马当将军,坐轿做提督",民间便流传着少年时爱骑竹马,预示着小孩子长大后就能走富贵路的说法。于是,看到自己家男儿郎喜欢骑竹马时,朴实的村民,眼睛里都仿佛冉冉升起了一道亮光。

其实,这只是大人们一厢情愿的美好愿望罢了,我们乡村里的男孩子们才不管那么多呢,对他们而言,玩得开心玩得英勇无比才是最重要的。不过呢,像"竹马之友"的美好,却是让男孩子们向往和渴望的。大我两岁的哥哥,就有好几个"竹马之友",用他们男孩子的话来说,一起同过窗,一起骑过"马",小小兄弟情,早已经是铁得不能再铁了。

村里一群群自认为铁得不能再铁的男孩们,走在村中的任何角落,随时都会上演一番帅气——左手握住竹子夹在胯下当竹马,右手执上木刀竹剑。你扮赵子龙,我演关云长,他做张翼德,一边模拟奋鬃扬蹄,一边舞枪弄剑进行一番厮杀,一个个都好有将军范儿!旁边还有一帮更小的,还没资格加入"竹马之友"的男孩子驻足观看,呐喊助阵,简直就像极了战场上两军对垒声势浩大的厮杀场面。

竹马之友，虽然是铁哥们，但小小年纪，挡不住争强好胜的雄心。因此，游戏中他们信奉的往往是"友谊第二，比赛第一"的信念。

竹马大战，最壮观的莫过于暑假期间村后山的"冲坡之战"。由于放假，孩子们没有了任何课业的压力。并且，此时各家的父母都忙于夏收夏种。因此，精力旺盛的男孩子们经常会凑在一起，来一场经典的竹马大战。

参战的孩子们每人砍一棵竹子下来，特意留着多多的枝叶，当作竹马的"马尾巴"。众多的男孩子骑着有"马尾巴"的竹马，从同一地点出发，比赛谁先跑到终点谁就获得胜利。这种比赛，一般是跑到村子后面的小山坡上，男孩子们骑着竹马，"驾驾驾，驾驾驾"，旋风般地，往坡上冲去，"马尾巴"把山坡上的泥土搅得烟尘滚滚。

那个壮观场面，总是让人想到勇猛神武的大将军张飞大闹长坂坡的故事。猛张飞在马尾上绑上树枝，让不多的人马在林中来回狂奔，形成一种尘土飞扬、烟幕弥漫，如有数万雄兵的壮大声势，吓退了曹操的大军。而我们男孩子的对手，只是他们自己，越闹腾，越兴奋；越狂野，越逼真。好不容易，待滚滚烟尘消散，"马尾巴"早已被撞得不见影儿，一个个勇猛英气的男儿郎，摇身一变成了泥孩子，满脸满身都沾满了泥巴，这可笑坏了我们这些小女孩家。

多年后,竹马之友,一个接一个,离开村庄,奔向远方,过起了自己温馨的小家日子。温馨之余,遥想骑竹马的从前,如梦境一般,虽已遥远,但永远都让我们依依神往。

多年前,在广州,看电影《哈利·波特》。童年时那种骑竹马的游戏身影,竟然也能在梦境般的霍格沃茨魔法学校看到了。在《哈利·波特》系列电影中,有一种骑在飞天扫把上玩的魁地奇球比赛,就有点类似从前我们梅村男孩子骑竹马的游戏。只不过,我们梅村男孩子骑的竹马,只会"跑"不会飞。而哈利·波特骑的扫把,却能潇洒地满天"飞"。但不管是"跑"的,还是"飞"的,我相信,在哥哥和他的竹马之友们的心目中,一定都是酷酷的帅帅的,也一定是无比怀念和无比自豪的吧。

长辫子的童年

一个长辫子女孩,笑眯眯地挽起菜篮子,走在村口那条清澈的小溪旁,言笑晏晏,顾盼生风。——每当提起童年,这个质朴的画面,常常会抢先晃动在我的脑海里。

我的整个童年,都是在梅村这个环山带水的小山村里度过的,这是我人生中与梅村纠缠在一起的最完整的成长时光。小学毕业后,我考上了三江县城的连南民族中学。之后,我的六年中学生活,都在这所中学度过。连南民族中学距离梅村有三公里多,当时我是个住校生,中学六年,每个星期六下午放学后回家一趟,星期天下午又赶往学校,这种与家乡每周"约会一天"的生活状态,新鲜又美好。待中学毕业后,我考到广州读大学,每逢寒暑假才能回梅村。距离产生美,大学四年求学生涯,我心中常常对梅村油然而生一种淡淡的思念和牵挂。大学毕业后,留在广州工作,对梅村而言,我已彻底变成了一个异乡游子,我回梅村的间隔,已是以年来计算了。难得一次重逢,总是短暂相聚几日,而后又匆匆别离,我与梅村,已处于一种遥想和遥望的状态。

或许因为童年时光,是我人生中与梅村纠缠在一起的最完整的成长时光,所以我对梅村的很多记忆,都留存在了童年那段岁月里。那些关于梅村的一个个拳拳意象,似乎也总是喜欢从遥远的童年记忆中,水灵灵地氤氲而出。比如说,那一晃一晃的长辫子!

梅村,一个不大也不小的村庄,村中的房子,错落有致成一簇梅花一样的小屋舍。村庄里,山葱绿,水清澈,路曲弯。或许,正是这清纯质朴的环境,孕育了村人朴拙的个性和审美追求。尤其是女人,无论是大姑娘还是小姑娘,都齐刷刷地梳着两条又粗又黑朴拙得可爱而又有趣的长辫子。

那时,村人的日子过得紧巴,扎长辫子用的都是些做衣服剩下的边边角角的碎花布。别看村姑们手粗,但心却纤细灵巧,小小的碎花边角料,随便一扎,再轻轻兜个圈儿,便能兜出个点水的蜻蜓、扇翅的蝴蝶、蹦跶的蜜蜂……霎时,长辫子便被装饰得灵动起来了,一晃一晃的,晃在弯弯的山道,晃在窄窄的田埂,晃在黑瓦黄墙的村庄,如一幅幅流光溢彩的水墨画,使乡村更添了一份亘古的灵气。

因了长辫子的美丽,正值水灵灵童年的我,自然地便极喜欢听一些关于长辫子的童话故事。

每当有星星和月亮的晚上,我们兄弟姐妹们总是很温顺地靠在小脚奶奶的膝盖旁,一个劲地缠着她为我们讲童话。奶奶讲的童话里总是有那么一个美貌的姑娘,而那姑娘又总是梳着两条又粗又黑的长辫子。奶奶说,英俊潇洒的王子最喜欢留长辫子的姑娘。奶奶的童话好让我们向往。那时我还很天真地认为,世界上最美丽的女孩,一定都是梳着两条又粗又黑的长辫子的吧。

我那么肯定这一点,也不仅仅因为奶奶讲的那些美丽童话,更重要的还是因为当时在梅村小学教书的女教师们,一个个都爱梳着长辫子。并且,似乎我们这一群梳着长辫子的女孩子,也更易得到女教师们的宠爱。课间时分,玩跳房子时,不小心把头上扎的碎花带弄散了,女教师们常常还会为我们梳理一下长辫子。女教师们的手梳得柔柔的,那感觉好温润,如小学门前那一条浅浅的小溪流过,梳得我们的心里软软的、润润的。男孩子们在一边,一个个看得眼睛都发亮了。

当然,男孩子也是挺顽皮的。有时候,为了在同伴面前充英雄,他们就敢把女孩子的长辫子绕在手里戏弄一番。时常地,有些女孩子会被扭得眼泪汪汪的。但更多的时候,却是那么一种美好时刻:女孩们的小抽屉、小书包里,总是会零零乱乱地放着好多土里土气的小野花。如:牵牛花、映山红、油菜花、苦瓜花……这时,女孩们的眼泪早已抛到了九霄云外,长辫子摇晃得姹紫嫣红,古朴而简陋的教室变得璀璨生辉。

世事流转，红了樱桃，绿了芭蕉。长辫子的童年，也早已远离我们而去。如今，行走在花花绿绿的现代大都市里，想遇见一个梳着又黑又粗长辫子的姑娘，已成了一种奢望；就算是走回我的故乡梅村，也很难再见到梳着又黑又粗的长辫子的姑娘了。

因此，我的心头总会更加牵挂那么一幅动人的画面：一个长辫子女孩，笑眯眯地挽起菜篮子，走在村口那条清澈的小溪旁，言笑晏晏，顾盼生风。伴随着这远去的、熟悉的、水灵灵画面的，还有一首美美的歌谣，一直在飘呀飘——

"村里有个姑娘叫小芳，长得好看又善良。一双美丽的大眼睛，辫子粗又长……"

哦，我的童年，曾拥有过一种特别令人胸襟摇漾的快乐。因为，我也曾经是一个辫子粗又长的"小芳"！

神射手,翡翠容

新拍的《小兵张嘎》电视连续剧里,有很多关于弹弓的镜头:嘎子和胖墩都是玩弹弓的高手,平常把弹弓当玩具玩。关键时刻,他们又用弹弓作为对敌作战的武器,打起日本鬼子来很带劲。后来,嘎子和胖墩等小八路被抓进了日本鬼子的牢里。鬼子要和小伙伴们比赛,第一局比准头,打10个酒瓶子,鬼子用枪打,小八路们用弹弓打,谁打中得多,谁就赢。鬼子打中8个酒瓶子,而胖墩百发百中,用弹弓"噼噼啪啪"打中了10个瓶子。小伙伴们欢呼成一团,胖墩得意地说:"天上飞的鸟我都能打下来,让鬼子开开眼界。"

嘎子与胖墩所使用的木头弹弓,梅村的男孩子们也曾经玩得不亦乐乎。在当时,练就一手精湛的弹弓射术,成了男孩子们最渴望的梦想。要实现这个梦想,首先当然要制作出一副好弹弓啦。

弹弓是以木叉为架子,或以铁条圈制而成,在叉间处拴有皮筋，皮筋合拢处有一兜皮。使用时，左手握柄，右手将小石头放在兜皮内，拉开皮筋瞄准，即可发放。《小兵张嘎》里，嘎子与胖墩用的弹弓都是木头做的，我们村庄四处可见山，就地取材，乡村男孩子们做弹弓自然也喜欢用木头做原料。

一溜烟跑到山上，砍下一段树杈。砍时，一定要把手拦在叉上能看出是一个等腰三角形的树杈，即很像英文"Y"字母的形状为最好。然后，把树杈皮剥去，在"Y"字形的两头系上弹筋。弹筋可以是橡皮筋，也可以是自行车的内胎。弹筋中段系上一块包裹弹丸的塑料皮，一副像模像样的弹弓就做成了。玩弹弓所用的弹丸，有小石头和小泥球。小石头是捡来的，而小泥球却是男孩子们自己制作的。到河滩上挖来黏稠的胶泥，团成一个个花生米大小的圆球，等晒干后就可以用了。

男孩子用弹弓打葫芦、丝瓜、苦瓜等村里能见到的瓜类作物，还会打长在高大树上的山果。山果打得最多的男孩子，就会被大家奉为果王（国王）。因为打来的山果，能跟大家一起分享，果王的脸上，自然容光焕发。如果，能用手中的弹弓，打到天上飞着的鸟儿，那个男孩子就更有资格容光焕发了。于是，不管走在什么地方，男孩子们的脸总是仰着的，看到树上、电线上、房顶上有了小鸟，便会迅速从裤兜里掏出弹弓，押上子弹，左手高举弹弓架，右手捏着子弹兜，向后拉开皮筋到最远处。瞄准，然后松开右手，子弹随着皮筋的收缩箭一般射向小鸟。

秋天，谷物成熟，成群结队的麻雀便会蜂拥而至，啄食谷物。这时候，村里便会叫一些男孩子到田间地头去驱赶麻雀。能被叫去的男孩子，肯定是村里公认的打弹弓高手之一啦。这对男孩子们来说，绝对是一种巨大的荣耀。

这时候，女孩子们也往往会结伴儿到田间地头去，一个个眨巴着大眼睛，满脸渴盼地看着男孩子们的表演。只见，男孩子一副雄赳赳气昂昂的气势，一把抓起弹弓，看到麻雀飞到地里时，"嗖"地一颗弹弓子飞出，弹在麻雀间。麻雀"轰"的一声，四散飞去，地上留下一只受伤的小麻雀，扑棱棱地跳着。女孩子冲上前去，把小麻雀抓在手里。而后一群麻雀又飞回来，男孩子又举起弹弓发射。如此循环反复，最后打得最多的男孩子，便会被村里封为"弹弓王""神射手"。那样子可神气啦，像个大英雄似的。

我哥哥呢，在田间，在山岗，用弹弓打麻雀、打瓜果，固然是一把好手；在家里，用弹弓打那只早起"喔喔喔"叫的大公鸡，亦是一把好手。

家里养的白鹅，是最凶巴巴的，但哥哥却从来不用弹弓打白鹅。哥哥说，鹅只会在地上窜，不会飞上屋顶，一打一个准，毫无技术含量，没劲！打大白公鸡，可就难多了，大白公鸡喜欢飞上瓦顶，一蹦一跳，还跟人隔着一段距离。这就很具有挑战性，更能彰显出哥哥作为一个"神射手"的特质。

每当哥哥一打大白公鸡，我就特高兴，屁颠屁颠地跟在哥哥的后面瞧热闹去。大白公鸡虽然没有像大白鹅一样，特别喜欢欺负我，但是我和大白公鸡却也有着一份"快意恩仇"，有一次，这只大白公鸡曾经把我的鼻子啄破了皮，疼了我整整一个星期才好。有仇不报非君子！如今，"神射手"哥哥用弹弓把大白公鸡打得"喔喔喔"连连惨叫，也算是为我报了鼻子被啄破的"大仇"。

大白公鸡很怕哥哥，每当一看到哥哥举起弹弓，它就飞奔上黑瓦顶，躲得那叫一个迅速。而我的眼睛也"唰唰唰"追随着屋顶上的大白公鸡而去，久而久之，我竟然看到了不一样的屋顶风景：一到冬末春初，黑屋顶上长着的一丛丛低矮瘦弱的绿色植物，竟然开出了一团团橙红紫红的小花。

赶紧搬来长木梯子，放到屋檐边，"嗖嗖嗖"爬上去。仔细一看，每一朵花儿如小手指般大小，未灿开时，绿中带紫，安安静静；灿开后，每一朵花裂开成四瓣，热闹喧嚣，几十朵花挤挤挨挨在一起，更是喧嚣得花团锦簇。

父母说，这种植物叫瓦松，就像它的名字一样，喜欢生长在瓦屋顶，长得瘦弱又普通，是一种随遇而安，谦卑而又倔强的植物。这样一种随遇而安的植物，从不跟别的植物争抢土壤和阳光，却能够不畏严寒，迎着春风，在黑瓦上热情地绽放出灿烂的花朵，一年年，活出了自己的尊严与精彩。

长大后，读到唐代诗人李华的《尚书都堂瓦松》。诗中，对瓦松有一番极致的赞美："影混鸳鸯色，光含翡翠容"。想象一下，生活在既贫瘠又干旱的瓦顶上的瓦松，却能够呈现出最精彩的"鸳鸯色""翡翠容"。那该是一种多么了不起的倔强、奋斗精神呀。

因为"神射手"哥哥，我遇见了"翡翠容"的瓦松，这人生，也真的是有着很多不可预知的美好呀。

有着美好的"鸳鸯色""翡翠容"的瓦松，经年累月，默默地生长在黑瓦顶上。虽然模样单薄，开花后植株很快就会萎谢，但来年春天，靠种子繁殖的瓦松，又会长出千株万茎，又会灿开让人惊艳的"鸳鸯色""翡翠容"。让欣赏它的人们，不得不由衷地为它发出一声声赞叹。

如今，村里的黑瓦屋顶渐渐消失了。代之而起的，是现代的铁皮屋顶和水泥屋顶，但瓦松依然也能够在铁皮屋顶和水泥屋顶上，一簇簇地生长，一团团地开花。现代屋顶的光亮洁净，更容易衬托出瓦松生生不息、倔强奋斗的独特气质。这种气质，不也正是我们庸常人生极其需要的一种榜样吗？

因为这一份独特气质，一讲起瓦松，我心中总会升起一种喜悦之情。而这种喜悦之情，还连接着"神射手"哥哥少年时代的俊朗形象；还连接着那只"喔喔喔"啼叫的大白公鸡的亲切记忆；并且，还连接着我与那大白公鸡"快意恩仇"的童年恩怨。因此，每到冬春之交，我就会更加牵挂故乡瓦顶上那一株株"鸳鸯色""翡翠容"的瓦松了。

酸酸甜甜，野童年

端午前，回了一趟梅村，主要是想看一看老家正在重建的祖屋。

帮我们承建祖屋的是村里的康委两兄弟。他俩人很朴实，话不多。带我们姐妹溜达了一圈正在建设的祖屋，然后又很热情地邀约我们去他们家里坐坐。

一走进康委家的客厅，两团红光扑面而来。定睛一看，原来是两盆红艳艳的杨梅呀。霎时，一股酸溜溜的味道直冲向嘴巴。也不客气啦！一人抓起几颗就吃了起来。

这两盆杨梅，一盆个儿大大的圆圆的，大得很整齐，圆得也很齐整，长相非常诱人；另一盆模样虽然也圆圆，但个儿明显小了一圈，偏还大大小小，不甚齐整地挤一起，愈发地显得不起眼了。

姐妹们的手自然都直奔大大圆圆的那一盆杨梅而去，一颗一颗吃在嘴里，感觉虽然有甜酸味，但这甜酸味却淡得很，待吃了两三颗后，更觉淡乎寡味，吃得人嘴巴发腻，一点也提不起吃的兴趣了。

"抓那盆小颗的，试试。"康委笑笑说。

不抱什么期待，抓了一颗小的杨梅丢进嘴，一咬，"哇！真酸呀！"酸得人牙齿直打战，但入口之后，随之而来的却是一丝丝的清甜，裹挟着一股原汁原味的山野清香。那才是真正来自山野的蓬勃的气息呀！"这才是童年时吃的杨梅嘛，酸酸甜甜，真的好味道！"结果，姐妹们都不管不顾了，全都抓起小杨梅，一边咋咋呼呼酸得牙齿打战，一边就是喜欢吃个不停。

康委又笑笑说："个头小一圈的这盆杨梅，是从山上采摘来的，是野生的。个头大大圆圆的这盆杨梅，是我这两年买果园推荐的种苗回来种的，好看是好看，但就是缺了股味儿呀。"

野生的果子，到底还是比人工种植的果子更有一种野蛮生长的力量，吸天地之气，自由恣意，连带味儿都是如此地让人一吃难忘。姐妹们说，这个头小一圈的杨梅果，那可是我们曾经吃得最多最难忘的一种"零食"了。

20世纪七八十年代，日子清贫，乡村孩子也没什么钱买零食吃，但孩子们也有孩子们自己的"零食梦"。山上的野果子应该就是他们眼中的最美的零食了。当然，要吃上野果零食，还必须自己动手去山地里采摘，真正是"自己动手，丰衣足食"。

梅村就在鹿鸣关山脚下，那时候四周的山上，野果都生长得很茂盛。一年四季，孩子们只要上各个山头遛一遛，保准能采摘到大大小小的一篮野果。野杨梅，无疑是当时孩子们心中最亮眼的一种野果。

夏天一到，杨梅树枝头挂满果实，颜色红彤彤的。村里人说，这红艳艳的杨梅果，像小姑娘家红扑扑的小脸蛋，好看得很呢。杨梅果的味道，酸中带点甜，其实常常都是酸不溜丢的多，酸得龇牙咧嘴的。被酸味刺激多几趟后，小孩子们学聪明了，拿盐水先泡一泡小杨梅。这一泡，杨梅的酸味淡了一些，而那一丝丝的甜味却浓了好几分，一颗颗小杨梅丢进嘴巴，酸酸甜甜真的是味道好极了，非常开胃。孩子们吃几颗杨梅果，再吃饭，往往能多添一碗半碗饭。大人们可高兴了，多吃饭就能长个儿，真划算呀！

有时候，孩子们还喜欢弄一大碗"冰镇"杨梅来吃。夏天的井水很冰凉，我们把井水挑回家，用个脸盆盛上半盆冰凉的井水，装上一大瓷碗杨梅，撒上盐并用冰凉的井水泡上，然后放进盛着井水的盆里。大半个小时后，拿起瓷碗里的杨梅来吃，杨梅变得有点凉丝丝起来了，甚至还有了点吃冰棍儿的感觉。现在回想，这种井水"冰镇"的感觉，其实是很淡很淡的，只是在那物资紧缺的环境里，孩子们把品味"冰镇"的渴望，投影到井水泡杨梅的美味上去罢了。无论日子多清贫，乡村孩子依然对美味有着无尽的渴望和追求。

说起来,我们兄弟姐妹吃杨梅,却比别的孩子还要多一份乐趣。这与我们家的满叔有关。

满叔是爸爸的兄弟姐妹中最小的一位,"满"在客家话中就是最小的意思。满叔的名字很巧,就叫杨梅。满叔杨梅的眼神中常常流露出一种懵懵懂懂、痴痴憨憨的神情,有些像孩童般的纯净和开心。满叔很孩子气,每当夏天杨梅成熟的季节,他从山地回家,衣服里常常会裹着一包红艳艳的杨梅。我们这些下课回家的孩子,一个个赶紧就抢过来吃上了。一边吃,还一边开玩笑地说说唱唱:"杨梅摘杨梅,杨梅吃杨梅。啥味道?酸酸甜甜——好味道!"满叔乐了,在一旁"嘿嘿嘿"地笑个不停。满叔杨梅采摘的杨梅,吃起来那画面感颇为神采飞扬。

到了周末,村里的孩子更喜欢往山上采摘杨梅去,然后拿到三公里远的三江县城去卖。红艳艳又酸酸甜甜的杨梅,非常受县城孩子们的欢迎,三分钱一小瓷碗,五分钱一大瓷碗,一篮杨梅卖下来,那积攒起来的钱也可以换好些冰棍吃了。当时一根冰棍五分钱,我们可以很痛快地过一把真正"冰镇"的零嘴瘾。

除了杨梅,甜甜的山稔子,也是当时乡村小孩子们喜欢采摘的一种野果。

秋天,是山稔子果熟的时节。先是一片青,再是一片黄,最后是一片紫。满树紫果挂满枝头,像一个个紫色的小酒杯,看着就醉人。果内有很多小小的籽粒,吃起来味道也甚为甘甜。山稔子成熟后软糯糯的,握在手中,往往连手也会染成紫色,吃在嘴里,舌头牙齿也会被染成紫色,常常连嘴巴四周也染得一片紫。孩子们顽皮,吃一吃山稔子,抹一抹衣衫,抹一抹脸蛋儿,鼻尖紫了,额头紫了,最后整个脸蛋儿仿佛都染成了紫人儿似的。你看着我,我看着你,大眼瞪小眼,嘻嘻哈哈闹个不停。

山稔子树是灌木,长得矮小,漫山遍野都是。相比长成乔木的杨梅树,经常得爬上树去采摘,这长成灌木的山稔子,却是随手就可以采摘得到。可惜的是,这山稔子虽然容易采摘,却不能尽情地吃,吃多了,会消化不良,大便困难。

味道甜甜、小酒杯一样的山稔子果,眼看着馋死人了,但吃的时候,却不得不克制想放肆大吃的欲望。山村孩子本来就野性难驯,谁想吃个果子都要数着个儿来吃呀,这太不爽啦。有时候,贪吃过多了一些,消化不了,憋得难受,母亲便会噼里啪啦数落起来:"叫你们不要多吃山稔子,看看,蹲茅坑也没用了吧。"一边数落,一边帮我们泡上淡盐水。我们喝上一碗盐水,多少便能减轻点消化不良的症状。但到底觉得不如吃杨梅,一颗颗丢入口中,毫无顾忌,吃得忘乎所以,那才叫真正的吃个痛快。久而久之,好看又甘甜的山稔子果,渐渐成了孩子们眼中的鸡肋,只有在摘不到别的野果时,才顺手摘几颗山稔子,喂养一下那颗蠢蠢欲动的吃货之心。

杨梅、山稔之外,我这颗吃货之心,离开梅村多年,还非常记挂着另一种带刺的野果——糖罐果。

糖罐果,这名字真好听,意思就是:像装满甜甜蜜糖的罐子的果子。糖罐果,果实形似一个口小腹大的小罐子,它还有个漂亮名字叫金樱子,但我从来都只喜欢糖罐果这个名字,土气,甜蜜,每每张口一念"糖罐果"三个字,仿佛心中就能感觉到一股来自山野的纯正风味。

糖罐果树也是灌木。深秋时节,糖罐果的果实红红黄黄挂满枝头。孩子们站在低矮的糖罐果树丛,随手就能采摘得到。糖罐果周身长满一些小刺,小手儿时不时会被刺到。美食当前,一点点小痛,这算不了啥。

印象中,我真正吃到糖罐果的时候并不是太多,主要是因为果子全身带刺,如果找到的果实不是熟透的,冒着被刺的风险,却没能真正吃到美妙的果实,就太划不来了。因此,小朋友们找糖罐果时,会特别的谨慎。当然,一旦找到好吃的糖罐果的时候,吃起来倒是很豪气的:拿起一颗糖罐果,往衣服上搓搓,那时候的衣服都是粗布衣裳,耐搓,也不用担心被搓坏。把一根根小刺搓掉,再一口一口,小心地咬着吃。有时候小刺搓得不干净,小嘴巴还会被扎得发疼。

也有一些好吃的大人,会摘了糖罐果回家去泡酒。在当时的乡村,泡酒是男人喜欢干的事。我爸爸只喜欢喝客家酿酒,哥哥工作之前并不喜酒，我们家两个男子汉自然也就没有追寻这种泡糖罐果酒之风，想尝一尝糖罐果酒也就成了泡影。多年后，回到连南，跑到月亮湾去玩，竟然见到了糖罐果泡成的酒，喝上一小口，甜香清爽，如一股山野之风，直奔心腹。心中，霎时就泛起一片难言的温暖。

童年，生活在梅村，还吃过很多很多野果子。如：地稔、酸枣、板栗、野柿子、野山楂、棠梨子、马地稔……

值得一说的还有野锥子。野锥子，小小个，生吃熟吃皆可。煮熟了吃，粉粉香香的，味道像板栗；生吃，甜甜脆脆的。贪玩的孩子，拿起一根小铁针插到野锥子的脑袋上，然后抓住小铁针转一转，野锥子就可以像玩陀螺一样比赛转圈圈了。

当然，吃得最多，印象最深的，还是杨梅、山稔子、糖罐果这三种。其他的野果，生长得稀稀落落，经常要用心去寻找。唯有杨梅、山稔子、糖罐果这三种野果，满山都是，随采随吃，惬意无比。有了这些美妙的野果相伴，童年的日子也恍如腻在了"糖罐"里，不再只有清苦，只有艰辛了。

乡村的童年，是山果滋润出的野童年。酸酸甜甜，清清爽爽，这其实，是一份来自天地间的幸运与美好。

第四辑

楝花风吹,紫烟袅袅

帽子花开，手镯串串

"在我的后园，可以看见墙外有两株树，一株是枣树，还有一株也是枣树。"每每读到鲁迅先生《秋夜》的开篇，我就会想到我的童年时代，我就读的梅村小学。我总感觉这场景简直就是那座简陋得不能再简陋的小学，留给我至今还极为生动并且难忘的画面。

梅村，坐落在鹿鸣关脚下，整个村庄虽有一些北高南低的缓缓坡度，但总体地势平整。村庄边，田野里，溪流纵横，依缓坡形成自流灌溉的良好态势。大大小小的水田，阡陌交织，四季常绿。唯一的缺陷就是村中的树极少，可能是因为树都长在离村不远的山上了吧。整个村庄，称得上老树的更是只有不多的几棵。这其中，便有梅村小学的两棵大叶桉树，一棵长在校门口前，一棵伫立在校园的操场边，两棵桉树之间还隔着一堵校园的矮砖墙。套用鲁迅先生的行文风格，那便是——"在我的学校，可以看见墙内外有两株树,一株是桉树,还有一株也是桉树"。两棵桉树的枝枝叶叶,常常跨墙而过,握握手,或拥抱一下,让时光显得不那么寂寞。

如果站在鹿鸣关上,往整个村庄望去,一派山村特色的黑瓦顶间,唯有梅村小学的校门前和小操场间露出那么一丛丛墨绿的高大树冠,格外的引人注目,格外的别致不凡,大有一种风骨特标的气度。

这两棵桉树长了多少年,好像村人也说不太清楚。老人们说,这所小学建于中华人民共和国成立前,他们当年也在这所小学读过书,建小学的同时,就已经种上了这两棵桉树。等到20世纪70年代中期,我读小学时,两棵桉树早已高过了小学和周围那一排排黑瓦房,高高的直插云霄。这两棵桉树,终年痴痴地伫立在村庄,好像两位饱经风霜的老人。起风的日子,叶子飘然而落,偶尔便会被老人拾回家当了生炉子的柴火。也只有这时,村里那些忙碌的大人才会想起这两棵桉树来。

在田里地里忙个不休的大人们的眼里,桉树就这么默默地静静地生长着。一年又一年,相看两不厌,仿佛这桉树的气度,也越来越像村里的村民们,没有太多尘世的欲求,而只愿在宁静淳朴中生生不息。

唯有村里的孩子们,与这两棵桉树之间,有着许多活泼泼的故事与牵绊。

孩子们上学经过梅村小学门前，总爱拍拍校门口那棵桉树的树干；课间时分，孩子们也常常喜欢在校园内的那棵桉树下唱唱歌跳跳舞，或玩玩跳房子游戏。尤其是到了炎热的夏天，桉树能遮挡炎炎的阳光，给孩子们的教室带来清凉的慰藉，但唯一让老师不高兴的是：夏天的蝉声鸣叫得特别起劲，"知了知了……"，不厌其长，不厌其响，常常盖过了老师讲课的高音。每当此时，老师总是不满地瞪桉树几眼，然后再用沾满粉笔灰的手，推一推已经掉到鼻子尖的眼镜，摇一摇头，把讲课的嗓门扯得再高一些，再尖一些。此时，男孩子早已在调皮地对眨着眼睛，商量着如何捉蝉的快乐了。

大叶桉树的树皮暗棕色，很粗糙，要爬树，非常不舒服，要不衣服给扯破，要不手脚会被划破，所以就算再顽皮的男孩子，爬桉树捉蝉，也只是偶尔为之。平常日子，他们更喜欢飞跑到离村一两百米的三江河堤，在苦楝树下兜兜转转，既抓蝉儿，又可玩水，潇洒有趣多了。

女孩子就不一样了，常常喜欢一边仰望桉树，一边盘算着帽子花开，又可以戴上手镯、戒指、项链，演绎一秋的悠长美梦了。

直插云霄的桉树，身形硬朗，伟岸，挺拔。秋天，桉树开出了一团团白花儿，但花儿都好高骛远，爱开在树梢的顶端，我们根本就看不清摸不着，只觉得那些花儿就像一朵一朵白云挂在树梢间，风一吹，一朵朵白云就飘呀飘起来了。偶尔有殷勤的男孩会爬上大叶桉树,摘几朵花下来,但往往是人下来了,花儿的发丝也颤得差不多都掉地上去了,看得满心儿的怜惜。那时候便觉得,这大叶桉树的花儿,是不近人的,这就好像我们小孩子的许多梦想一样,总是一朵朵开在我们抓也抓不住的遥远天空。

梦想虽然抓不住,但我们女孩子依然还是很喜欢做梦呀。或许,可以这么说,我们女孩子喜欢仰望大叶桉,其实也就是在仰望我们那些遥远的梦想罢了。尤其是每年大叶桉花开时节,美好的梦想也会与我们生发一段脊脊相伴的短暂时光。

大叶桉花开在秋天,伴随着白柔柔一地的花丝,还会有一地白里透黄的小帽子,可爱极了。那是花的萼管,像圆锥形的小帽状。每当花开时,萼管的上半部分会自然掉落下来,像一顶顶精致的小帽子,像女孩子的尾指般大小。女孩子喜欢捡起小帽子戴到尾指上,然后倒放到地上,把小帽子旋转起来。当然最喜欢的就是摊开小手绢,捡拾一个个白里透黄的小帽子,小心翼翼地放进书包里。待放学回家后,赶紧翻开奶奶的针线盒,拿出细针,穿上丝线,再把手绢里的精致小帽子一个个穿起来,穿成了戒指、手镯、项链,这可都是女孩子的心爱之物呀。

手指戴戒指,手腕戴手镯,脖子挂项链,每逢桉树花开时节,这成了村庄小女孩们的时尚标配。甚至有些爱美的女孩子,穿戒指时专门用蓝色丝线,穿手镯时用黄色丝线,穿项链时用红色丝线。上学时,蓝戒指黄手镯红项链,戴上手指套上手腕挂在脖子,整个人儿,晃呀晃,跳呀跳,笑呀笑,像朵花,靓丽得五彩缤纷。

小帽子掉完之后,没多久,桉树果也开始三三两两掉落了。这果儿,小小个,圆锥形,像个小铃铛。铃铛的中心还有个五角星或十字形,看起来非常趣怪又可爱。孩子们拎在手中,摇一摇,哼一哼"叮叮当,叮叮当,铃儿响叮当……"整个心儿都格外欢畅。

小学五年的光阴,我们与学校里的两棵大叶桉总是那么亲密无间,抬头见绿树、白花,低头则捡拾帽子、铃铛,亲密得就像是自己最要好的小伙伴一样。那时候,村庄里的孩子们,都喜欢把这两棵大叶桉,叫作帽子树,或者铃铛树。帽子花开,手镯串串,戒指手上戴,项链胸前荡,还有铃儿"叮当响"在伴奏,这是多美的秋之光景,多美的时尚潮流,多有趣的童年游戏。乃至,不少成年后的女孩子回到村庄,每每聚在一起时,开口还这样说——"当年,帽子树下捡帽子,还有铃儿'叮当响',可好玩啦!"

成年后的我,与梅村渐行渐远。18岁后,我离开梅村,到广州读大学,之后只有寒暑假会回到梅村。梅村小学围墙内的那棵帽子树还在,更高大挺拔了。但墙外校门口的那棵帽子树,却早已不见踪影。我问过很多梅村的同学,也问过年长一点的老师,大家都说弄不清校门口那棵帽子树啥时候没了。和小一辈的年轻人聊起来,他们很清楚地知道梅村小学有桉树,至于帽子树铃铛树,她们说压根儿就不知道还有这个树名。她们的童年也不需要去捡拾小帽子和小铃铛,网络世界很精彩,想要小帽子小铃铛,简单,网上下单,快递很快就到。我心里听得挺惆怅的,那些与帽子树之间发生的活泼泼的故事与牵绊,就像我与梅村之间一样,必然地,要与岁月一起,渐行渐远,寂寞远去了。

寂寞远去的,还有梅村小学!现在的梅村小学,只有一二年级的学生,听村人说,合班上课,只有十几个孩子,其他年级的孩子因为并校,必须到三公里远的城西去上课了。现在的梅村小学,已经没有学生在此上课了。村里的小学生全都集中到城西上课了。曾经,老师们轮流用铁棍敲击校门前那棵桉树上的铁圆柱,发出"当!当当!当当当"的上课钟声,如今也已换成了现代化的电铃声。村里开起了中巴车,三年级以上的孩子们,每天都可以坐着中巴车去城西上学。村庄的一切,似乎都变得繁复和快节奏起来了。

从前,我一直没弄明白,在我们这么偏远的村庄为什么会早早出现两棵大叶桉树?在中国传统村落里,村头村尾一般都会有一棵榕树,那是这个村的标志树和风水树,更是村人眼中的树神。树神守村,就是保佑着一村人一族人的平安。但是,我们梅村这个小山村,找不到一棵榕树,却种上了两棵大叶桉。桉树本是澳洲的原生树,澳洲与梅村,那距离可真的远在天边。

望着变得快速的村庄,如今,我似乎有些明白了。

当年梅村小学那两棵桉树的南面，仅隔一条小土路，便是那条穿村而过的小溪。小溪尽日欢跳着，卷起洁白的浪花，淙淙地从树影下流过，像在诉说着山外一件又一件的新奇事儿。偶尔，桉树上便会落下几片叶子，随小溪向山外漂去。许是桉树让自己的儿女到山外面世界长长见识吧，就像村里祖祖辈辈的老人们依依不舍地送别自己的儿女们出远门一样。

从种下这两棵桉树开始，山外的新奇世界，早已不再是遥不可及的天边。一道道绚烂的异乡风景，一缕缕缥缈的异域传说，总能够煽动起山村儿女们渴望的心扉，总能够吸引着山村儿女们探寻的脚步。于是，"依依送别"也仿佛成了山村的一种气质，从祖辈开始，到父辈，到我们自己，再到儿女辈，莫不如此。

村庄，在一年年的"依依送别"中，年轻的气息，越来越少；厚重的情韵，越来越薄。仿佛，除了春节那段时间以外，梅村已经越来越不像从前那样时刻充满烟火和欢声了。至于那些与帽子树与铃铛树有关的故事和牵绊，那些"帽子花开，手镯串串"的生动画面，早已无足轻重，甚至早已顺理成章地被淹没了。如果偶尔有人提起帽子树铃铛树时，可能都不得不加上童话故事的开篇语调——那是，很久很久以前……

薄雾晨曦,染一身菊花香

淡薄的雾气,如烟如纱,笼罩着黄墙黑瓦的村庄。

朝阳燃烧,剪开薄雾,漫过村东的山头,洒落一缕缕金光。

"咿呀呀",一声声门响。门扉半开,一个个活蹦乱跳的小身影,手拿小水桶,一路叽叽喳喳,奔向村边的三江河。"飞"过架在河中的铁索桥,一个个小身影健步如飞地落到河的对岸;手中的小桶,伸向河里,兜满一桶桶河水,快步走向三江农场坡地。一只只小手,扬起水勺儿,兜一勺清水,浇向一株株菊花,嘴巴儿也不闲着,笑嘻嘻地催促着:"小菊花儿,喝吧喝吧,喝多点水,快快长高,快快开出花儿来哟。"

菊花,是梅村小学的校产。三江农场那一片坡地,是村里专门留给学校用的。

每当菊花长高长大,开出大大小小一朵朵的花儿来时,老师们孩子们的脸蛋全都笑成了一朵朵漂亮的菊花。那个时候,身轻如燕的我们，穿过薄雾晨曦，染上了一身菊花香，轻轻足音，走到村庄和校园的角角落落，连空气都飘浮着一股菊花味儿。甚至，感觉老师们上课时，口中吐出的一个个字儿，也都氤氤氲氲着菊花浓浓的香气。

这时候，村里会派人到农场坡地帮忙采摘菊花，然后再拿到镇上去卖掉。学校有了一笔小收入，也可以用来贴补老师们的一些日常生活开支。老师们就不必老是吃着干巴巴的瓜蔬，偶尔也可以吃上两三顿带肉味儿的午餐了。那时候，当肉香从学校的黑瓦顶漫溢而出，村里人都笑笑说："当老师，挺好的，有肉肉吃。"

乡间的生活，清贫，却也可以照见纯朴的人心。当时，在我们村庄任教的老师，除了一两个是梅村人家的子女，其他的都是外面来的知识青年。村庄生活简朴，闻得着肉香的日子屈指可数，基本是逢年过节才有可能吃上一两顿带肉的菜肴。倒是瓜类蔬菜，种得遍地开花。有村人到地里摘了新鲜的瓜蔬，便常常会热情地拿到学校，送给可敬可亲的老师们。村里人没什么余钱，他们只能以自己纯朴的方式，帮补帮补学校和老师。老师们手里接过带着泥土和水珠的新鲜蔬菜，总不忘乐呵呵地感谢一番。

忙着上学的孩子们，对可亲可敬的老师们一直也很希望能尽一分力。每年春末夏初，开始种植菊花时，先是村里的大人们锄好山坡地，把菊花栽种到地里。然后，就轮到我们这些小学生上场了。踏着薄雾，迎着朝阳，踩着缕缕金光，小学生们拿上水桶，兜上清水，浇向一株株菊花——从春末到深秋，这一个快乐的劳动场景，就成了我们梅村小学生的晨曦奏鸣曲。待菊花满坡盛开时，忙着采摘菊花的主力，仍然是大人们，但小小年纪的小学生们也时不时会帮忙一番。尤其是我们女孩子，这时候还特臭美，插一两朵金黄色的菊花到头上，长辫子一摇一晃，菊花乱颤，言笑晏晏。

孩子纯朴，老师纯朴，村人也很纯朴。纯朴的暖意，纯朴的笑容，纯朴的笑声，就这么一年四季荡漾在村庄的上空，一如三江农场坡地的菊花一样，一阵阵，沁人心脾。

到农场坡地给菊花浇水，会经过大片大片的水稻田。当时村里还给学校拨了两三亩水稻田，犁田、播种、插秧、割稻子、晒稻谷等田间农活，全都由村人轮流帮忙干，待收了稻谷晒干之后，交给学校，亦是用来帮补老师们的日常生活。而对于当时的小学生们来说，如果有机会在这两三亩稻田里干上一次农活，是一种非常大的荣耀！——每年，毕业班的小学生们（当时，小学还是五年制，五年级就毕业了），参加完小升初考试后，待成绩单和录取通知书发下来，谁考上了连南民族中学这所县重点中学，就会接到老师的通知："明天一早，去校园的水稻田，帮农民们干活去。"

那年，我和四位同学一起考上了连南民族中学。时值7月，稻浪青青，我们踏着薄雾，迎着朝阳，踩着缕缕金光，走向校园的水稻田。老师早已在田边等着我们五个人，我们挽起裤脚，跟着老师，走进田间，弯腰，用手清除着田间的杂草。五个小身影，时不时直起腰来，望望远山，望望稻浪，听着老师温润的唠叨："这是梅村小学给你们上的最后一堂课。爱劳动，肯努力，人生的收获就会像这稻田一样，金黄，璀璨！"

此后，这些曾经染过一身菊花香的少年，将越过梅村的田间，奔向三江县城，再海阔天空飞翔到大城市。

春去秋来，大雁飞过，秋思一缕缕浮上心头。《中华民谣》的曲调"大雁飞过菊花插满头。时光的背影如此悠悠，往日的岁月又上心头……"，扰得身心痒痒。那个曾经染过一身菊花香的少年，思绪越过千山万水，飞向梅村的山坡和田间，回味起秋天菊花满山遍野，回想起从前菊花插满头的薄雾晨曦，回忆起踩着绿绿稻浪的田间光阴，心头充盈又悸动，笑容淳朴又美好。

一直觉得很幸运——我，曾经，是染过一身菊花香的少年！

会飞的蒲公英

童年的我,在初夏,常常和妈妈去小木屋后面的山坡。山坡上盛开着一丛丛火红的杜鹃,鹅黄的迎春、淡紫的牵牛……我快活地拍着小手,蹦蹦跳跳地采摘这些五颜六色的花儿,可妈妈却总是轻轻地挽着我走到山坡的另一侧,那里开满着一朵朵白色的小花。花儿怪逗人的:圆圆的脑袋,白白的茸毛,风一吹就轻盈地飞了起来,飞呀飞,飞得老高老高的,我费了好大的劲,才抓住一朵飞在空中的小白花。

妈妈说:这是蒲公英,它从不满足于待在偏僻的角落,最喜欢到外面的世界去闯荡。

妈妈的话,在我幼小的心灵里留下了很深的印象。晚上,我常常梦见自己变成了一朵白色的蒲公英,在广阔的世界上空飘荡。

不久,我上小学了,妈妈缝了个花书包给我,书包上绣着几朵白色的蒲公英，花旁边还歪歪斜斜地绣着几个字——会飞的蒲公英。每天，我就像一朵快乐的蒲公英，在小木屋到学校的山路上飞来飞去。

一个有风的黄昏，我从学校跑回家，高兴地拉着妈妈来到开满蒲公英的山坡。我把老师刚刚教的儿歌《蒲公英的种子》唱给妈妈听，我一边唱一边在蒲公英丛中跳来跳去，一朵朵白色的小花在我的歌声中轻轻飘上了天空。妈妈的神情有些激动，目光亮亮的，深情地追随着那一朵朵飘飞远去的小白花。

从妈妈的目光里我仿佛看到了晚上常常做的那个梦：一朵白色的蒲公英，在清风的吹送下，飞呀飞，飞过一间间古旧的小木屋，飞过一片片茂密的山林，飞呀飞，飞进了金色的阳光中……

带着这个白色的梦，我考上了中学。那个绣着蒲公英的花书包旧了破了，有几个深夜，妈妈把花书包放在桌子上，望了好久好久。后来，妈妈又守着小油灯，为我做了一件蓝色连衣裙，裙上绣着一朵白色的蒲公英。每天，我穿着蓝色的连衣裙，在学校和山村的大马路上飞来飞去。

几年之后，一张从远方飞来的大学录取通知书，使我那关于蒲公英的梦更真切了。临别前的一个黄昏，风很大，妈妈和我不知不觉来到了小木屋后的山坡，山坡上一朵朵蒲公英飞得比以往更高了。我惊讶地睁大双眼，妈妈站在离我不远的地方，眼睛里盈满了泪花。暮色渐浓，我和妈妈默默地往回走，快到小木屋时，妈妈拉了拉我的手,轻轻地说:"孩子,你算是一朵会飞的蒲公英了,但你还要飞得更高一些。"

从此,我牢牢记住了妈妈的话,开始尽情地在大学的林荫小道上飞来飞去。

一年后,我把从林荫小道上飞进报纸和杂志的诗行寄给了山里的母亲,并写了一段话:"妈妈,从你身边飞出的那朵娇嫩的蒲公英,不仅学会了飞,而且还懂得怎样才能飞得更高了。"

很快,妈妈回信了,信里夹了一幅水彩画:一片蓝色的天空下,有一座开满了白色蒲公英的小山坡。画上题有一行字:山里的孩子。

这幅画里,我读出了母亲心中那片诚挚的向往——

蓝天下,一群孩子,明亮的双眸,痴痴地凝望着山坡上一朵朵白色的蒲公英,口里欢快地唱着:我是一颗蒲公英的种子……

这不正是每一个山里母亲期待的画面吗?

臭花，臭金凤

马缨丹！刚开始在广州华南植物园看到这个花名小牌时，我愣了一下。

随即，脑袋瓜就晃过了两个名字：臭花，五色梅。

臭花，是我生活在连南梅村这个小山村时所认识的花名。

梅村的田野山间，篱笆墙外，田埂溪涧，一丛丛的常绿灌木丛，长满了一种小花。小花儿聚成一团团，一朵里面就有好多种颜色。花色缤纷，看起来也不错。不过，我们看它时，往往都是隔着一定的距离去看的，因为这花的枝叶味道冲极了，让人感觉它的花也散发出一种淡淡的臭味。当然，小孩子们贪玩起来，臭也就无妨了。尤其是一些特别顽皮的男孩子，偶尔还会调皮地摘一两片叶子下来，用手搓搓，那臭味更是浓烈得不得了。待有小朋友走近，突然把搓烂的臭花叶子伸到他们的鼻尖前，这突如其来的浓臭味，立马呛得人家迅速掩住鼻子。后来，我看到有"客家人称之为绵鼻公花"这么一说。不知道这"绵鼻公花"的花名,是不是就来自这种搓烂的叶子所散发出的浓烈臭味,以及它熏得人不得不掩住鼻子时的滑稽场景?

五色梅,则是我到县城三江上中学时,知道的名字。我读书的连南民族中学,就在西山的山脚下,学校里也长着一些臭花,而学校墙外,则是从山上下来的溪涧。那时,学校有不少住校生,我就是其中之一。经常地,我们女生都喜欢集体到溪涧里洗衣服。溪涧边长满了很多花,其中就有我在梅村看到的开得五颜六色的臭花。但是,县城的同学们却告诉我说,这花有一个很好听的名字,叫"五色梅"。当时听到这个名字,心里也愣了一下:原来,这臭花,到了县城,不仅让人忘记了它的"臭",连名字都变得花枝招展起来了。

现在呢,在大广州的华南植物园,这臭花又有了一个新名字——马缨丹。说真的,马缨丹这个名字,虽然不知所云,让人云里雾里似的,但是它的确又散发着一种让人喜欢的灵气,还有文艺气。尤其是有一种紫色的马缨丹,一袭纯粹的紫,素净中透着一股雅致清新,更见文艺气息。

看来,这臭花,从乡村到县城,再从县城到省城,一路变身,已经完美转型啦。这不正有点像我们很多从梅村走出来的孩子的人生轨迹吗?由此,自然而然地,我对这臭花有了一份特别的亲切感,每每有机会回到家乡,都喜欢花点时间,端详一下臭花,再回味回味当年与臭花嬉闹的情景。

　　印象中，虽然梅村的花花朵朵不少，但或许因为孩子们的肚子总是处于半饥不饱的状态，因此，大多数时候孩子们都会忽略了花的漂亮外表，反而对能填饱肚子的果子印象更为深刻。但臭花就不一样了，因为臭花的果子有毒，不能吃，小孩子们对臭花的果子没有任何期待的心情，又因为村庄里到处都能撞见臭花的影子，一个转身，就能磕磕碰碰到臭花。磕碰多了，孩子们对臭花的花朵也就自然熟稔起来了。

　　臭花刚长出来的花蕾，二三十个密集成团，像高高举起的一个个小拳头似的。等到花蕾灿开后，花朵儿虽小，但是密密麻麻的一朵挨着一朵，也密集成了半球形头状花序。最亮眼的是，花的颜色驳杂，一朵花会出现几种颜色，而这颜色还会慢慢地过渡变幻，初开时为黄色或粉红色，继而变为橘黄或橘红色，最后呈红色。因为颜色善变，同一花序中有红有黄，故而村里孩子又称这是变色花。真是花色弄人呐！

　　臭花花期长，全年都开花，我们的心一年到头，都给它的花色弄得有滋有味的。尤其是冬天，村庄里的花渐渐减少，这开在坡地上的臭花，就显得颇为抢眼，孩子们一眼看见它，仿如也在心尖添上了一把火，暖融了几许。

　　后来知道这臭花还有很多名字，全都土里土气得紧，臭金凤、如意花、土红花、臭牡丹、臭冷风、五雷箭、穿墙风、五彩花、红花刺、婆姐花等,在这些别名中,像五雷箭、穿墙风之类的名字,依然像马缨丹一样,让人看得云里雾里的,或许这就是臭花的独特气质吧。有人说,因为臭花的枝叶含有特别的刺激气味,所以臭花又有臭金凤等别名。我个人挺喜欢"臭金凤"这个名字的,色泽鲜艳,颜色善变,就算生长于偏远的小村庄,就算味道有点臭,也是美美的一朵金凤。嘿嘿!就像我们村庄里的小小少年,一身臭臭的泥土味,但终究有一天也会奋力飞出大山,成为真正的"金凤"。

曾经看过一个评价,说臭花生性泼皮,却又和谐。泼皮,含有耍无赖、活泼、调皮、生命力旺盛的含义,这用来形容臭花倒是挺恰当的。生活在山村的人家,偶尔泼皮,耍点小无赖,也无关大雅,但持有旺盛的生命力,那是必须的。要不,常常处于捉襟见肘的日子,一家大小如何挺立下去。至于"和谐",或许就是因为密密麻麻的花果挨在一起,你挤我拥,开得灿灿烂烂的,这多像一个大家庭里的兄弟姐妹,偶尔也会拌拌嘴,甚至手舞足蹈打闹一番,但最终还是会亲密团结在一起。

嘿!兄弟姐妹亲密团结在一起的热闹场景,我真的挺怀念的。只是,时光易逝,人生易变,为了成为真正的"金凤",我们终究都飘荡到了城市的各个角落。

我曾经在梅村边的三江河堤畔,看到很美的一个结果场景,也是一派温馨的大家庭的感觉哟:一枝独立挺拔的马缨丹树枝,枝头上挤挤挨挨着十几个青果，这青果正巧就落在一片叶子的背面上；那叶子像小船，载着青果儿，恬静又温馨。

于我而言，梅村，其实就是艘大船，这船上的风景，不论如何变化，始终让我心中保持着这样一种恬静与温馨的底色。

前几天，去广州车陂村探访爱花的顺坚叔。巧的是，走过龙溪桥头，我邂逅了一大簇臭花，我眼前瞬间升起一种乡愁之感。

这一大簇臭花，是顺坚叔种的。"这是车陂河畔的一缕乡愁。"顺坚叔悠悠地说，小时候他在车陂也见过许多五色梅，村民都爱叫它"臭花"。此花喜欢生长在村中的鱼塘边、荒地里，开出的花有三种颜色，挺漂亮的。顺坚叹息道：可惜，今天这种乡土野花已渐渐被人遗忘和忽略了。为此，顺坚叔特地到野外寻回两棵臭花，种植在龙溪桥头。他想让路过的车陂村民们看着这花，不由自主地会在心中涌现出美丽的乡愁。

听着顺坚叔的述说，霎时，一缕乡愁，一缕美丽的乡愁，也蔓延上了我的心头，带着我飞向那个曾经到处盛开着臭花的，遥远的故乡。

家门前的树

我家门前，有两棵蓖麻树。

这两棵蓖麻树，就种在进门的左边，它们两两相依，很亲密无间的样子。

两棵树的生长，似乎也是步调一致，你不高我一头，我也不矮你一分，高度很齐整，大约都是两米多高的样子。其实，两米多高的树，有些偏矮了。不过，对于我们这些正读小学，个头还挺瘦小的孩子来说，却觉得颇有一种大树的气派了。

蓖麻树权开成伞形，显得颇有气势。蓖麻树的树干很光滑，但长得有些偏细，只有我们小孩子手腕那么粗，哥哥姐姐们个头高，蓖麻树干根本承受不住他们的重量，哥哥曾调皮地爬上去，刚坐在树干上面得意扬扬地笑，然而还没笑上几声，蓖麻树干就咔嚓一声断裂开，把他摔了下来，惹得姐妹们在一边"嘿嘿嘿"地发笑。此后，这两棵蓖麻树便成了我和小妹专享的游乐场。我和小妹，年纪小，个头矮，又是小女儿家，身体瘦削，爬上树去，怎么坐怎么摇晃，都没见过树枝断下来。哈哈哈！身轻如燕，也能有着不一样的快乐哟！

身轻如燕的我和小妹，天天都喜欢往蓖麻树上爬上爬下，尤其喜欢抓上几根番薯芋头，放到衣服口袋里，"嗖嗖嗖"就往树上蹿去，坐到树干上，晃晃小腿儿，吃吃番薯芋头，心里甜丝丝的，一个不留神，常常从树上掉下来。或许树不高，也或许人还小，不怕摔，反正怎么摔下来，我和小妹都没觉得疼。有时候我和小妹也会端起饭碗，爬到蓖麻树上去吃饭。吃着吃着，一个不小心，就从树上掉到地上。每次，人是摔着了，但饭碗却从来没打碎过，好像整个人的潜意识里，人摔着了不要紧，要紧的是必须保护好饭碗不被摔烂。要是饭碗摔烂了，十足是个败家子，要被妈妈结结实实揍一顿的。

我和小妹爬树爬得乐呵呵的，三天两头从树上摔下来也就成了常态。这下，哥哥姐姐可是多少有点遭殃了。每次和云英姐说起从前家门前的两棵蓖麻树，云英姐总是一边笑一边怀念说："就是你和小妹两个人，个头小小，又爱爬到树上玩，经常从树上掉下来。害得我跟哥哥两个人经常被妈妈打手掌。妈妈总是说我和哥哥没有照看好你们。"其实，小时候，我们兄弟姐妹都很听话的，一旦做错了事，就乖乖地排队等妈妈打手掌。想想当年的事情，好怀念已经过去的时光，虽然家里没有多少好吃的东西，但我们也玩得好开心。"连爬棵蓖麻树,都能留下很开心的回忆。"听云英姐一说,心中一片温润,蓖麻树下的成长光阴,确实氤氲着许多浓浓的温情。

我和小妹,爱爬蓖麻树,也爱摘蓖麻树叶子玩。

蓖麻的叶子,长得很大,掌状分裂成八九片,像顶小草帽似的。摘一片,举在头顶上,阳光透过叶子,投落一层薄薄的暗影在我们脸上,整个人顿时也觉得凉爽了几分。尤其是一到炎夏,两棵蓖麻树上的叶子,宽宽大大,一片接一片,层层叠叠,仿佛也把太阳那火辣辣的火气挡住了。这时候树上的知了叫得特别勤快,我和小妹,爬上树去捉知了,或到枝干上捡蝉壳,蝉壳是一种药材,收集起来是能卖钱的。

蓖麻树的花,很茁壮,全长成了花柱子,花柱上部是雌花,红艳艳,花柱下部为雄花,是淡淡的黄色。花的味道不怎么好闻,有股刺鼻的味道,但那冲天而开的一抹红,艳照四方,却让人印象深刻。花开得多,果也结得多。那塔形的果儿,让我有种天雷滚滚的感觉,就像是西游记里很多妖魔鬼怪拿着的流星锤。这流星锤上还有很多刺,用手指头碰一碰,往往会被刺得出血。

蓖麻树的花不好闻,果实又爱刺人,每当花开满树果挂满枝时,我和小妹就不怎么喜欢爬树了。这时候,我们要不就躲在树下,搭石头灶台,拿蓖麻树叶,做饭过家家;要不就拿张长木板凳,放到蓖麻树荫下,人躺上去,学着大人的样子,煞有介事地

"看庭前花开花落，望天上云卷云舒"。日子就这么一天天快活地过去了。

炎夏过去，秋天来临，蓖麻果熟透了，又是另一番雀跃时光。我们把成熟的蓖麻果一串一串采摘下，熟透的果子外壳裂开，蓖麻籽粒会脱落出来。蓖麻籽是扁椭圆形的，小拇指般大小，外表很光滑，多数是黑灰色，有很多不规则的花纹，漂亮得有点像京剧里的脸谱图案。抓在手里，硬邦邦、滑溜溜，很温润的感觉。我和小妹很喜欢蓖麻籽的图案，常常偷偷地藏起一小把，用一小块烂布包裹起来，缝成一个小布包，留待以后扔到地上玩"跳房子"的游戏用。

姐姐哥哥笑笑，也没说什么，自顾自去忙着把树上成熟的蓖麻籽收集起来。蓖麻籽是可以卖钱的，因为蓖麻籽可以榨油，这油不是食用油，而是作为化工、机电等的润滑油用。把树上的蓖麻籽收获完后，再由姐姐拿到供销社的收购站卖了，就可以贴补家用了。当然，我们也可以吃上一两根冰棍了，小日子霎时觉得甜腻了几分。"门前种的蓖麻树，是母亲贴补家用的希望，也是我们小孩子吃零嘴的希望"，这个时候，对乡土诗人这句诗的感触，愈发印象深刻了起来。

两棵蓖麻树，在我家门前活了大约三四年光景。后来，便被砍去了，当成柴火烧了好多顿香喷喷的饭。与蓖麻树的告别，拥有了一份香香的记忆，这也算是难得的一份美好、一份圆满吧。

砍去蓖麻树后，在原先种蓖麻树的地方新建了一个小铁门。小铁门上有两匹马的造型，扬蹄奔腾。马是父亲和哥哥的生肖，他们是家里的男子汉，在门前遮风挡雨，门里小家的日子，才能真正安康。多年后，两个曾经鼎力支撑起门户的男子汉都已先后病逝。每当再看到这个小铁门，总会想起家里这两个男子汉，想起他们为这个家付出的无数努力，心中涌起无穷的思念，还有难以言说的落寞。

时光荏苒，姐妹们先后走出梅村，闯荡到不同的城市，过起了自己的小家日子。梅村的屋子空了，门前的庭院里，长满了杂草。后来，竟然还在庭院的墙角边，野生出了四五棵青果榕树。树干长成了成年人的手臂粗，仿如一小片野生林，生机勃勃，充满朝气。

只是，看到这小片生机勃勃的野生林的刹那，我们生出的只有一番深深的失落和隐隐的担忧。因为这四五棵野生树紧贴着从前的小厨房而生，虽然小厨房已经拆除了，但留下的一堵墙，却是当年用泥巴做的大水砖砌成。经年累月，已经历经50多年光阴的大水砖早已是风烛残年，被五棵野生树枝磕来碰去，感觉很快就会有坍塌的危险。姐妹们二话不说，立马叫人砍了这四五棵树。砍完之后，才猛然想起没给这几棵野生树拍张照片留存一下。到底，我们都早已没有了从前那份对蓖麻树的细腻心思了哟。

没有人气的家,即使长出了生机勃勃的树,毕竟是很寂寞的呀。不仅生长得很寂寞,连消失的时候也一样很寂寞。

值得庆幸的是,前年回家乡,在村人的菜园旁边看到了一株蓖麻树,比我们家当年种的蓖麻树矮小了很多,但我的心却很欢喜,仿佛曾经因蓖麻树的消失而寂寞了很久的那番思绪,有了着落点,心也不再那么的寂寞和惆怅,而是涌起了些许的满足,心中轻轻地说上一句——哦!蓖麻树,原来你的身影还在村里。

楝花风吹，紫烟袅袅

暮春午后，风轻，日暖，寻芳而去。

走过车陂广氮新村，香风一波波拂过。鼻子嗅一嗅，这香风，淡淡的，似乎有些熟悉。"香风留美人"，脚步急急地，逐香风而去。

随着香风越来越浓，我整个人儿便站到了一棵高高大大的树下，满树不见绿叶，只见花开，如一团团紫色的云霞，在空中飘呀飘。树枝横跨两栋楼之间，紫色云雾随风在两栋楼的窗棂间穿梭，古旧的房子，陡然增添了几分灵动的春情。

也很巧，有个白发老奶奶正坐在树下，阳光透过树梢上的紫色云雾，落到老奶奶的脸上。霎时，老奶奶的脸也仿佛抹上了点点艳丽的脂粉，优雅又好看。

我和老奶奶闲聊起来。老奶奶说，这棵苦楝树已经有些年头了，年年花儿满枝丫，花儿香得不得了。老奶奶感叹说："一到春天,闻着苦楝花香,日子也春色满园了哟。"

看着苦楝树,闻着苦楝花香,我的心,霎时悸动起来,眼前晃荡出的,是家乡梅村河堤上那两排蜿蜒而去的苦楝树。

村里的大树不多,酸枣树、小叶桉树、枇杷树、皂角树,零零散散,散落在村庄的各个角落,每个树种基本上都只有一棵,最多的也不过三两棵。唯有绕着村中水田边的长长河堤上,连绵种着两排苦楝树,沿着河堤两边一排排种过去的,多得数都数不过来。苦楝树多,花开也繁密。待到人间四月天,风轻日暖,苦楝树花开满梢,紫烟袅袅,香风阵阵。人站在树下,只觉紫色的云霞,一团团,在空中飘呀飘,整个人全身都仿佛被紫雾缭绕,被香风萦绕。

苦楝花开时节,村里的女孩子,都喜欢在苦楝树下玩玩游戏,跳跳房子。女孩子们还喜欢游走在苦楝花下,迎着阵阵香风奔跑,长辫子一甩一甩,全身儿香香的,一个个仿佛都成了歌里唱的温柔又漂亮的"小芳"。

"小芳"们偶尔也喜欢折些苦楝花儿回家。对村庄女孩来说,爬树也算是一项基本技能。话说,梅村小学体育课考试时,还考过爬树呢,因此,爬苦楝树折几朵花自然就不在话下了。当然,折花这种事儿,有时候也会有男孩子喜欢帮忙的。男孩子喜欢爬苦楝树,多半是为了捉知了,尤其是炎夏,有苦楝树的地方知了唱得特别卖力,男孩子往往一抓一串。但在炎夏之前,男孩子偶尔也爱耍一番酷,他们爬树特溜,用村人的说法,像个"孙猴子",像个"马骝精"。一蹦一跳,就蹿到了树梢上;再一跳一蹦,又从树上溜到地上。然后,他们手中早已捧着两三枝紫盈盈的苦楝花了。仿如一个武功盖世的大英雄,捧着一朵朵紫色云霞,跇跇地笑呀笑,一脸傲骄。

"小芳"们接过云霞一样的苦楝花,回家后找上一个竹筒子当花瓶,到门前小溪,把竹筒子装上清清溪水,放置在黑黑的木窗棂前,把苦楝花儿随意插入竹筒里。书页翻动,香风流转,好一番"年年春后楝花风"的惬意。

我喜欢"楝花风"。苦楝树高大粗壮,但淡紫色的小花,却开得柔柔弱弱,惹人怜爱。楝树的花儿叫楝花,风一吹,楝花随风飞呀飞,花香,风香,"小芳"们的心情,柔美,柔媚。

"楝花风"这三个字,体现着很鲜明的物候特征。我国古代以五日为一候,三候为一个节气。每年,从小寒到谷雨这八个节气里,共有二十四候。在这二十四候里,人们于每一候开花的植物中,挑选一种花期最准确的植物为代表,叫作这一候中的花信,于是便有了"二十四番花信风"之说。

楝树的花期,在春花中相对较晚。南北朝宗懔在《荆楚岁时记》中说:"始梅花,终楝花,凡二十四番花信风"。从这一记载中,一年"二十四番花信风",梅花最先,楝花最后。根据农历节气,从小寒到谷雨,楝花则盛开在春花尽落的暮春季节,所以古人将其称为"楝花风"。宋代诗人舒岳祥写有诗句"谷雨秧芽动,楝风花信来",苏轼也写有诗句"钓艇归时菖叶雨,缫车鸣处楝花风"。

花信风,应花期而来的风。花开时吹过的风,吹过的是美美的"花信风"。我真是无比喜欢"二十四番花信风",最先开的梅花与我们村的名字"梅村"相关,最后盛开的楝花是我们村边种植最多的一种树。春光融融,"故乡吹暖楝花风",黑瓦黄墙的梅村,袅袅的紫云花信风,香遍了整个村庄。

人间四月芳菲尽,袅袅紫烟的楝花风也停歇了,果儿却开始一颗颗冒出来了。到了八九月间,满树的楝果高高地挂在蓝天上。

苦楝树的果子成熟时,一簇簇金黄色的小果子,像一个个金色的小铃铛悬挂在枝头,因此也被称为"金铃子"。不过,"金铃子"诱人,却是苦涩的,看着好看,吃却是要小心翼翼了。

村人认为成熟的苦楝果可以驱蛔虫,小孩子吃一两个即可,不可多吃,吃多了会头晕,会闹出人命的。前几天,和梅村小学的几个老同学聊起苦楝树,其中一位同学讲起,她父母告诉她,村里曾经有一个人就是吃了苦楝果没命的。这人就住在梅村小学旁,当时是因为肚子饿,没什么东西吃,有一天早上跑去河堤,捡拾地上的苦楝子来吃。结果,吃完好些苦楝果后,头发晕,后来回到家就晕死过去了。如今听来,虽未亲眼所见,但大家都说还是挺后怕的。

"小时候,不太讲究个人卫生,肚子长蛔虫了。后来才知道,大人们给熬的驱虫药汁就包含有苦楝果的成分。由于驱虫的经历比较难受,从此对这种苦楝树的印象特别深刻。"小学闺蜜说起这种关于苦楝树的难忘记忆。印象中,好像当时村中的孩子一开始都是用这种土办法驱除蛔虫的。后来才改成了到村里的卫生所吃驱蛔虫的药片。此后,尽管每年河堤上都还落满了金黄色的苦楝果,但村里人也不爱去捡拾来驱虫了。

但村里的小女孩家们,却依然很喜欢去河堤上捡拾苦楝果。她们剥开苦楝果,取出里面硬硬的果核晒干,再用奶奶纳鞋底的锥子穿一个洞,然后把一个个果核穿成一圈,用来玩跳房子的游戏。游戏时,苦楝果核做成的串链被放在画成框框的"房子"里,女孩们轮流上阵,单脚一踢一踢,将串链踢进分值不同的"房子"。从而区分个人的胜负。一场游戏下来,只听干燥的苦楝果核不停地哗哗响,别有一番风味。

"楝花风"吹的四月天,紫烟袅袅,紫雾缭绕,村里的"小芳"们,穿梭在"楝花风"里,踢呀踢,跳呀跳,笑呀笑,一个个人比花还娇。

溪边那株无花果

种好无花果，建房，买车，娶媳妇！

哈哈哈！走过连南联红村，看到这条有关无花果的横幅，我笑坏啦。

哇！这横幅，有生活气，太接地气啦！和我同行的几位连南闺密，全都乐呵呵地赞个不停。

是哩，农村人都有宅基地、果菜地。种好无花果，发家致富，在村里建房，再买辆小轿车，然后再办酒席娶个好媳妇。有果吃，有房住，有车坐，有个家，有人疼，相依相伴，甜甜蜜蜜过日子，多好多好，美好人生不都是这样子的吗？

我和闺密们，一边笑，一边走进联红村的清香源无花果园。闲逛了一圈，只见红的绿的黄的无花果压满枝头，还有鸡鸭在无花果树下优哉游哉地溜达。联红村人说，这些鸡鸭都是喂无花果长大的，那肉质吃起来特别清香。哇哇哇，流口水了哟！

摘下一个无花果，咬上一口，清香四溢，清甜无比。那香，那甜，一丝丝地浸入心间，泛起了一团团涟漪。闺密们是和我一起就读于梅村小学的同学，我们一边吃着甜腻腻的无花果，一边就聊起梅村小溪边的那一株无花果树来了。

小溪绕梅村而过，村中不少人家的房子，也都是依小溪边而建的。小溪是村里的热闹之处，洗衣濯菜，种南瓜，搭建南瓜棚，是小溪一年四季最常见的美景。依溪而建的人家，门前或院子里种上点什么，自然也就顺理成章地成了村中热切关注的对象。

村里曾种有好几株无花果树，但村人大都不记得它们长啥样，或长在村里的哪个角落了。唯有溪边彩莲家种的那棵无花果树，自始至终都是最引人注目最让人记挂在心里的。彩莲家离村里的大食堂不远，处于村的中心地带，村人来来往往，洗衣濯菜，都会与无花果树打个照面。地利人和都占全了，彩莲家那株无花果树，想不引人关注都难。

每年春风一吹，冬天落尽了一身叶子的无花果树，又开始冒芽了，长叶了。很快，繁茂得一树绿云如盖。绿云的一边，撩拨着彩莲家的黑瓦白墙，倒也有了几分水墨画的味道；绿云的另一边，越过彩莲家的院子围墙，斜斜地倒向小溪，探头探脑，有的枝条特多情，甚至都直接斜卧在水面上了。或许是天天喝小溪水的缘故吧，整棵树的叶子都长得碧绿碧绿的，清亮得仿佛要滴出水来的样子，水灵灵，翠嫩嫩。

夏天，炎热的太阳一晒，无花果树开始挂果了，绿油油的小无花果子，热热闹闹地挂满了枝头。待到秋天，满树的梨形无花果，变黄了，变红了。此时，走过彩莲家门前的那段小溪，香风一阵接一阵，过往的村人都忍不住停住脚步，嗅一嗅，再嗅一嗅。如果是黄昏时分，夕阳斜照，溪水泛着金光，无花果果香飘动，那斜卧在小溪水面上挂着一个个梨形果的无花果枝条，似乎也平添了一番"疏影横斜水清浅，暗香浮动月黄昏"的意境。

小溪边的村姑们，一边忙着洗衣濯菜，一边抬眼望着满树无花果，一个个笑脸眯眯的。彩莲家的人也很大方，笑着说，来来来，摘几颗无花果尝尝。一边说，一边摘下几颗红红的无花果，递到村姑们的手中。村姑们便不再客气，拿到溪水中洗一洗，掰开两半，内里红白相间，诱人得很，张口就吃下半个，吃得满嘴冒出红红的汁液，那味儿甜糯极了。也有顽皮的孩子，不待采莲家大人摘下无花果，自个儿就伸手摘下几颗，猴急得来不及洗，呼啦一声丢进嘴里去了。彩莲家的人看到了也不恼，反而对孩子说：吃吧吃吧，果子甜，吃到心里甜腻腻哩！

秋天过后，彩莲家门前那堵矮围墙上，放了圆簸箕，簸箕里晒着很多无花果。待无花果晒干后，便可拿来煲汤或泡茶喝，那味儿特别香甜绵软。那时候，村人种花种果，都不讲究什么经济效益，左邻右舍，有好吃的，大家互相赠送一些，都是常态。彩莲家的无花果，不论是挂在树上的，还是晒成干果的，村里有不少人都吃过。好吃的美果，一起分享，山里人家的日子，仿佛也一起甜蜜蜜起来。

无花果结了许多年果实后，有一年，整棵树突然就不见了影儿。为什么不见了影，也似乎没什么人去追问。那种感觉，平静得就像春夏秋冬的自然轮回。对我这种曾经喜欢胡扯几句小诗的文青来说，套用徐志摩的那句诗，倒是很贴切——轻轻的我走了，正如我轻轻的来。我挥一挥衣袖，不带走一片云彩。

小溪边，那棵曾给村民们带来无数甜蜜的无花果树，轻轻地来了，又轻轻地走了。但不管走了多久，只要一说起梅村的无花果树，村人们脱口而出的，绝对都会是这两句话：

"记得吗？就是彩莲家门前的那棵无花果树呀。"

"记得，记得，这无花果，我们都吃过，可甜啦！"

谁家闺女，好看得像一朵映山红

"立春一日，百草回芽。"吹过了几度料峭的春风，便会有春草吐绿；下过了几场淅沥的春雨，便会有春花绽红。在我小时候生活的梅村，高高低低的山上，春天往往会率先涌出一些星星点点的深红、绯红、紫红色彩。很快，这些色彩便笼罩了周围所有的山包：灿烂如火，鲜艳似霞，一簇簇，一团团，一片连着一片，一丛叠着一丛，轰轰烈烈，烂烂漫漫，锦绣成堆，直开得树红，山红，天也红。这便是春的使者——映山红。

满山艳彩晃不定的映山红，野气、随情、随性，恣意地绽放着青春的绚烂。村人说，杜鹃花是山间的精灵。于是，哪家的女儿生得漂亮，村人总爱这样夸："你看，你看，她家的闺女精灵着呢，好看得像一朵映山红哩！"在村人的心目中，好看得像映山红的女子，其实就是西施一样的美人，不施粉黛，却有一种纯净得让人怦然心动的绝世之美。

野生于梅村山野的映山红,纯净、烂漫、野性,一山一山,一坡一坡,展尽芳华。村里的女孩子们,她们的眼神儿终日都被映山红"勾引"了去。她们三三两两,每人摘两朵花儿,插到两条小羊角辫上,满山满坡地跑呀跑。身影欢跳,衣袂飘飘,惹得满山满坡的花朵儿,也开心地颤呀颤个不停,多情地坠了一地落花。

此时此刻,树上一坡红,地上一坡红,但红得最娇美可人的,却是漫山满坡地跑个不停的山村女孩儿们,她们咯咯咯地笑着,脸蛋儿全红成了一朵朵映山红。村里的大伯大妈们,很骄傲地互相比画着:"你看,你看。看到了吗?我们家的闺女比映山红还好看呢!"

跑累了,停驻花前,"比映山红还好看"的闺女们,摸一摸额头上细细的汗珠子,随手摘一瓣映山红花瓣,含到嘴里,那味道就像杨梅一样,酸酸甜甜非常可口。那一张张含过映山红花瓣的小嘴儿,红润润,仿如涂了胭脂般,水灵灵地哼起了电影《闪闪的红星》的插曲《映山红》。哼过来哼过去,女孩子们最记得的就是这一句歌词"岭上开遍哟映山红";印象最深的就是这样一个场景:电影中的潘冬子做梦,梦见满山的映山红花开了,穿着军装的爸爸妈妈出现在映山红花丛中,潘冬子欢快地抓起一把映山红,奔向爸爸妈妈。

那时,我们觉得自己也是很幸福的,我们不用做梦,映山红一开,我们天天就可以摘一大把映山红,撒开小腿,一路欢奔回到家,把花儿送给爸爸妈妈,爸爸妈妈的脸蛋儿也全都开心地笑成了两朵红艳艳的映山红花。

映山红,也叫杜鹃花、山石榴、山踯躅,但村人觉得,还是映山红这名字,张扬,有气势,与这树红、山红、天也红的梅村山野,更为登对。我们小女儿家呢,喜欢映山红,不仅喜欢它的色泽红得胭脂一样醉人,更喜欢听到那句夸耀"好看得像映山红的女子"。像西施一样的小美人儿,哪个女儿家会不喜欢呢?

长大后,读唐诗,才知道,原来,我们山野里的映山红,还真的就是"花中的西施"!

那是在某个百草回芽的春天,读到唐代诗人白居易的长诗《山石榴寄元九》,我完全溺进了他那烂漫无比的杜鹃花情怀里。白居易盛赞杜鹃花不似人间之物,应为花中的美女西施,芙蓉、芍药等与之相比,简直就是丑女嫫母:"山石榴,一名山踯躅,一名杜鹃花。杜鹃啼时花扑扑……闲折两枝持在手,细看不似人间有。花中此物似西施,芙蓉芍药皆嫫母……"有意思的是,后人还把其中的"闲折两枝持在手"等四句节选出来单独成诗,并冠于"赛西施"的诗题。以讹传讹,以致人们误以为白居易真的写过一首《赛西施》,并赋予了杜鹃花"赛西施"的美名。

读到唐诗的这一刻,我的眼睛笑得醉醉的——因为映山红,我们乡村的女孩家,都曾经是一个个"西施"一样的美女。虽然只有一身粗布衣服,但穿行在红艳艳的山坡上,言笑晏晏,俨然唐诗里的一个个青春丽人。

离开梅村后,虽然一年只有几次回乡探亲的机会,但我的人生旅途,也总会与映山红,来一番纠葛和缠绵。

我家的小阳台,种上了一盆绯红的映山红,年年立春过后,说开就开了。一年年,枝枝缀锦,朵朵流霞,似乎,人间的一切欢聚、离散、喜悦、悲忧,皆坦坦荡荡,也不胜缠绵。而每当绯红的杜鹃花开时,其中间的花瓣根部总会带有一些比花瓣颜色略深的斑点,嫣红中的这些小小斑点,很像外国电影童话中所看到的天仙小姑娘鼻梁脸颊旁那些调皮的雀斑,平添了些许的生动与灵气。

我喜欢的白云山明珠湖畔,也有一坡映山红,映山红丛中,坐落着一间露天餐厅。周末时光,我们一家坐在映山红丛中吃饭,清风徐徐,清香四溢,满心儿香香甜甜的。

满心儿香香甜甜的我们一家,在吃饱饭后,往往又会再溜达一圈山坡,赏赏映山红。这时候,也挺好玩的,我们一家三口各自念叨自己喜欢的花名,一个说:"这丛山踯躅,开得好大朵哟!"另一个说:"看,这丛映山红,开得最漂亮啦!"再一个说:"这丛长小斑点的'赛西施',才最耐看呢!"

一年又一年,沉醉在映山红花儿构成的这一坡艳艳春景里,再配上从树枝照射下来的暖暖春阳,只觉得,人们通常所说的春光明媚，再也没有比此时更恰当的了！

每当这时候，我的眼神，便散散漫漫而去，漫回那个遥远的粤北小山村梅村。我仿佛依然还是当年那个穿行在映山红丛中的青春女孩，野气，恣意，烂漫；我的耳边，依稀又响起那甜蜜且骄傲的一句句声响："你看，你看。那闺女精灵着呢，好看得像一朵映山红哩！"

三棵树,甜蜜清香牵美忆

一湾绿带绕青山,绕出最美月亮湾。碧绿碧绿的连南涡水河,绕山绕坡绕洼地,绕成了一个月牙形的月亮湾。门前,三个圆簸箕排列成月亮弯弯的形状,簸箕从上到下,依次写着三个字:月亮湾。一旁有个小巧低矮的木头拱门,拱门两边贴着一副对联"竹吟清涧月,松唱古瑶风"。入门,见一金色月牙儿和两颗金色星星,仿佛挂在了背后的远山。小阁楼上刻着四个字——星月同瑶。在星星下,在月光下,同酌薄酒,同讴瑶曲,洋溢着一派古雅的诗意。

也就是在这么古雅诗意的月亮湾瑶庄,我遇见了各种各样的故乡特色酒:灵芝酒、山稔酒(桃金娘酒)、蜂蜜酒、桔柚酒(拐枣酒、万寿果酒)、薏米酒、蜂蛹酒、黄精酒、杨梅酒、青梅酒……晓华庄主很豪爽地说,这酒全都是农家自酿的,随意你选来喝喝。

我二话不说，直接就选了桔杻酒。这是我第一次知道桔杻可以用来酿酒。

一口桔杻酒喝下，甜中带醉，惬意满怀。心神也于瞬间飞回了故乡梅村，这个让人魂牵梦绕的小村庄。

梅村有一棵高高大大的桔杻树。桔杻这个树名，颇为形象生动。树上的果子（准确说的话，其实是可以当水果吃的果柄），形状扭来扭去，是为桔杻。很多时候，果子会扭得像一个个的"万"字造型，因此，又叫万字果、万寿果。果的味道，甜甜的，还带着枣子的丝丝味儿，"拐枣"这名字，叫得也恰如其分。

从前，梅村人并不知道，桔杻是可以用来酿酒的。当时村里人酿酒，用的都是稻米，酿的是米酒。在村人的心目中，桔杻再甜，也不外是一种吃不饱的零嘴罢了。日常，对桔杻子始终怀着一份激动期待心情的，只有我们这些贪吃的小孩子。

桔杻树长得很高大，入冬后，桔杻树挂满桔杻子，偶有顽皮的孩子，闲得发慌，也会爬上树去摘几串桔杻子。从树上摘下来的桔杻果经常还未熟透，拿回家后，先放在米糠里沤一沤。沤一周左右，就可以吃了。但在米糠中沤熟的桔杻，总是不如"桔杻"自然熟透后，从树上掉到地下，再捡起来吃更方便一些。最重要的是，这种自然熟透的桔杻，往往水分充沛，味道也还更清甜些。

爬树摘桔杻子，费力却不讨嘴，后来孩子们自然就懒得爬树上去摘桔杻子了。他们全都喜欢站在桔杻树下"守株待兔"，眼巴巴地抬头望着，等待一阵风吹过，树上成熟的桔柑子随风落下。一旦大风把桔柑子吹落地上，孩子们赶紧撒开小脚丫冲上前去，捡起一串桔柑子，用手拍拍灰尘，张嘴就咬了起来，甜甜香香，满嘴留蜜。

起风了！这是等待桔柑子成熟时，最美的三个字了。桔柑子成熟的冬天，每当白天，一旦起风，村里的孩子们就习惯性地往桔柑树的方向跑。就算是晚上，也不忘竖起耳朵，听听风声，要是起大风了，耐不住那张贪吃的小嘴，有些男孩子还是会拿着小手电筒，跑到桔柑树下，一边捡拾桔柑子，一边吃个痛快。女孩子就乖多了，只能等第二天一觉醒来后，一个个小身影直往桔柑子树下跑，满地的桔柑子，随手捡，随意吃。

那真是一段快乐的美味光阴！不用上山摘，桔柑子一串串从树上掉下地，孩子们咧开嘴儿，一个个笑呵呵，吃得心满意足。

与桔柑树相对的，是一棵高大的皂角树。但孩子们的心思全在能吃的桔柑树上，根本就不会去关注又黑又带刺的皂角树。

皂角树，那是属于大姑娘们关注的宝贝儿。那可是最天然的洗发洁发植物了，不用花一分钱，直接就可以从树下捡拾到干黑的皂角，然后制作成洗头的皂角水。于是，皂角树下，忙碌着捡拾皂角的，都是姑姑、婶婶、大姐姐们。给全家人制作皂角水，自然也是她们的分内之事了。

每次洗头之前，取一两片晒干的黑皂角，剪成小块后，放到铁锅里，加水慢慢熬煮成黑色黏稠的液体。然后，用毛巾将熬煮好的液体过滤干净，一盆又黑又有营养的皂角水便制作成了。

端起小板凳儿，静静地坐在院子里，母亲端出一盆又黑又营养的皂角水，拿块小花帕，帮我洗起了秀发。温温的水，香香的皂角味，氤氲着整个小院子，心儿好欢喜。

有些大姑娘家洗头，很喜欢跑到门前的小溪边去洗。端一盆烫烫的皂角水到溪边，再用葫芦瓢舀些凉凉的溪水，加入盆中。试一试水温恰好，才开始缓缓地洗头。一边洗头，一边开始了聊天。东家长，李家短，拉拉杂杂，鸡零狗碎。洗一次头，仿佛是参加了一场八卦的盛宴。

那时候的梅村，家家户户都是用皂角水来洗头发。村庄一年四季，总是飘散着浓浓淡淡的皂角香味。村人的头发，一年四季都是香香的，心情自然也一年四季都是香香的。

除了桔杻树和皂角树，村里还有一棵大树，那就是一棵枝叶婆娑的大枇杷树。那是一棵全村大人和小孩都无比喜欢的甜蜜树。树离大食堂不远，立于村庄的中心地带，是村民八两家所种。

枇杷树很高很阔，巨伞一样。冬季摇曳着满树白花，夏秋挂满着一树金黄色的枇杷果。每当枇杷果快要成熟的时候，树下就变得热闹起来了。

孩子们走过路过，都不免要停下脚步，满眼热切地望着高大的枇杷树，心里却打着小九九：枇杷果呀枇杷果，快点掉到我身上来。

　　大人们也忙不迭地来赶场了。有些人热心地爬到树上帮忙采摘枇杷，有些人则举着长竹竿，竹竿上挂了铁钩子，看准树上的枇杷果，一钩一扯就把一串枇杷钩了下来。钩来钩去的，不断地会落下些零散的枇杷果。孩子们呼啦一声跑上前，抓到手上就吃了起来，根本也顾不上要不要洗，干不干净，吃了会不会生病？

　　看着孩子们贪吃的样子，树上正忙着摘枇杷的大人们，也笑了起来。偶尔地，树上的人会大喊一声："看好了，一串枇杷飞下去啦！快接住，快接住！"一边说，一边把手中的一串枇杷往下扔。有时候，还会故意往哪个孩子的身上扔去。

　　当枇杷果砸到孩子身上，孩子笑得眉眼俏俏的，村人们也一个劲地打趣说："中彩啦！中彩啦！"

　　树上树下，笑声一片。哈哈哈，哈哈哈，整个村庄，乐翻了！

　　皂角树的花语，是"留住美好的回忆"。其实，对我而言，梅村的桔柚树、枇杷树，也一样是留住了童年最美好的记忆。虽然，随着时代的变迁，梅村的这三棵大树早已经不见了踪影。但它们，永远是我心中最美的解语花、开心果。

山间荷塘

一朵,两朵,三朵,四朵,五朵,六朵……满叔家的荷塘,开出荷花来了,大朵朵,粉艳艳,亭亭玉立于水中。

满叔家的荷塘,荷花灿开得并不多。大自然是很奇妙的,有些只管负责美丽,花儿艳艳地开;有些只管负责结果,硕果累累压满枝头。满叔家的荷塘,像满叔一样,很务实,总是莲藕满塘,粗粗壮壮。因此,每年荷塘里并不会开太多花。但即使花开得并不多,务实的满叔,还是很喜欢看着荷花开。每年,荷花一开,满叔就笑得满脸开花。塘中是亭亭数朵荷花,塘边则是满叔一脸乐开了花,花花相对,痴痴迷迷,倒也自有一番诗情画意。

因为花儿少,每年夏天,沿着池塘边找荷花,数荷花,也成了孩子们的一件快乐事。荷花疏疏落落,躲躲藏藏在肥大的荷叶里。掰开荷叶,数来数去,数到八九朵花时,往往就没了什么耐心,还不如直接折一张大大的绿色荷叶,去玩耍,这可好玩多了。

荷塘的一边，紧挨着一条绕梅村而过的小溪。我折下一张绿绿的大荷叶，当把小绿伞，高举上头顶，一蹦一跳到小溪边，一屁股坐下，把荷叶浸入小溪，随手兜一兜，把清清溪水兜进了荷叶里，我小手儿不停地晃呀晃，荷叶里的水珠儿，滚来滚去，一大颗水珠，碎成了好多好多颗，"大珠小珠落玉盘"，真好玩，我"咯咯咯"地笑呀笑。个子高高的满叔，也在一旁笑呀笑，他一边笑，还一边很认真地掰开硕大的荷叶，数他心爱的荷花。数着数着，就被顽皮的我一声打断了，满叔往往也不清楚数到哪了。满叔也不恼，只会轻轻捶一下自己的脑袋，"嘿嘿嘿"地发笑，然后又继续数他心爱的花儿去了。

那时候，村里以种植水稻为主，稻田遍地都是。村中人家，舍得把稻田挖成荷塘的极少极少，满叔家的荷塘，也就显得有些特立独行。这口荷塘，原先是一块冷水田，低洼，积水，还常年受地下水浸渍，水稻长得差，甚至枯萎死苗，打出的粮食很低产，颇不受人待见。这块冷水田，原来是村中另一户人家的，后来满叔用产量更好的靠山田，换来了这户人家的冷水田。满叔平常看起来就是有点傻呵呵的，所以村人都觉得满叔用好田换差田，真是傻得很。满叔却只是傻呵呵地笑笑，啥也不说。再后来，满叔挥洒着大铁锹，一锹一锹硬是把冷水田挖成一大片池塘，种上了莲藕，还在塘里放养了些小鱼。这块低产且不受人待见的冷水田，马上变得朝气蓬勃，成了一块香馍馍。

满叔家的荷塘,就在我们家的对面,隔一条小马路,再隔着一条小溪的距离。我们家处于整座村的中心地带,右边是梅村小学,左边是村中食堂。因此,满叔家的荷塘绝对处于村中心地带。因地利之便,又因把水稻田改成了莲藕塘,由此一来,满叔家这座荷塘便一直都很吸引村人们的眼球。

夏风到,荷花开,村中的孩子们便开始闹腾了。不过多半也像我一样,数一会儿荷花,就折荷叶玩水去了。花少,莲蓬自然也没几朵。"江南可采莲,莲叶何田田",这样优雅的采莲场景,从来就不曾在满叔家的荷塘出现过。难得长出几个莲蓬,早早就被顽皮的孩子摘了去,当零嘴吃了。不过,"鱼戏莲叶间。鱼戏莲叶东,鱼戏莲叶西,鱼戏莲叶南,鱼戏莲叶北"——在茂密如盖的荷叶下面,几尾鱼儿,东西南北欢快地嬉戏玩耍,孩子们倒是看得津津有味。甚至有时候,孩子们还追着鱼儿,跑东跑西跑南跑北,整个人乐得气喘吁吁,玩得不亦乐乎,也不知是鱼儿逗弄了孩子,还是孩子逗弄着鱼儿。

等到秋天,莲藕成熟的季节,村里的大人小孩一拨儿一拨儿地聚集荷塘边,看一场挖莲藕大戏。

满叔和几个健壮的男人,踩着黑乎乎的湿泥巴,用一双双手,扒呀扒,挖呀挖。黑泥巴四溅,荷塘边的人儿,"哎呀呀"地叫唤着四处躲。每当挖出一节节胳膊粗的莲藕,我们姐妹,还有村里的一些姑娘家,都相互帮着把长得饱满又沉甸甸的莲藕拿到一旁的小溪,清洗起来。

很快,黑乎乎的莲藕洗掉一身污泥,露出了藕黄色的身段,水嫩嫩的,忍不住流口水哟。一刀切下,大口一咬,脆脆爽爽,藕被砍断时还有许多丝连着不断。这"藕断丝连"弄得整个人的嘴巴上也黏糊着一缕缕丝线,冰凉凉的,倒也成了不错的消暑美味。

一场挖莲藕大戏,往往会持续好几天,一边挖,一边卖,一边送人。那段时间里,村里很多人家的厨房都飘着莲藕的香味儿。至于我们家,那莲藕吃得就更是不厌其烦了,煲莲藕汤,炒莲藕片,焖莲藕块,凉拌莲藕。还有就是把小藕带,放醋放糖,放指天椒,腌酸缸。一根根小藕带,酸酸,甜甜,辣辣,开胃得很,是我们姐妹最喜爱吃的零食。这真是很美好的一段莲藕美食季光阴。

也不知是不是吃得太多莲藕,或者是满叔种的莲藕太粉太好吃,离开梅村到广州求学和生活后,我对莲藕这种美食的情愫,变得很淡很淡,淡到可有可无了。偶尔,难得买上一次莲藕,我就会像个"祥林嫂",一边和家人吃莲藕,一边不停地唠叨起满叔家的那口荷塘:那些极少盛开的荷花,那些粗粗壮壮满塘的莲藕,还有数荷花的童趣,挖莲藕的大戏,吃莲藕的美食季。当然,忘不了的,一定还有荷叶枯萎的冬天,在荷塘里,跟小朋友们一起钓冰块的奇趣。

乡村里的孩子，像山里的风，野气得很，上山摘野果，下河捞鱼虾，玩得不亦乐乎。到了冬天，天气寒冷，雪几乎年年如约而至，孩子们玩起来更是花样百出，敲屋檐下的冰柱，当冰棍吃，扒黑瓦顶上的雪，融一盆雪水，咕噜噜喝个痛快。最不可思议的莫过于用稻草秆钓冰块了。每到冬天，满叔家那口荷叶枯萎的荷塘，灌进了清亮亮的溪水，下雪的日子，我们小孩子蹲在荷塘边，人手拿一根干稻秆，轻轻地垂放到荷塘水底下，停一会儿，再轻轻地把稻秆提上来，只见一根根稻秆上竟然钓上了薄薄的冰块，冰块大大小小，花纹各异，晶莹剔透，煞是好看。

刚刚好玩好看了几个春夏秋冬，满叔家的荷塘就不见了，取而代之的是变成了鱼塘。满叔每天非常勤快地割鱼草，养的鱼又香又甜。鱼塘每年放水干塘后收两次鱼，每次收鱼时，亦是很轰动，像挖莲藕一样，也会上演一场热热闹闹的收鱼大戏。

2018年秋，父母和满叔都已经远离了我们。我们家祖屋拆掉重建，把拆旧屋遗下的砖墙泥土运到了鱼塘。适逢村里大力搞美丽乡村建设，各家各户也都忙着拆旧房建新房。于是，满叔家的这口鱼塘，就成了废弃砖墙泥土的收藏地。很快，鱼塘就被填满了，变成了一大块平整的空地。村里在这片空地上，种上了树，种上了花，还挂上了美丽乡村建设宣传栏，建成了梅村的一个小公园。从冷水田，到荷塘，到鱼塘，再到村公园，这块稻田的身份变迁，其实也见证着一个村落不断向前迈进的步伐吧。

从前,梅村只有满叔家的一口荷塘,独自开着荷花。如今,梅村倒是有不少荷花田了。如果从城西走上梅村,沿路都是荷花田,待进入梅村村口,一大片一大片荷花田闯入眼帘,一旁的黑瓦白墙,还有高低错落的远山,荷叶田田,荷花亭亭,依着葱绿山峦,依着黑瓦白墙,不论是灿开,还是凋零,全都氤氲出了一种轻灵的气韵。

荷花田边,还有人家开了一间蛇庄,赏荷花,品美食,两不误。

哦!梅村人家,小家日子,如荷花盛开,一天天圆满起来了。

后记　既美好，又惆怅

多年前的一个初春，回到梅村老家，一轮满月儿淡淡地挂在天空。小溪边，一棵不太大的树，横斜着枝丫，开着五六七八朵白花。月儿朦胧，水声清幽，我便自以为灿开着的是白色梅花了。有月亮，有小溪，有梅花，那真正是好一番"一树梅花一溪月"的妙境了。

然而，我出生成长的梅村，虽然名字像花儿一样美，在从前，却是没有梅花的。为什么没有？书中与书名同题的篇目《一树梅花一溪月》，已有描述，在此不再多言。

名叫梅村的村庄，却从不见一朵梅花。这感觉，到底还是让我一直都有点惆怅的。

岁华流转，光阴更替。前年的初春，重回老家，忽然见着了村庄溪边的梅花盛放，还见到了一处名字叫梅花公园的小园林，园林里种上了两排梅花。我的心，暖融融的，亦是欣然雀跃的。小溪边，梅花灼灼，映照得村中的溪水也晶亮了几分；梅花公园,白梅红梅,竞相绽放,映衬着村人的脸庞,也靓丽了几分。

梅花盛放,整座乡村便变得更加明艳起来了,很多事物,也一天天地明亮与美好了起来:从前,村中难得看见一口荷塘,如今却是满村皆可见荷花田了;尤其是夏日里从城西回梅村,沿路蔓延着大片大片的荷花田,待进入梅村村口,黑瓦白墙和高低错落的远山衬托下,荷叶田田,荷花亭亭;葱绿山峦,黑瓦白墙,变得更加秀美如画了。

当然,变化最大的还是村中那横几排竖几行,或老或新的各种民房。如今,外墙和围墙都刷成了统一的雪白色,看着就像电影里才能见着的西式"小洋楼"似的,好看得让我都差点认不出这其中有一间是我家的房子了。

能住进小洋楼,当然是幸福的。看着村人们掩饰不住的张张笑脸,我能很真切地感受到幸福的真实。只是,对于远离梅村,漂泊在外已长达30多年的我来说,站在"小洋楼"前,固然有许多焕然一新的欢喜,但抚今追昔,我眼神里总会散发出一些迷离的恍惚,更生发出几许怀旧的惆怅。

记得,我家祖屋还未变成眼前的"小洋楼"前,每一堵墙壁都是由大泥砖砌成的,是当年父辈们一手一脚长时间的艰辛劳作,才逐渐建造起来的。那未经太多装饰的墙壁,仅是土黄一片,但恰恰是这种拙朴,伴随着岁月的苍黄,格外牵扯着游子的心弦。

门前，一堵20来米长的鹅卵石围墙，那是满叔花了三年的光阴，在春风吹来的3月时分砌成的。这堵坐北朝南的鹅卵石围墙，冬天用它厚实的墙体阻挡住了自北朝南刮来的寒风，让围炉拥火的家人们避免了"穿堂风"的肆虐，心情更加暖融融的；春天，自南而北的春风透过鹅卵石墙上半截的小孔，暖暖地拂过我们的小脸，舒舒服服的。只是，2019年春天，当3月春风再一次拂过鹅卵石墙之后，这堵墙也被拆除了，我家门前迅速竖起了一堵大众脸的红砖围墙。如今，红砖围墙又被粉刷成了雪白色的大众脸，还盖上了和全村一模一样的蓝色仿琉璃瓦。

雪白的小洋楼，很现代，也实用。只是，我却再也嗅不到我曾经熟悉的那股"家"的气味了。

越来越觉得，我出生和成长的梅村，在渐渐地变美变好的同时，却也在渐渐地把那些类似于大泥砖墙、鹅卵石墙之类的属于我生命和岁月中的独特气味与独特印记，一步步地剥离了出去，心中禁不住一片怅然。

于是，每每回到故乡梅村，看着一栋栋崭新的"小洋楼"崛地而起，我一边感受着梅村人家的小家日子，如荷花盛开般，一天天圆满起来了，呈现出一幅关乎连南梅村的崭新的乡村诗意生态图；但另一边，我所熟悉的"美好一天，可以从与猪一起散步开启""砌一堵鹅卵石墙，可以花上三四年的光阴"之类的闲淡古朴的梅村传统诗意生态图，却早已悄然而去，遍寻不获。因而，踩在这片曾经无比熟悉的梅村大地上，我的心，时常飘浮着，落不到实处，不经意地，会泛起一种幽幽的"乡愁"。

对于故乡，我的身还能再次回来，但我的心却很难再重回童真，重回父辈们那种拙朴怡然的传统乡村诗意画卷了。回不去的图景，回不去的岁月，回不去的青葱年华……一缕缕惆怅，漫溢而来，忍不住地，我的眼角湿润了。

无疑，故乡已经是一种"既美好，又惆怅"的存在，并且也注定只能是这样一种"既美好，又惆怅"的存在了。在这种"既美好，又惆怅"中，我以"一个人（我）""一个家（我家）"的视角，记录"一个村庄"（梅村）的前世今生，或者也堪称是一幅关乎连南梅村的新旧比较的乡村诗意生态图卷吧。

我以为，《一树梅花一溪月》所描述的梅村新旧诗意生态图，既是一种对悠远农耕文化细节的追踪，也有着一种对淳朴乡村情调与民俗的致敬。在城市化、现代化快速演进，而父辈们的拙朴怡然生活氛围正在渐渐消逝的当下，《一树梅花一溪月》不仅可以成为一座小村庄的历史记录，或许还可以成为蓬勃发展中的山城连南，也值得珍惜的档案之一种吧。

梅村的雪，从前是年年下。如今的梅村，却很难下一场像模像样的雪了。一如雪已成为稀罕物，我们对一座村庄传统诗意生态图的怀念，亦是如此眷恋漫漫，既美好，又惆怅。

很感谢林少华先生于百忙之中为本书作序——《此心牵处是

吾乡》，厚情重谊，永难相忘。林先生说："我们每个人都有两个故乡：一个走不出的熟识性故乡，一个回不去的异质性故乡"。于我而言，无论如今是"广州梅村人"，还是"梅村广州人"，故乡的双重性，永远都将是牵动着我这朵漂泊难安的蒲公英小小伞的隐形乡愁柔丝。

很感谢，广西师范大学出版社纯粹 Pura 的多马先生，以及好友萧萧，让我的这份美好与惆怅，能集合成书，让梅村美好的诗意生态图卷，成为一种生动的影像文字记录。

潘小娴

2021 年 10 月 25 日，广州